就在那時：情，與江湖

蔡孟利——著

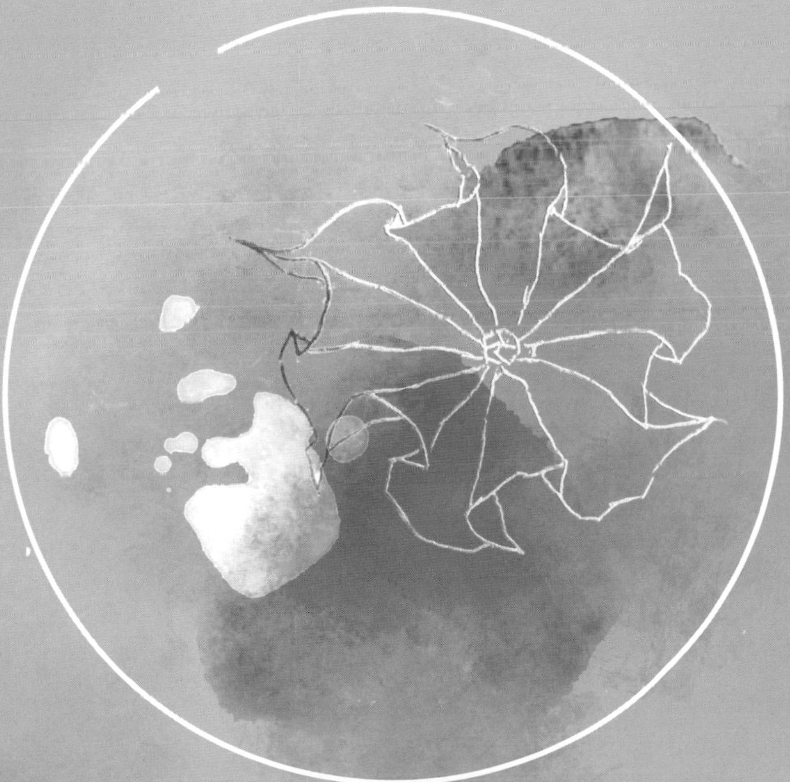

不那麼純屬虛構，

專注就是一種反抗，一種以一敵百的反抗。

歲月靜好，學術江湖與我何干？

蔡孟利教授先前曾創作《死了一個研究生以後》與《倫．不倫，愛之外的其他》兩本有關學術造假案的小說，這本《就在那時：情，與江湖》，再續前兩本主題，被他稱為至此完成學術造假案的小說三部曲。看來，作者終究沒許給讀者一個現世安穩！或許，不是他不許，而是學術江湖如其所言，比想像中的廣，且終究還是會自動找了過來。而那江湖哪只在學術，世上又何處不江湖？

不過，作者宅心仁厚。這三本小說中的學術造假者，都不是或曾經不是那麼邪惡，只是在追逐名利與權勢的過程中，有人選擇徹底拋棄入行學術的初衷，有人則虛偽矯飾，不斷自我合理化。透過這三部小說，或可讓人一窺學術造假案原來有這些手法，但嚴格說來，每本小說裡的學術造假案，最終結果都沒有像小時看電視的包公判案，總能查得水落石出，壞人全部伏法。當然更沒出現五、六年級生所熟悉的卡通套路，像是科學小飛俠不論被打的多慘，最終還是會戰勝惡魔黨！

原來，曾天真以為的黑白分明世界，不過是個假象，而邪不勝正的信念，或許就只是個執念。學術造假，即便第一部曲的研究生阿遠、第二部曲的大學教授阿靖、最後第三部曲的資深大學教授兼科學刊物主編阿力，都曾奮力出戰，但總隱約感到，那些魑魅魍魎也不過是消散一陣，沒多久就如影隨形的好似生活在學術日常。難道，有人就免不了有政治，有政治就免不了造假，有學術人當然就免不了有學術政治，有學術政治就無可避免學術造假？縱然這在邏輯上看起來沒什麼謬誤，但如何過得了入行學術的初衷與自我本心？

聽說先前有間學術研究卓越的大學請作者去演講，而那場演講其實是陰錯陽差下促成。有生科背景的年輕助理，想說以作者的學術職級、研究成果、打擊造假經歷，再加上剛出一本學術造假案的小說，若邀來演講，對於那些在台大事件後所謂大人犯錯小孩受罰而被迫來聽演講的學術新兵，定能大大降低他們的不滿情緒且收到正面激勵效果，於是在一個機會下就將作者邀來。沒想到此舉引來學校長官不滿與緊張，不但特地跑去聽，且在作者講完後捱到身邊悄聲說：「您知道您這麼做打擊很多人的士氣嗎？」

不曉得作者當時如何回應，但乍聽此事的我總在想，年輕助理與學校長官眼中所謂對的作為，原來有著天壤之別！而這項差別，究竟只是反映一般常聽到善惡對錯會因人而異的相對性？還是正好反映出他們對於學術研究追求的目標及基本價值信仰，早已因學術歷練的差異，而存在截然不同的善惡觀？又或者兩者的倫理判斷其實分屬不同學術範疇，就是學術研究與學術行政的差異？

諸如這類問題的思考與可能答案，就如同作者的前兩本小說，在本書中也有精彩論辯。而這正是作者三本小說的共同獨特之處：若不是像作者長期浸淫科學研究工作，還曾擔任國內推廣科普的資深刊物總編輯職位，有機會培養出寬廣的研究視野及一定學術人脈，恐怕難以寫得如此精彩到位，直中要害。那些論辯，我相信對身處學術環境者，尤其容易讀得膽戰心驚！怎麼曾經在內心深處掙扎困惑過的想法、自以為精算效益後的理性選擇、甚至無辜推說是人在江湖身不由己，竟然就這樣被揪出來不客氣地逼問：究竟是真的沒選擇了？還是其實沒堅持的勇氣？

這項逼問貫穿三本小說，但作者在這本小說裡，似乎有了進一步的提問：堅持的勇氣，不只是在選擇的瞬間，接下來所伴隨的榮辱善惡，甚至有因果業報的話，真能承受？常說以史為鑒，但說得容易，真落實到個人生活日常與生命體驗，仍不免惶惶然，所謂是非善惡的價值判斷，會不會也只是一種執念？似乎隱藏在這本書中的提問，我不認為是作者對一路走來的堅持開始信心動搖，也不認為作者打算告訴讀者確切的答案，毋寧比較像是想藉書中男主角常在腦海裡出現的一段禪宗公案，好向讀者演示，要超脫人世善惡而非媚俗地不沾鍋得看機緣，人生在世難免就得在是非善惡之間做選擇，至於是堅持己見還是擇善固執，差別就在能否不斷地自省與檢視。

不過，比起前兩本小說，這本更是不折不扣的愛情小說。看完不但訝異於，理工學術宅男的愛情異想世界，怎能如此浪漫又理性地在不同女性的情誼/情意/情義之間穿梭擺盪，故事裡還暖藏一個創意十足的多元成家方案，讓人莞爾一笑。而他在文字書寫之間，總是游刃有餘的點評著名禪宗公案與歷史典籍人物。當然身為科學家的他，也不忘小秀一手孔恩的科學典範移轉理論如何被拿來分析移情別戀的發生，這下孔恩連愛情都滲透了！然後再信手捻來現代名家詩一首，最後連自己的詩魂都召喚來，好趕在他第二本詩集將出版之際先來暖個身。害我看完，都忍不住要學故事裡的淑媚說：「我如果年輕個十歲，大概也會被你騙去，你喔！……（以下請讀者於故事中自尋答案，容我此處不劇透）」。

但回看三本小說的男主角，於對待生命中曾留下印記或身邊的女性時，不論是滄海桑田，還是難分情意與義理，甚至好似無卻有，每每在閱讀他們的對話之際，或閱讀對彼此是刻意或不經意也好的眼神、表情、動作、肢體碰觸、甚至直白的生理反應描繪，總讓人覺得，就快被學術造假這隻鬼魅壓得喘不過氣時，還是有那麼短暫片刻的歲月靜好！

是的，就那麼短暫片刻，甚至有無在現實中發生，好像也無妨。是遐思？是夢境？或藏在心識？就算只在腦中小宇宙又如何。作者，原來還是許了讀者這麼一個歲月靜好！

所以，如果問我：「您覺得這本書好看嗎？」

「寫得真好，的確值得讀。」我也會不假思索地這樣回答您。

甘偵蓉（成功大學人文社會科學中心助理研究學者）寫於台南
2020.04.06

在解析虛幻與現實中，找到真我

當蔡孟利先生這位近年來以科學月刊總編輯身份，公正客觀追擊臺大論文造假案而聲名大噪的學界風雲人物，找上我這位曾經誤入臺灣學界叢林的小白兔，來為他的新書《就在那時：情，與江湖》作序時，雖然驚訝有餘，但覺當了幾年沉潛的粉絲和忠實讀者，何不大方分享、推薦對蔡孟利先生作品的賞析！

於是，我一口氣將新書讀完，瞬間的第一個問題是：「真的？假的？怎麼能夠這麼貼切真實地描述那個我曾經熟識的圈子……」

承襲傳統的文官體系思維，套上專業至上的外衣，臺灣學術巨塔在近二三十年來，經費大幅擴張，卻缺乏有效監督系統之下，形成藏污納垢的龐然巨獸。各門學閥林立，派系錯綜複雜。以發論文集點數，以科學合作當晃子，分工合作搶計畫搶經費的文化下，造假行騙，時有所聞。正所謂「陽為道學，陰為富貴」。龐大的利益糾結、加上同行間噤聲默許下的官僚文化，弊端在學術界滋生蔓延。可以想像蔡孟利先生在論文造假案的過程裡，要抵擋多大的勢力威脅、承受多少同行間的壓力，才能喚起學術界那一丁點沉睡的良知。

書中陳漢雄的角色，應該是蔡孟利先生在這段期間的所聞、所見、所思的化身。故事以虛幻和真實穿插的場境、人物和意象，鋪陳描寫陳漢雄試圖在因處理論文造假案後牽連出的諸多危機、誘惑和陷阱之困境中，以理智和信念，找尋自我的定位。同時為情所苦的他，從茫茫慾念塵思之中，剖析自我，找回真愛。雖說結局漢雄以退隱作收，寧當萬歷十五年一書中堅守倫常、正直不阿的海瑞，放開塵事、擁抱愛情，也不願再當試圖改革官僚文化，終不敵奸惡、自盡身亡的李贄。多年困惑於心的六祖禪偈「不思善，不思惡，正與麼時」，終得頓悟，應該是找回真正自我的最佳註解。

細讀蔡孟利先生的小說，大學時代的回憶，彷彿一幕幕被揭起。我不用對號入座，卻可以從書中的人物們，找到年輕時代的吉光片羽。那些美好的、錯過的、失落的，都可以從閱讀的過程裡，再次地咀嚼，再次地回味。

你說蔡孟利是理科宅男一個，我覺得透過他的文字，我遇見了一個真誠坦率的閃耀靈魂！

楊曉珮
臺灣大學動物系學士、海洋研究所碩士，康乃爾大學生態演化學博士

加州大學戴維斯分校博士後研究員，前陽明大學遺傳學研究所專任助理教授
目前專職為三個孩子的快樂大媽，業餘的科研人員、畫家

2020.03.24

阿利學長

蔡孟利教授，我的阿利學長出第三本小說了。才在學長臉書上看完這本小說的最後一個章節，按了個讚，就接到學長要我寫序的訊息，驚訝之餘，下巴差點合不起來，手機差點掉到地上，心裡忐忑不安，想想雖然是學長台大動物系的直屬學弟，認識三十年，有一定的交情，但怎麼想也輪不到我這無名小卒來寫序，得到學長的厚愛，受寵若驚。

《就在那時：情，與江湖》是阿利學長在台大研究論文造假事件爆發後，寫的第三本相關的小說。讀完手稿，我感覺除了愛情相關的情節外，男主角的寫照就是我所知道的阿利學長，年紀、星座、居住地、工作、對學術研究的態度、對後輩的關心與照顧等。這本書藉由男主角陳漢雄寫出學長這幾年的心境，在T大學術研究造假事件中，踏進前線一陣衝鋒陷陣後，仍無法改變學術界的陋習，還可能因為站在第一線而連累朋友，只能辭去科學月刊總編輯一職，引退江湖，而自己的學術研究方向也因經費的短少，實驗動物不得不由老鼠轉向水產生物。阿利學長面對學術界造假醜聞，站在第一線質疑，不為出名，只為了台灣學術良心，所以當T院士帶著豐厚的交換利益出現時，陳漢雄的決定也反映出學長的意志。

阿利學長的小說，除了扣人心弦的故事發展，書中部分情節讓我好像看到自己過去的生活，宿舍裡大家一起吃火鍋、實驗室裡的工作與對話，學長學弟之間的情誼，看到文字的描述，腦中就浮現出當年的場景，甚至有些人名還真有其人。或許正如學長所說，他的小說「不那麼純屬虛構」，期待學長下一部作品。

陳朝煇（宏安診所院長）寫於竹南
2020.03.20

楔子

二〇一六年十一月，T大爆發臺灣學術史上最嚴重的論文造假醜聞，其實質涉案人員層級之高、牽連的研究機構之廣、造假持續時間之長，均是前所未見。自此案爆發之初至二〇一七年五月，包含邀請外部稿件、讀者投書，以及總編輯具名發表在 Sci-M 月刊與此案件相關的文章超過五十篇；涵蓋層面包括事件歷程記錄、科學事實釐清、學倫教育與學倫監察制度的建立與執行之批判。為臺灣科普組織，第一次對學術倫理事件有如此深度與廣度的文獻記錄。

時任 Sci-M 月刊總編輯的陳漢雄於二〇一七年五月卸任總編輯職務之後，由於接受去世多年的學長李武雄的托夢請託，因此與學弟郭示靖、學妹黃蓉毓聯手，協助李武雄的妹妹李韻慈離開其罹患精神疾病而對其家暴的丈夫易志名。但是在處理這件事情的過程中，陳漢雄為了反制易志名對於李韻慈和郭示靖的威脅，因而捲入另一樁更嚴重的學術造假案之中，變成許多學術界大老的公敵，其學術生涯也為此而遭遇嚴重挫折（註一）。

而在李韻慈的事情甫獲解決剛告一個段落沒多久，隔年學術界又爆發一件更駭人的殺人事件，研究生徐語娟因為一系列造假的論文而自殺。但是在徐語娟的學弟廖稑遠鍥而不捨的追查之下，經由陳漢雄的幫忙，終於查出徐語娟並不是自殺，而是被 Td 大校長及其學術界同夥共同設局殺害（註二）。

從二〇一六年T大的醜聞爆發之後的兩年多來，在這些事件接連的打擊下，陳漢雄深感以個人之力實在無法撼動學術界的沉痾半分：造假的論文仍然高掛、造假者繼續在學術圍牆內流竄、公部門的學倫監察制度依舊失效、學倫教育只是用來作弄菜鳥。灰心之餘，陳漢雄決定淡出學術界的這些紛擾，隱身小鎮不求聞達的生活。

只是沒想到，自以為離得開江湖，但是江湖終究還是自動找了過來。

註一　詳見：《倫·不倫，愛之外的其他》，斑馬線文庫有限公司。

註二　詳見：《死了一個研究生以後》，皇冠文化出版有限公司。

第一章

那是一九九〇年，我在那年買了一本《六祖壇經》。就在那時，第一次讀到惠能為惠明說法的一段：

【惠明作禮云：「望行者為我說法。」惠能曰：「汝既為法而來，可屏息諸緣，勿生一念，吾為汝說明。」良久，惠能曰：「不思善，不思惡，正與麼時，那個是明上座本來面目？」】

當下我好像也悟出了什麼。那種「好像」，就像是那時候我正在當場的某處親自聽到六祖與惠明的問答一樣；或許我是躲在草叢中的一個路人甲，或許，我連人都不是，只是匍匐在地上的一隻狗、一隻貓，甚或是盤捲不動的一條蛇。結果因為在當下聽了六祖說法，也不知道是悟了還是不悟，就這樣被引迴到這輩子的人身來。而且就從那個一九九〇年讀到這段話之後開始，我有如被喚醒了些什麼東西似的，不時的會想起各式奇怪的場景與情節，有很古裝的、也有近代的，還有一些怎麼樣都判斷不出古今中外過去或未來的默劇。但是畫面都很模糊，唯一越來越清楚的，就只有這段「不思善，不思惡，正與麼時，那個是明上座本來面目？」的聲音。甚至有時候，在偶然於腦中冒出後，我連語調中最細微的氣音都聽得如雷貫耳。

那年，台灣剛解嚴了一年，整個社會的生命力正要被釋放出來。不過儘管大家隱約都有雄心的期待，卻是不知道接下來會遇見什麼樣的世界。所以許多壯志雖然在昔日看起來已經很激進了，但從現代回顧當初，那時候還是青澀了些；就像我記得的，那時候 7-11 所發出的豪語，也不過是在台灣展店一千家而已。不過，我想任誰也不會在那個一九九〇年就真的會想到，這種不過是有冷氣的雜貨店，會變成今天已經突破五千家的通路巨獸了。

當然在那個年代也想像不到以 WWW 為名的網路是什麼，那是個連電腦都還算是奢侈品的年月。而就在那年的一月，我才剛用打字機打完我人生第一篇上台報告的書面摘要。雖然彼時我所加入的實驗室已經有一台電腦了，但我仍搞不清楚該如何照著那本以「倚天」為書名的列印秘笈，驅使印表機跑出我所想要的列印格式。

但就是那樣的年代，對於一個大學剛畢業的年輕人來說，可以算是個運氣相當不錯的年代：什麼都好像剛要起飛，而且在那個時間點，完全看不到未來的止境在哪裡。不過就那個大學剛畢業的年輕的我來說，對於腦子裡不時忽然冒出「不思善，不思惡，正與麼時，那個是明上座本來面目？」的聲音，某種程度上可以說是有些困擾。那種困擾來自於，因為你知道那是寫在佛家經典中的文字，所以當這段聲音響起來的時候，很自然的，你就會有種該正襟危坐的想法跟著出現。但如果剛好是我正在與同學輕鬆的說笑著，假若因此而忽然正色斂容，那一定會讓正在望著我的同學感到莫名其妙；但若是繼續笑鬧著說話，卻又想說是否會對於這樣莊嚴的經典文字造成不敬，所以就變成了心頭一直在糾結著該如何是好的窘境。這類的窘境經常出現，不過那個年輕的我一直歸納不出足以讓自己覺得滿意的標準處理程序。

儘管有些困擾，還好在大部分的時間裡，我仍然可以自如的掌握自己的思緒。甚至有時候還可以主動的想想，到底那個「我」在聽到這段話的時候，是一個人、一隻狗、一隻貓，還是一條蛇？不過就其中幾個不是人的選項來說，作為一隻狗、一隻貓或是一條蛇的可能性應該不是那麼地高，畢竟在我印象中的模糊畫面之色彩，跟我現在作為人的經驗比起來還算一致。而以現在的生物學研究對於狗、貓或是蛇的視覺特性之瞭解，我想，如果當時的「我」是以牠們的軀殼去觀看世界的話，應該會出現不一樣的景象吧？

但是這也很難講。因為同樣一張照片的檔案，如果以不同廠牌、不同解析度的螢幕播放出來，還是有可能出現完全不同的質感；也有可能是，電腦把照片檔案讀出來了，但是卻被做了些灰階化的處理，因此所有彩色的世界就都成為了黑白。但是這樣的黑白，並不會影響它原本存在電腦內的檔案還是具有彩色的本質，也就是說，如果從這個角度去思辨的話，當時的我，仍然有可能是一隻狗、一隻貓或是一條蛇。

或許有另外一個理由，讓我認為自己是人的可能性還是高一些。前面說過，在一九九〇年我讀過那一段經文之後，就很容易想起各式各樣奇怪的場景與情節。其實說「想起」並不是那麼的精準，因為「想起」這樣的一個動詞，含有某種程度的「主動」意涵，也就是有點刻意地去思索了之後才有東西出現的那種情況。但是我的「想起」卻像是一塊白布忽然被投影了畫面那樣，沒有什麼主動的意念，就是忽然間的被迫收看。

舉例來說，在一九九〇年三月中華職棒開幕戰開打的那一次，我坐在靠近右外野的看台上望向內野的貴賓區，忽然間有個念頭閃過：如果某個大人物坐在內野貴賓區第一排左邊第三個位置，那他的維安工作要怎麼部署？這個忽然間的奇異念頭慢慢地蔓延整個腦袋，漸漸的，我無視於場內的緊張與場邊的熱情，或許還是會無意識的跟隨身旁不認識的眾人在波浪舞起伏湧盪過來的時候站起又坐下，但在腦中開始繁忙的，卻是排演起如果要對那個大人物進行完美的狙擊，到底要如何配置射擊點以及安排射擊後的撤退路線？不只狙擊手在演練，同時在腦中也繁忙的演繹另一種情境：如果這是一座城堡，環城的看台上須要配置多少兵力才能夠守住堡內陣地？如果是在古代，弓箭手要怎麼安排？又如果是現代，那 T74 機槍又要擺在哪裡呢？

那天的比賽從下午兩點開始，隨著局數的推進，太陽越來越大，天空越來越藍，只有幾朵白雲飄過，我就這樣一直想著，一直想到忽然覺得，我是不是曾經這樣的坐著，看著同樣高環的城牆，發號著某種施令？然後又一直想一直想，一直想到身邊所有的加油吶喊聲，都變成了衝鋒陷陣的廝殺聲，最後甚至看到我的肚子很真實的被插進一刀。真的，那是很真實的，我就看著那把刀子先壓凹了我的衣服再繼續壓凹了我的肚子，之後突穿了衣服再突穿了我的肚子；我感覺到刀鋒在肚內行進，穿破了腹部層層肌肉之後再切斷腸子又再穿破背部肌肉，最後終於從脊背透出體外。

所有的人馬雜沓與震天殺聲，就在那個刀子穿透出體外後定格。我並沒有看到那個拿著刀子刺穿我肚子的人，事實上，是不是有個人拿著那把刀子我也不確定。因為在我開始意識到極度疼痛的時候，我又聽到六祖在說著那段「不思善，不思惡，正與麼時，那個是明上座本來面目？」的聲音，彷彿我被那個聲音從那個姑且稱之為戰場的地方又拉回搞不清楚我是一個人、一隻狗、一隻貓或是一條蛇的那個當下。

那天我是怎麼回到一九九〇年的現實已經是件不可考的事情了。因為根據坐在我旁邊的阿嬌說，她沒想到我居然有本事一直加油吶喊整整九局，她坐在我旁邊都有點受不了，很想拿起手中的加油棒從我的頭上敲下去。

也許那時候我在球場看台上所經歷過的一切都像是南柯一夢般的瞬間，所以阿嬌渾然不覺我的異狀。然而這並不是我想要了解的重點，我想知道的，是那些在響起六祖聲音所伴隨出現的既真卻又模糊的畫面，會是六祖與惠明說著話的現場嗎？還是，那個殺戮畫面是在同一個時間的千里之外發生的，而就在我肚子被捅進一刀的時候，我才被那段話倏忽的引達到他們真正說話的現場？或許，甚至連時間都不必同時，一切都只是我在那個職棒賽事的體育場中之冥思，接著就被拉回到一千多年前六祖與惠明說著話的地方。

也就是說，如果那些模糊的畫面不一定是六祖與惠明真正談話所在的現場，那麼即便在別的場景中我都是人，最後仍舊是搞不清楚在那個真正的當下，我到底是一個人、一隻狗、一隻貓或是一條蛇？甚至「我」有沒有在那個現場都不知道，也許，我只是被示現了那個說話的情境。

不過能不能梳理得出在當時的我是以哪一種生命形式存在的，說起來並不是件重要的事情，我也沒有那麼在意真正的答案是什麼。我比較在意的，而且讓我感到沮喪的，其實是我的魯鈍。照道理說，如果那些聲音不是出自於我的幻想，那麼能夠親身聽到六祖說法應該是個殊勝的福份，然而我卻無法在一次又一次響起的說法音聲中，想通了或是頓悟了什麼。我仍然是凡俗的芸芸眾生中之一員，煩惱著塵世間貪嗔癡慢疑所帶來的困擾；沒有因為讀過了六祖壇經而通達了些，也沒有因為親耳聽了六祖的說法而開悟。這對於當時的我來說，不僅引起了不安的焦慮，也是對自我信心不小的打擊。

還好這樣的打擊，在大部分的時間裡，並不會嚴重到影響我的生活，我仍然很清楚自己所面對的現實是什麼，也仍然以凡人的心情過著日常煩人的生活。在那個一九九〇年一切看起來都像是要推向另一波高峰的時代，我比較猶豫的事情中，大一點的，是接下來的碩士班到底要選擇哪一個研究所；比較迫切想要的，是如何在我失敗的感情生活中，能夠早一點遇到那個願意跟我在一起的人。而這兩項，以我的魯鈍，都無法在那句經文，甚至是，讀完整本六祖壇經之後，可以得到明確的指引或啟示；即便我嘗試著努力讓自己「屏息諸緣，勿生一念」，仍然在自以為放空了很久之後一無所得。

所以到了註冊前的抉擇時刻，讓我決定就去讀U大碩士班的關鍵理由，就很庸俗的只是因為阿嬌也在U大。那時候，我考上了三間學校的研究所，這三所不管是哪一所，其實對我來說都沒有很大的差別。一方面是因為學校的名氣在台灣來說都不錯，反正我大學唸過T大了，碩士班就比較無所謂，名聲也不錯就可以；另一方面則是因為我已經跟中研院的一位老師談好了，碩士班就投入他的門下，而他說不管我唸哪一校哪一所，他都有熟人在裡面，都可以用共同指導的方式收我為徒。也因此，最後我選擇了阿嬌唸書的U大，而不是許多人建議的留在我自己的母校T大；原因很單純，這樣的話跟阿嬌見面比較方便。

其實那時候阿嬌還不算是我的女朋友。我們是在一九九〇年的一月一日才認識的，她小我一屆，唸的也是生物相關科系，是我室友阿彪的新女朋友的表妹，在阿彪為了他新女朋友所精心策劃的慶生聚會中，我才認識她。說不上是一見鍾情，一開始就只是印象還不錯而已；而那個「印象還不錯」並不是因為她的長相，而是因為她的落落大方與毫不扭捏的健談。雖然這樣說對她來講並不盡公平，說真的，儘管不是讓人驚艷，但如果很仔細的從頭到腳打量，基本上，她的面容也算姣好、身材也沒什麼說得出來的缺點，只不過整體搭配起來，就是少了那麼點搶眼的味道。

那天的慶生會從下午兩點一直玩到晚上七點多才結束。由於天色已經暗了，阿彪與他的新女朋友就要我幫他們送阿嬌回家。阿彪說這話的時候還用個很曖昧、象徵很夠義氣的眼神盯瞪了我一下，意思是說「我有為你設想喔，把不把得到，就看你自己了」。我瞭解他的意思，但沒有想要做到他所隱喻的那件事情；不過我還是很有禮貌的接著問了阿嬌的意思，看她願不願意讓我載她回去？

阿嬌沒什麼考慮的就直接說好。既然她回答的乾脆，我也就沒什麼好猶豫的領著她到我停在對面街道騎樓裡的野狼125。當她跟我一起在機車旁邊並肩站著的時候，才讓人比較有意識地感覺到，原來她真的還蠻高的，幾乎與一七〇公分的我有著一樣的俯角視野。那天阿嬌綁著一條不算長的馬尾，整束烏黑的秀髮只約略垂及肩胛的上緣；身上穿著淺黃色的高領毛衣，搭配一條深藍色的牛仔褲，外面再罩上黑色的防風外套，雙腳則踩著暗棕色的短統馬靴，並且背了個白色的小包包。說不上是時髦的打扮，不過站在我那部有著不少鏽斑的中古野狼旁邊，感覺上，還是有點不太搭調，就像是用泡麵的鋼杯倒滿威士忌來喝的那種怪怪地。

她住的地方在有點高度的半山腰。她說那是她姑姑的房子，三年前她姑姑全家移民美國了，這個房子卻放著沒有賣掉。剛好她考到了就在附近的U大，所以就順理成章的過去住了，也算是幫她姑姑管理房子。在一九九〇年的第一天，雖然天氣還不是那種讓人萬念俱灰到只想躲進被窩的溫度，但仍舊是個說得上冷的天氣。我在想，從位於永和的這裡騎過去，如果加上停等紅綠燈的耗時，少說也要花上一個小時左右的時間；不只路途遙遠，其中還有一段溫度更低的山路要騎，晚上說不定還會飄點小雨什麼的。阿嬌看起來雖然衣服穿得還足夠，但那只是坐在公車內或步行在路上還可以應付得過去的保暖程度而已。如果是坐在機車上以時速五十到六十公里的速度奔馳的話，光是她沒有戴上手套的雙掌，大概就會被流掠的冷風刮到凍裂。

我說了我的疑慮，然後建議說，也許可以先騎個一小段市區的道路、再過個永福橋到公館去。那裡的公車班次比較多，接下來我可以陪她一起坐公車回去。

「那好麻煩喔！還是得要在士林換車，一整趟下來，大概需要花上兩個小時才能回到家。然後你還要再花兩個小時坐公車回到公館騎車，這樣的話，對你實在是太不好意思了。如果是這樣，我自己回去就可以了。」

「嗯，喔，那麼，現在是七點二十分，如果妳坐公車回去的話，到山上大概就快要十點了。妳表姊應該就是擔心這太晚了，才會要我送妳回去。這樣好了，我騎慢一點，然後載妳到士林轉車的地方。山上比較冷，那段路我再陪妳坐公車上去。這樣的話，時間還是會省一點。」

「如果是那樣，既然都已經到了士林，乾脆就直接騎回去好了。從士林到我住的那邊，應該不用二十分鐘就可以到達。」

「妳平常有騎機車嗎？」

「沒有。」

「有被載過嗎？在台北，用機車。」

「有啊，不過不多就是了。我大都是坐公車，有時候會跟同學一起坐計程車。」

「喔，那妳應該不知道這種高速冷風的厲害。」我伸出雙掌互搓一下示意著。

「你自己也沒有戴手套啊？所以應該還好吧！雖然我是女生，但應該也是可以的。」阿嬌看著我的雙手，臉上有些不服氣的說。

我把兩隻手伸到她面前，要她仔細看看在大拇指與食指側緣內大大小小已結痂或未結痂的裂傷。阿嬌看了，皺起了眉頭說：「怎麼這麼嚴重啊！為什麼沒有上藥包紮？都這樣了，你還不戴手套！」

「戴手套騎機車不安全。然後，痛久了，就習慣了，反正痂結了就會好。」我翻了翻手掌，自己也看了下傷口，「我粗皮硬肉的都會凍傷，妳應該會更受不了吧！」

「那這樣好了，如果真的很冷，那我把手伸進你外套的口袋裡就好了啊！」阿嬌忽然以看似俏皮卻又認真的語氣，提出了這個讓我忽然間不知道該如何回答的建議。

「喔，好吧。」一下子也不知道該怎麼說才適當，就只好先答應了。

我之所以不知道該如何回答是因為，倘若她的手伸進了我的外套口袋，那麼等等在機車的疾駛之中，只要有任何突然的煞車甚或是加速的狀態，她必然會被迫前傾成貼緊我的環抱姿勢。因為如果在她的雙手已經插入了我的口袋之後，還是硬要維持住兩個人的身體不要互相接觸而且又不至於被拋下車的話，那麼她的雙掌必須得要緊緊的扶抓住我的腰部才行。但是在冬天厚厚的衣服阻隔之下，這是很難確實做到的動作。

我的為難之處就在這裡，今天認識她還不到六個小時，甚至連她的全名都還不知道，結果阿嬌居然主動提出了如此貼身的搭乘方式；如果她不是個單純到連這種曖昧狀況都毫無想像能力的女生，就是個別有用心的情場老手。然而不管是這兩種的哪一種人，對我來說都會是個負擔；因為整個下午相處起來，雖然她給人的印象還不錯，但我覺得阿嬌並不會是我想要追來當女朋友的那類女生。

說不出為什麼，就像是拿了一張檢核表一邊核對一邊勾，雖然全部都勾合格了，還是會覺得有哪裡怪怪的那樣，激不起什麼讓我想要追求她的積極動力。而既然沒有想要追求她的念頭，那麼就沒有必要在身體的接觸上糾葛，以免引起誤會；能夠避免的麻煩，還是盡量能免則免。

雖然我心中還是有些猶豫，不過既然剛剛已經脫口而出的答應了，也就只好到時候再邊走邊看好了。我把機車推出騎樓，先跨上用雙腳撐住機車之後，才要阿嬌也跨坐上車。一開始是很正常的姿勢，她的雙手握住座椅後緣的鋼架管，雖然兩個人的外套有些許的摩擦到，不過完全沒有任何身體觸壓的感覺。我在確認了她已經坐好之後，才發動車子行駛出去。在車子啟動的瞬間，感覺到她還稍微後移了一下坐姿，好跟我之間的距離能夠再大些。

大概跟我預估的差不多，過了永福橋開始往新生南路騎的時候，由於車行順暢以致於車速加快，迅竄流掠的冷風漸漸地就帶走了手上的溫度，開始進入冷刮的階段。尤其是天黑了以後，氣溫降低得很快，即便我已經很習慣這樣的凍刺，在過了光華橋於南京東路口的紅燈暫停時，我還是忍不住的搓了搓雙手。

「我的手可以伸進你的口袋嗎？」背後傳來阿嬌有點冷顫的聲音問著。

「OK，不過妳要抓好，特別是車子煞車又起步的時候。」

「嗯，謝謝！」

阿嬌簡短的回答了一聲之後，手就伸進去我外套口袋內，並且揪著一團內裡抓著。但是她為了讓前胸仍然保持著與我的後背不碰觸到的距離，所以上半身呈現略為後傾的狀態，連帶的，我的外套也被她往後拉扯，以至於整個肚子感覺到像是被束帶紮著。說真的，那實在是很不舒服，不過因為還沒有達到干擾車子操控的程度，我也就沒有多說什麼，總不能開口要求她環抱住我吧。

雖然我刻意很緩慢地加油門，讓車子的起步不要太過於突然，不過力學的慣性作用還是讓緊抓著我口袋內裡的阿嬌略微後仰了一下。在她驚呼出聲音的瞬間，同時也反射的用雙手抱緊著我的腰，並且將身體貼靠到我的背上。一過了十字路口，我趕緊將車子在路邊停了下來，回過頭問問她的狀況。她有些不好意思地將手從我的口袋中抽出，赧赧地說：「我還是抓後面就好了。」

聽著她在寒風中打著顫的聲音，雖然理智上覺得這樣子不妥，但我還是開口這樣說了：「如果妳不是很介意的話，就乾脆像剛剛那樣的把手伸進我的口袋、略微抱著我吧，這比較安全也會比較溫暖些。離士林沒有很遠了，我騎慢些載妳到士林之後，再陪妳坐公車上山。」

阿嬌似乎猶豫了一下，不過很快地就點點頭，然後再度把手插進我的口袋並且環抱住我的腰，也因此整個人就貼靠了過來。儘管她仍舊以腳勁抵住了些前胸往我身上觸壓的力道，再加上兩個人厚厚的衣服阻隔，我仍然感覺得到來自於她雙峰的柔彈。這種只有乳房才能產生的特別膨貼之感覺，雖然引起了我一些些情慾的遐想，但是在念頭才浮出的剎那，就很輕易地被不要趁人之危的那麼點自我克制驅趕到冷風之中。

其實阿嬌那樣刻意隔開距離的姿勢是相當不自然的，腰部和小腿應該都承受了不小的負擔，以致於車子還沒有騎到承德路，就明顯感覺到阿嬌的身體漸漸地往我的背部靠緊過來。雖然她試圖再用力蹬踩腳踏板以略微後移身軀，但因為雙腳的力量已經無法久撐，所以一下子就又鬆腳而再度傾靠過來。奮鬥了幾次之後，阿嬌顯然放棄了我們之間的距離，就讓自己停穩在一個緊抱著我的姿勢了。而這樣的緊靠，因為是整個身體的大部觸貼，反而讓我對於她胸前雙峰所帶來的女體刺激變得沒有那麼敏感；而且因為這樣的貼緊，也讓兩個人之間沒有冷風可以流竄的空間，身體也就變得暖和了起來。

到了士林可以搭公車的地方，我放慢速度開始尋找停車的位置。忽然間，阿嬌在我耳邊輕聲地說話，要我先在路邊暫停一下。我熄了火，但是她沒有下車，只是把手伸出口袋，後挪了一下身子，抓住座椅後緣鋼架，然後說：「我自己坐車回去就好了，八點多了，你再陪我坐公車上去的話，回來太晚了。」

「就是因為晚了，我陪妳回去比較放心。」

「還好啦，我住的地方離公車站牌沒有很遠，走個十五分鐘就到了。而且沿途都有路燈，沒關係的。」

「哇，晚上一個人在山上走十五分鐘，即便有路燈，若是只有妳一個人在走，那還是不太好。反正我住在宿舍又都很晚睡，陪妳上個山再下來，OK的。」

阿嬌沒有接著答話，安靜了幾秒鐘。我不禁好奇的把頭回擺個更大的角度以便能夠看清楚她的臉。阿嬌看著我因為轉頭而顯得有點扭曲的面孔，露出個嫣然的秀氣笑容，對著我說：「你的手還好嗎？會不會很冷？有沒有再裂傷？」

「喔！」我把頭擺回正常姿勢，稍微低頭看了看自己的雙手，搓了搓之後，又轉過頭去看她，順便秀出我的雙掌在她面前翻了翻，說：「還好，妳看，沒有流血。」

「如果你覺得一定得要陪我回去才放心的話，那，你就載我上山好了，這樣時間上比較省，你跟我都可以快一點回到家。」

「妳還OK嗎？山上應該會更冷喔！」

「這句話應該是我問你才對，是你在前面擋風的。」

「OK 啦，我上個月半夜跟同學騎到大屯山夜遊，大概也只是穿這樣而已。天氣差不多一樣冷。」

「那麼冷，而且晚上大屯山常常會起大霧耶，還蠻危險的。我有次白天跟學姊、學長去，開車遇到大霧，都看不到路，快嚇死了。你們去夜遊幹嘛？」

「沒幹嘛，就宿舍幾個人騎上去然後又騎下來。是啊，我們回程也遇到大霧，能見度大概不到五公尺吧。反正就慢慢騎，還是平安下來了。」

「你們還真無聊。」

「是啊，一群男生，就會這麼無聊。」

她笑了笑，沒再說什麼。我回到正常的騎姿，重新踩油門發動車子，再跟阿嬌說了聲「抱好」，她就很自然的把手伸進我的口袋，隨即以剛剛緊靠的抱法貼著我之後說聲「好了」。我在她聲音發出的同一時間放開煞車，直接往山上行進。

儘管已經沒有一開始那麼的拘謹，仍然可以感覺得到阿嬌在一路上山的過程中，不時地調整自己的坐姿，好讓她的身軀不會一直黏在我的背上。這是讓人比較放心的肢體語言，說明她不是個對我別有用心的情場老手；至於一開始那些看似有些曖昧的暗示舉動，應該可以理解成是她大方不做作的個性所造成的天真尷尬。當然，在大方不做作的背後或許也含有一些對我的好感，只不過是含蓄的，她應該不想在一開始就迅速開展親密關係。

一到她家附近，我發覺我送她回家是對的。晚上九點的山上雖然有路燈，但只是將道路照的不暗而已；而當我們的機車從大路旁的公車站牌往前直走到轉入巷子內，再騎到她所住公寓樓下的這一路沿途，都沒有看到其他的路人出現；說真的，即便要我一個人走在這段或許只需要十五分鐘的夜歸山途，那也會是一段令人緊張的警戒路程。

在山間的社區內晚上是極為寧靜的，摩托車一騎進去，引擎的炸砰聲便像極了四處挑釁的爆裂巨響。因此一停下來之後，我隨即熄了火讓阿嬌下車，不過自己仍舊跨坐在機車上，並沒有打算在此多所停留。阿嬌站在我旁邊，沒有說話，只是鬆開馬尾用手梳理著一路被吹亂的頭髮，這時我才真切的聞到近距離所飄過來的她的髮香。

「妳住幾樓？」我看著阿嬌在天寒中所泛起的兩頰陀紅，忽然想到一件該注意的事情，於是就在她重新綁好馬尾準備開口前先問了。

「四樓。」阿嬌簡短的回答後，又低下頭拉了拉自己的外套下擺，讓整個人回到稱得上是打扮整齊的美女狀態。

「所以妳可以打開這一個窗戶？」我仰頭算了一下樓層，用手指著四樓的那排窗戶中最左邊的一個。

「可以啊，嗯，那個應該是客廳的。」

「那就這樣，我站在這邊先等一下，如果妳上了樓，進了家門，確認自己已經很確實的鎖好門之後，就請妳開一下這個窗戶，然後跟我揮一下手，代表妳已經平安的進了屋子。OK？」

阿嬌換成了一種眼睛在閃爍著訝異的表情，看著我，似笑非笑的抿著嘴，眼神忽然跳過我望向後面那一排別墅住家，又倏地仰頭看看天空的星星，在我還來不及隨著她的目光尋覓天際時，她又定睛回到與我的雙眼對視。不過此時她的黑眼珠裡，好像閃爍著剛剛才沖刷過一滴眼淚的水痕。

「這麼細心啊！那你要不要乾脆陪我上去呢？」說到這裡，阿嬌又仰著頭望起了天空，並且用力地吸了一大口氣之後再長長吐出，繼續回到專心看著我的神情。等了兩秒鐘，她帶著一點點沉思的不確定語氣接著說：「在這麼冷的天氣騎這麼久的車，我應該泡杯熱茶給你喝喝才對。嗯，我想你也需要先上個廁所，等等如果要騎回去的話，又是一個多小時，而你剛剛已經騎了一個多小時了，加起來就會是三個小時。是應該要先上個廁所。」

還沒等我回話，阿嬌又兀自說了起來：「這樣想起來，我也太自私了，都沒有考慮到你的不方便。我應該要自己坐車回家才對。」

「沒關係啦，還好啦！我常常這樣晚上晃的。今天如果不是載妳回來，或許，我一回到宿舍就會被室友們再拉出去騎車也說不定，搞不好我們又會騎到大屯山。上次他們說應該要帶個汽化爐到大屯山煮火鍋看夜景。」

「你們好無聊喔！」

「是啊，一群男生，就會這麼無聊。」

「如果是這樣的話，你上樓好了。我覺得我還是要泡個熱茶給你，你也應該先上個廁所。啊，如果你肚子也有點餓了的話，我有一些泡麵，我可以用煮的煮給你吃。我有一個廚房喔！」

其實我應該拒絕的，而我的確也想拒絕這樣的邀約。在那個當下，雖然我對阿嬌的印象又更好了一些，但她仍然不是我所想要追求的那種女生；雖然我也說不出來到底我想要追求的女生是個什麼樣子，但在那個當下，我就是知道那個女生不會是阿嬌。

不過，我居然答應了。

在我說出「好吧」的那個當下，雖然我心中想的詞語是「很晚了，我先回去好了」，不過，就在出口的瞬間像是被人及時的把那幾個字拉走，然後迅速抓了兩個叫做「好吧」的字眼掛上聲帶旋即拉弓彈射出來，在我還搞不清楚出口的是什麼東西的時候，「好吧」，就已經撞上了阿嬌的中耳鼓膜。

我從阿嬌微笑點頭輕盈地說了聲「好」之後才意識到自己剛剛說出的字義。在思緒倉促地不知道要怎麼再重新說出我真正想法的時候，阿嬌又補充了一句：「那車就停在騎樓這裡好了，騎樓可以停沒關係。」這句話一出阿嬌的口，我的身體隨即依照她的指令行事：下了車，將機車推到騎樓停好。好像沒有需要進一步質疑或是稍加考慮的餘地。

到了這個地步，即便我的思考裡仍然覺得在這樣的夜晚，到一個今天剛認識的女生家裡而且還是只有她一個人住的家裡，總是一件不太妥的事情，不過我已經開口說了「好吧」，然後連機車也都已經停好了，如果又忽然佇足不前，那勢必就得花更多時間找更多理由來解釋。而在這樣安靜到連呼吸聲都清晰可辨的山上，我實在不想在這個騎樓發出擾人的說話聲。加上轉個念頭想想，雖然在一九九〇年一月一日快結束前的三個小時，阿嬌還不是那個讓我動心的女孩子，但至少我對她的感覺已經比下午又更親近了一些，或許上樓坐坐，沒了白天阿彪和他新女朋友在場的干擾，我們能夠聊得更多更深入些。

那是間可能接近五十坪左右的房子，一進門就是一個寬敞的客廳，沒什麼特別華麗的裝潢，但是那些看似簡單的木頭櫥櫃桌椅，擺設起來卻又流露出一種質樸中的貴氣；或許是那些傢俱與屋內整體空間搭配出來的氣勢、又或許是那些櫥櫃桌椅用料的大器厚實，總之，當初擁有它們的主人，應該不是一般的平民百姓。

「是檜木吧？」我摸著牆邊的一排書櫃說。

「嗯，是檜木。你看到的整個客廳的傢俱都是檜木做的，還有我現在住的那間主臥室也是。」阿嬌脫下外套，隨手擱在檜木作成的椅背上，輕鬆地說著。

「哇，真的耶！難怪這房子看起來很有質感。」我本來想用「貴氣」，出口前臨時換成「質感」。

「我姑丈，他很講究這些，聽我姑姑說，連傢俱要做成什麼樣子，也都是他自己畫圖設計的。」

「妳姑丈應該是很有錢的人吧？光是這些檜木材料，費用就夠嚇人了。」我大一的時候曾經在建築工地打過工，大二時也跟過室內裝潢的班，對裝潢建材還算有些概念。

「應該是吧。他在幾家國營企業都任過職，而且職位都還算不低的那種。這裡也只是他的房子之一而已，不過這間房子應該是他長住的地方，所以裝潢就特別講究。」阿嬌停頓了一下，用手勢示意我可以把脫下來抱在手上的外套也擱在椅子上，然後再繼續說著：「我姑丈他人看起來很嚴肅，不過對我倒是很親切，每次見到我都很親切的叫我丫頭。我國中的時候有一次啊，我爸爸帶我到姑姑這裡，姑丈正在寫書法，結果我跑過去看的時候不小心撥到硯台上的墨，把那張快寫好的書法弄髒了。我爸嚇得滿臉鐵青的要打我，但我姑丈卻笑嘻嘻地制止了我爸，還摸摸我的頭說，先去洗洗手，等等姑丈再教妳寫字。」

我不知道要怎麼答腔，只好一直微笑地著看她。阿嬌看我沒有要回應的樣子，就聳聳肩，露出個有些靦腆的自嘲笑容說：「結果回到家之後，我還是被我爸打了一頓。」

本來像是越來越沉溺於回憶之中的阿嬌，忽然轉了個瞪大眼睛的驚訝表情，略微高聲地說：「啊，我都忘了，我應該去泡杯熱茶的！你先等我一下。」然後就急急往廚房走去。不過才三、四步，她又忽地回頭問說：「還是你要來包泡麵？我用煮的喔！」

「泡麵好了。」

「嗯，好！等我一下喔，我幫你再加個蛋好不好？」

「好，謝謝！」

雖然我本來想的只是喝喝茶就好，不要太麻煩。不過跟剛剛在樓下一樣，當阿嬌用著帶有期待的語氣說出她的問句時，我就會未經思考地先脫口而出的答應了。

阿嬌在聽到我說「好，謝謝」之後，隨即生出一個柔蜜的微笑輕快地閃進了廚房。廚房的門是開著的，我站在客廳的書櫥旁邊可以清楚地看到正在廚房內忙著的她。隨著阿嬌開櫃拿麵、開冰箱拿蛋、架子上取鍋裝水的動作游移目光在那個明亮的空間，眼見的，不管是流理台、冰箱或是櫃架的擺設，那個廚房也跟客廳的風格類似，在在都顯示著主人雖然想以質樸自許，卻又掩蓋不住刻意低調的自豪。

而從阿嬌不假思索的熟練動作看來，她是經常下廚房的；也因此那個維持的相當乾淨的廚房就意味著，此刻正在裡面忙碌著的女生，是位勤於做家事的人。的確，仔細的環視了一下整個客廳，這麼大空間內的一切也是整整齊齊清潔的很。看來阿嬌不只勤於做家事而已，某種程度，也應該是個很細膩甚至有些固執的人。

剛剛在環視整個客廳的時候，也發覺到書櫥內擺放了一整排的佛教經典，其中靠我最近的是一本六祖壇經。不過吸引我目光的倒不是因為書離我最近，而是因為在書背上有兩滴墨痕。本來好奇地想把書拿出來翻一翻，不過隨即想說，第一次來到別人家裡就隨意亂翻他們私人的東西好像不太妥，畢竟我跟阿嬌今天下午才認識，並沒有熟到可以自由自在的程度。想到這裡，也才發覺，叫了一整個下午的「阿嬌」，結果，我還不知道她的全名是什麼。

於是我走到廚房門口，以輕鬆的模樣斜倚著牆，看著正從冰箱拿出一個保鮮盒的阿嬌說：「今天都快過了，我還不知道妳的全名？」

「高虞嬌，虞姬的虞。霸王別姬的虞姬。對耶，那你呢？一整天了我也只知道你叫阿雄。」阿嬌稍轉過頭來看了我一下，很認真地說著。

「陳漢雄，漢朝的漢，英雄的雄。」

「嗯，漢雄。哈！朝代上我們彎配的嘛！」

應該可以用「嫣然一笑」來形容阿嬌講這話的神態，那是我今天所見過的她最迷人的模樣。不過她很快地就把頭轉回去，看著剛拿出來的保鮮盒，打開它，從裡面拿出一把已經切好的小白菜。

「再幫你多加個菜。我啊，平常會多買一些菜，先洗好、切好放入保鮮盒中，這樣，煮東西吃的時候就很方便。」阿嬌又用嫣然一笑的表情像是自言自語般地說話；一邊講一邊把蓋子蓋上，再俐落的將保鮮盒塞回冰箱。同一時間，水開了，她隨即把已經拆好的泡麵丟入、事先撕開了的調味包也倒進去，快速用筷子攪一攪，接著又打了一個蛋下去，然後再把小白菜鋪放在湯面上。

我靜靜地看著她在廚房中的揮灑。阿嬌在所有的流暢中顯露出的風采完全迥異於今天下午到晚上的任何感覺，就在看著她下麵打蛋鋪菜的那些瞬間，交錯牽引出腦子裡面一個埋藏很久的名字，隨即像是標籤一樣的貼到這個人身上，說，啊，就是她，高虞嬌，然後就認為我對這個人再熟悉不過了。

「我剛在客廳書櫃中看到一本六祖壇經，書背上沾有墨痕，我在想，會不會也是妳小時候那次弄得啊？」忽然地我就蹦出一個這樣的念頭，沒什麼多想就開口問了。

「對啊！你怎麼會想到？就是那一次沒錯。」阿嬌稍微暫停手中攪拌的動作，有些驚訝的瞪大眼睛望著我。不過只是停留一下下，在我答話之前就又回過頭去看著那鍋正在沸騰著的麵湯，繼續接著說：「那時啊，我姑丈剛把六祖壇經放下，就擺在宣紙的旁邊，正準備動筆寫字。我猜他寫的就是經書內的某些段落吧。我跑過去看的時候，本來想要用手肘撐在桌面上讓自己更能前傾一些看得更清楚，結果就撥到硯台上的墨條，灑出了幾滴墨汁，其中有些就落到經書的封面跟書背上了。」

阿嬌若有所思的又暫停了手中的攪拌，一兩秒後，像是想起了什麼又恢復正常的動作。

不過沒攪幾下，就又停止並關了爐火。

「好了！麵好了，可以吃了，到餐桌那邊吧。」阿嬌盈盈地笑著對我說，我這時才發覺她有對很淺的酒窩。

阿嬌端起了鍋子，走出廚房，往客廳旁邊的大餐桌走。邊走邊繼續說：「我還記得那時候，我姑丈在制止我爸揍我的時候說，沒關係，是這孩子跟經書有緣，難得殊勝啊，不要怪她。」阿嬌把鍋子放到餐桌上的隔熱墊之後，又補充說：「我那時候聽不懂『殊勝』兩個字是什麼字，後來才搞清楚，原來是特殊的殊、勝利的勝。」

「妳還記得那時候妳姑丈在紙上寫的是哪些字嗎？」

「我那時候都快嚇死了，那還有膽子去看那麼多啊！」將麵鍋在桌上放好之後，阿嬌又進去廚房幫我拿筷子和湯匙，邊走邊接著說：「不過啊，我倒是記得，當時我姑丈看到墨汁滴灑在紙上的時候，本來也是眉頭皺著一愣，不過隨即笑說，『本來面目』成了『本來面自』，真有禪意啊！ㄚ頭啊，妳有頓悟佛緣喔！」

「所以是有一滴剛好落在『目』的左上方囉？」我接過阿嬌遞給我的筷子、湯匙，也收下她甜甜的點頭微笑。

「應該是吧。我那時候根本不敢去看，因為我爸已經氣呼呼的跑過來要揍我了，我都嚇到快哭出來了。」

「後來那張書法呢？」

「不知道耶，後來我姑姑就帶我去洗手，結果看我邊洗邊掉眼淚，就又帶我到廚房拿了個布丁給我，要我慢慢吃，不要怕。回到客廳，姑丈已經把書法收起來了，我也不敢再問。時間一久，都快要忘掉有這件事了，要不是今天你來，我也不會想起這件往事。」阿嬌在我對面坐下來，手肘撐桌雙掌托頰，像是遙想，也像是對著客廳那個如驚弓之鳥的國中女生憐惜地說。

一下子不知道要接什麼話，只好簡短說了聲「喔」就開始低頭吃著麵。沒想到加了蛋跟菜之後，用煮的泡麵變得這麼美味！平常在宿舍用鋼杯泡著吃習慣了，完全沒想到只是簡單的變化，就成了豐富厚實的餐點。

或許是看我吃得又快又急，阿嬌皺著眉頭苦笑地說：「吃慢一點，又不趕時間，很燙呢。」

「還好啦，我很能吃燙的東西。真的很好吃，我從來不知道泡麵可以煮成這麼好吃。」我稍停了一下，看著阿嬌很認真地說。

在抬頭說話時有個剛好跟她眼睛四目對望上的剎那，那瞬間，我忽然覺得這樣的場景非常熟悉，像是某一天的居家平常，我和她正例行的一同吃飯聊天。也就在那個當下，阿嬌在我心中忽然從一個「今天剛認識，雖然印象還不錯，但還不到讓我動心」的女孩子，一下子跨越成「我們應該是家人」的自然而然。

我當然沒有跟阿嬌說出我的感覺，那太突兀了。顯然她對我的評語感到非常開心，眼睛都笑瞇成一條細縫了。此時我覺得我應該再多講一些話，讓氣氛不至於尷尬地冷下來。

「妳後來有讀過那本六祖壇經嗎？有想過為什麼妳姑丈說『本來面目』成了『本來面

自』是有頓悟佛緣嗎？」

「我來住這裡之後，有試著讀讀看幾次。不過每次都讀不到一半就停了，我覺得好難喔。即便我也到圖書館找過白話文本，還是沒有辦法看懂；就是每個字都知道，但連起來就是不懂。所以我姑丈說的，我當然也不懂了。啊！對了，你讀過六祖壇經嗎？要不要幫我想想看呢？」

「我沒讀過耶。」我暫停了筷子撈麵的動作，回應了阿嬌眼睛忽然一亮的問句。

「那，你要不要拿回去讀讀看，如果懂了，就可以講給我聽。」

「啊，妳太抬舉我了，我大概沒那個慧根。」

「不，我覺得你應該會懂。」

「為什麼？」

「就是覺得。」

「這麼肯定？」

「嗯，我的直覺很準的喔。」

「好吧，我試試看。不過我會自己去買一本。妳姑丈這本應該是很有紀念價值的，還是留在這裡比較好，才不會弄破或弄丟。」

那天晚上，吃完麵之後我就離開了。現在想起來，那時候我如果沒有在吃完之後就離開，而是留在那邊聊得更久一些，甚至是，就在那邊住上一晚的話，或許我們接下來的所有人生就會不太一樣。但是在那個時候我就是有個像是打了地樁般的堅持，總是認為對女生要表現出君子般的謙謙風度，不能讓這樣初認識的女生認為我對她只有肉體的非分之想，所以吃完了麵就跟阿嬌說：「吃飽了，實在是太好吃了，謝謝！時間差不多了，我得回去了。」

「要不要來杯熱茶，我有很棒的香片喔，我姑姑說那是比賽的冠軍茶喔。」

「不用了，謝謝。很晚了，再喝茶的話，就十一點了。」

「你明天一早有課嗎？」

「沒有，下午才有課。」

「那你會很早睡嗎？」

「嗯，還好，大概都快一點才睡。」

「喔，這樣的話，喝杯茶應該還是有時間的啊。」

阿嬌仍然坐在我對面，雙手交叉的倚放在桌上，上半身微傾向我、仔細注視著我說話。我從她的眼神中讀出了一種期待，從來沒有女生用過這樣期待的眼神看過我，以致於在那個瞬間，我像反射般的移走我不知所措的目光；結果稍一低頭，卻又望見了那因為前傾而被桌面與手臂擠壓出更顯得渾圓的乳房。雖然罩了件有些厚度的毛衣，不過仍然讓我生出了想要貼撫上去的慾念；當然我並沒有那樣做，不過迅即膨脹起來的褲襠卻讓我感到困窘不已。

「還是不要好了，越晚天氣越冷，三更半夜再騎回去的話，可能會更難受。」

「這樣啊，那，好吧，小心喔。」

「啊，對了，我得先把鍋子洗完再走；我自己吃的，得自己收拾。方便我進廚房洗鍋子嗎？」

「不用了啦，我來就好了，你先回去沒關係。」

「喔，那謝謝囉！」

其實在那時候離開並不是個很理想的時間點，因為阿嬌說完話之後，外面就開始下起雨了。雖然不大，但是在寂靜的山中夜晚，仍然可以清楚地聽到雨滴不停敲擊著窗簷的聲音。

「哇，下雨了！」阿嬌轉過頭看著窗戶有些驚訝地說。

「喔，啊。」我無意識地應了兩聲，確認剛剛幾次深呼吸已經壓制住下體的膨脹，就站起來走到窗戶旁邊，掀開窗簾的一角，看看落雨的狀況。

「看起來還好，不算大。我車上有雨衣，沒關係。」

「這樣會不會危險啊，晚上又下雨，視線可能很不好，而且又更冷。」阿嬌說完也站起來走到窗戶旁邊，看了看窗外之後再轉過頭來看著我，緊抿著嘴唇注視了我幾秒鐘，然後像是下定決心般的對我說：「還是你晚上就住這裡好了。另一個房間也有床、棉被什麼的。平常的話，我住在主臥室裡，但是如果我姑姑他們回國度幾天假，我就會先搬到那個房間去住。所以平常我也都有在打掃喔，很乾淨的。」

說實話，那是個讓人幾乎無法拒絕的提議，特別是這麼近距離的面對面站著，那個來自於青春女體所散發出來的誘人膩香幾乎放肆的全面襲來，加上盡入眼簾的胸前曲線隨著呼吸起伏，讓我幾乎無法再有更為理智的思考。不過我那個像是打了地樁似的君子堅持，還是在我下體又要膨漲起來之前擊退了自己。我看著阿嬌，很用力地深呼吸了一下之後，儘可能地以無所謂的表情說：「不會啦，我常常在下雨的晚上騎車。以前打工的時候，三更半夜冒雨回家是常有的事情。有一次啊，那個工地也是在山上，比這裡更高喔，我就有幾天是在下雨的夜晚騎車回家的。」

「好辛苦喔！你現在還是這樣打工嗎？」

「這學期沒有了。一方面想說工作了三年多了，存了些錢，夠自己在大學的最後半年生活；一方面則是需要時間準備研究所的考試，我大學成績其實很爛，最後關頭總得衝刺一下。」

「會的，我覺得你會考上的。真的喔，我直覺很準的。」

「謝謝！那我先回去了。」

阿嬌就沒有再多留我，雖然她的眼神還是透露出有些矛盾的猶豫，但是仍然帶著感激又憐惜的笑容送我到門口。那不是一般客套的笑容，我能夠體會得出那微笑的容顏之中的心疼。

臨開門前，阿嬌忽然要我先等一下，她快步的走到客廳放電話的角落，拿起擺在旁邊的紙筆，快速地寫了幾個數字再跑過來拿給我，說：「我這邊的電話號碼。你回到宿舍之後，麻煩撥個電話給我，讓我知道你平安到家了。方便嗎？」

「OK。」

就這樣，我有了阿嬌的電話。

第二章

這個電話號碼除了在當天晚上報平安用過之外，隔週我也用它約了阿嬌一起到台大公館附近見面。本來的計畫是先一起吃個飯之後再到東南亞戲院看場電影，不過因為人太多了，阿嬌臨時決定不要看電影，吃飽飯後，我們就到附近的金石堂書店逛逛。

我就在那裡買了《六祖壇經》。那是阿嬌先看到在書櫃上陳列的《六祖壇經》，然後跑來問我說要不要買回去看。

「你如果看懂了，要講給我聽喔！那個『本來面自』。」

那是個很難讓人拒絕的真摯面容，阿嬌臉上五官中所透露出的熱切期待，彷彿說著當時的我就是她通往大智慧的唯一途徑。

「好啊，我努力試試看好了。」

那算是我們第一次正式約會，應該是個不錯的開始。因為在接下來的幾個月內，我們又一起去看了三場電影、職棒開幕賽以及之後的三場比賽，還有幾次我到U大去接她，然後一起在士林夜市吃飯閒逛。就這樣到了暑假過了一半的八月，我們進展到了算是接近男女朋友的狀態。

說「算是接近」，是因為距離真正的男女朋友好像還差那麼一點點。簡單來說，就是相處時少了不假思索的肢體接觸，還有，口頭上明確的告白。儘管我們見面時的互動自然，甚至自然到可以說是默契良好，但是逛街的時候，她不會勾住我的手而我也不會想到要牽著她走，每次都是在告別回家後，才想到應該要試試看如果牽住她的手，接著阿嬌會有什麼樣的反應。

倒不是說我在堅持著什麼道德上的純潔，而是，我覺得我們兩個人之間，雖然的確是互相吸引著彼此，但只要我一靠近阿嬌身邊，就有個像是看不見的結界環繞在她周身抵斥著我，將我內心的情慾蠢動推離主控大腦的位置，讓那些應該要自然而然出現的肢體接觸之意念消失無蹤。我不知道阿嬌是不是也和我有一樣的感覺，我從來沒有跟她提過這件事情，也沒有聽她說過跟這個有任何相關的東西。

不過，如果把自己拉到一個較為客觀的位置來看，這種就是有那麼一點點隔閡的相處或許也沒有那麼奇怪。畢竟在那幾個月裡面，我們兩個人的日常仍然是在相隔一個多小時車程的兩個地方各自生活著。那是一九九〇年，是一個沒有 e-mail、沒有 FB 也沒有手機的年代；對於住在學校宿舍的人來說，即便是電話，也是個不方便的聯絡工具，因為整棟宿舍一百二十個房間就只靠兩線電話輸入外界的訊息，而輸出，就得靠平均二十個房間才有一支的投幣式公共電話。若是寫信的話，即便都用限時的，一去一回，那都是四天以上的時間了。

也因此，在我們算起來平均一個月不過只有兩三次的實際互動中，說能夠就這樣發展出足以稱得上是男女朋友的關係，那可能也太勉強了些。畢竟這樣的見面頻率隱含著我們兩個人之間缺乏著某種迫切的熱情，就像阿彪可以每天晚上騎上四十分鐘的摩托車去見他女朋友那樣的熱情；而這樣的熱情如果出現了，通常才具有鳳求凰的實質意涵。

有時候我會想，我跟阿嬌在那個時候於若有似無中被停滯住的感情發展，會不會跟我們在第一次見面時所看到的《六祖壇經》有關。在我們第一次約會之後回到宿舍的當晚，我就把《六祖壇經》整本瀏覽了一遍。那是一本薄薄的袖珍本，就是可以輕易的塞入夾克口袋的那種袖珍本，這個大小的用意應該是希望通勤的上班族或是學生們在坐公車的時候，能夠很容易的拿出這樣一本書來看。那是一九九〇年代的台灣，整個社會好像充滿了一種「日本（英國、美國、德國等等）能，台灣為什麼不能」的向上氣氛，包括「閱讀」這件事情也是。媒體上不時地可以看到那些上國之人如何上進，以至於在公車上、火車上都可以看到這些上國之人手不釋卷的畫面。我想，或許就在這種氛圍下，那時候的書店裡多了不少這類袖珍型的讀本。

當然我買了這樣一本袖珍型的書本，一定不會是為了這種有為者亦若是的動機；那時的那個年輕的我，純粹只是因為書本是阿嬌親手從書架上拿下來放到我手上的緣故。

像這類經典的文言文書籍之厚薄對當時的我來說是很無所謂的，一般而言，越厚的只是翻譯或注釋的越囉唆而已，以當時我對自己閱讀古籍能力的自信，反而希望這類後人所添加的文字干擾越少越好。雖然現在回想起當時的自信其實是很虛浮的狂妄，不過對那時候的我來說，一個唸生命科學的理學院學生能夠在人學四年內把整本《古文觀止》和《戰國策》還有《莊子》耐心地讀完，會出現那種虛浮的狂妄應該也是情有可原的吧。

當我在那天晚上把整本經書讀完之後，除了惠能為惠明說法的一段有之前提過的那種特別的感應之外，書裡面其餘的部分，說讀懂，是可以算懂；說不懂，也的確是不懂。這個懂與不懂的矛盾是因為這本《六祖壇經》的內容如果用來當作期中考的國文翻譯考題，我想任一段我都可以寫出個令閱卷老師無法扣分的答案；但若你問我書中任何一段經文中所蘊含的「意義」是什麼，我應該會一副啞口無言的表情。畢竟，我的生活經驗中沒有任何可以用來想像那種境界的材料。

阿嬌在我買了這本書之後隔了兩週的晚上，當我們一起到士林夜市閒逛的時候，她就問我說：「你讀過那本書了嗎？」

「《六祖壇經》嗎？」

「嗯。」

「讀了。」

「那，告訴我吧，『本來面自』。」

「喔！讀是讀了，但也不知道自己懂得是對還是錯的。」

「沒關係，你就說說看吧。」

「好吧。我是這樣想，原文是『本來面目』，而『面目』是一個有具體形象的東西，就像是我們的臉，或是可以再引伸些，是個可以具體定義的東西，例如像原文裡面所說的『不思善，不思惡』的『善』與『惡』，即便沒有嚴格的定義，也是有個雖然不成文但普遍應該會有共識的概念，也就是說，那是個『相』的概念。」

阿嬌停下了手中規律地翻攪八寶剉冰的動作，開始以一種好像就要看到光明彼岸的興奮眼神專注地瞪著我。忽然間被這樣突如其來的期待目光注視著，我頓時有些不好意思了起來，隨即也有了些警覺湧上心頭，想說，如果解釋錯了而阿嬌又信以為真的話，那不就糗大了。

「我先說好，我只是說說我自己的感覺，不一定對喔，妳也聽聽就好了喔！」

「不會啊，我覺得很有道理呢！」阿嬌稍微前傾的對我笑著說，淺現的酒窩顯露出她是真心地這麼想的。

「那『面自』呢？『面白』說的又是什麼啊？」阿嬌退回到原來的坐姿，繼續問著。

「『面自』啊，我是這樣想啦，基本上應該跟原來經文表達的沒有多大差別，只是更白話了些，或許冥冥之中想要直接告訴妳的是，就面對自己的本性就好了。」

阿嬌又再度展現她酒窩中的甜美與真誠，緩緩地、深深地點了點頭，說：「有頓悟佛緣的應該是你呦！」

基本上，在我跟阿嬌有限的相處經驗中，大部分都是這類愉快而舒服的回憶。只有少數幾次例外，比如說，在我們去看職棒開幕戰的那一次，事前就有些不愉快的波折。那真是一個很巧的時間點，職棒開幕戰是在一九九〇年三月十七日的台北市立棒球場開打，但在那年的三月十六日，中正紀念堂前拉出一幅寫著「我們怎能再容忍七百個皇帝的壓榨」的白布條，名為「野百合學運」的大事件也恰巧揭開序幕。

去看那場比賽是早就決定的，票也事先買好了。不過因為在三月十六日的中正紀念堂開始了學運抗議活動，幾間寢室的一些人臨時決定隔天，也就是三月十七日也要去看看。最主要的原因是隔壁寢室的阿洛和隆仔這兩個長期熱中政治改革的學長在事件一開始就衝了過去，接著誠哥逐門逐戶的敲大家的門，極力地把為什麼該去的理由又慷慨激昂地陳述了一遍，以至於，不管對事情是不是有完全的了解，眾寢室的兄弟們都熱血沸騰了起來。所以在十六日晚上，大家就決定十七日盡量抽空去幫忙一下。

這個時間對我來說有點尷尬。十七日上午我得先去幫一位學長搬家，而下午則約好了跟阿嬌去看職棒開幕賽，看完後，晚上或許再一起吃個飯看看電影什麼的，總之，就是一個早就約好要兩人時光的概念。不過，如果我在十七日沒有去中正紀念堂的話，感覺上，又會有那麼一點沒有道義。我想了想，就在十六日晚上撥個電話給阿嬌，跟她說下午看完職棒後，我得先回學校，沒辦法晚上陪她吃飯逛街。

或許是講電話的時候語氣嚴肅了些，一說完，阿嬌就接著問：「發生什麼事情了嗎？」

「喔，沒有，不是，就那個，中正紀念堂。妳知道嗎？今天的事。」

「我有聽到廣播的新聞。你要去嗎？」

「嗯，需要去看看。」

「為什麼？」

「就，那個，大家說要去。阿就有學長和同學已經去了，所以就想說也該去支持大家一下。」

「為什麼要去支持他們呢？你真的知道他們抗爭的動機嗎？」

「就國民大會那個任期延長的事情吧。那的確很不像話，哪有這種自肥法的。」

「不是的，事情不是這樣的。你不要被那些人騙了，事情沒有那麼簡單。」

「為什麼？事情看起來很清楚啊，白紙黑字的，就延長為九年。」

「不是的，那不是他們的意思，那是有人故意嫁禍的，你們都找錯對象了。」

阿嬌的語氣聽起來非常的急躁壓抑，不像她平常講話時的爽朗清亮。我覺得不對勁，想說是不是該先結束這通電話，畢竟在看不到人的狀況下說話，僅憑音色品質不好的公用電話持續情緒性的談話，很可能會出問題。

「是喔？那嫁禍的人是誰？」雖然心裡想說應該先結束談話，但不自覺的，口裡還是冒出這樣一個問句。說完後，自己在心裡暗幹了一下自己。

「這很複雜，我跟你說，絕不是你在表面上看到的那樣，很複雜，以後我再找時間慢慢跟你說好了。總之，你不要跟那些人一起瞎起鬨，不要去當人家的棋子，搞不好將來被批鬥的人是你而不是他們。」

「喔，有這麼嚴重嗎？批鬥？我看明天廣場上搞不好就有幾千人，真要批鬥，應該也輪不到我吧。」我試圖用個較輕鬆的語氣說話，開始認真忖思要如何結束這通電話。

「你還記得前一陣子的五二〇農民運動嗎？結果在第一線被打、被捉的，有一大半都是學生。你知道嗎？他們最會利用學生了。」阿嬌顯然不理我那輕鬆的語氣，繼續急促地說著，連帶的聲音也大了些。

「阿雄，真的，那些人是想要搞垮我們的社會，你不要被利用了。」阿嬌更加急促地接著說。

「喔，好吧，那，就，我們明天還是照預定的好了。」不想在電話裡讓阿嬌這麼激動，只好先妥協地答應她。

掛上電話，想了想，我回到寢室跟阿政還有明仔說，明天晚上你們先過去好了，我半夜再去接宵夜班。

隔天，也就是三月十七日，我依照原定計劃先去幫學長搬了家，下午跟阿嬌去看了那場象獅的開幕賽，晚上，我們也如預定的到士林夜市吃了飯。不過並沒有去看電影，因為看了報紙的電影版，不覺得那時候有什麼片子是值得花錢去看的。

而在那整個下午與晚上的相處中，阿嬌並沒有主動地跟我再談論到任何跟中正紀念堂學運有關的事情；我也很識相的在心中決定，如果阿嬌不提，我就不問。雖然跟阿嬌真正接觸聊天的時間實在不算多，不過我還是可以明確地判斷出，阿嬌是外省人，而且應該是成長在社經地位還算不低的外省人家庭。我想，她們對這類議題的抗爭運動都較為敏感吧。

對於我這輩的人來說，特別是唸過各縣市一中或一女中的人，要判斷出身邊的同學是客家人、外省人、原住民或是本省人是相當容易的，因為，這類第一志願的學校就是會匯集各種族群的學生進來，所以每天的日常生活，就是會接觸到這麼多族群的人。若是到了高二或高三，敏感一些的話，特別是外省人，我們也可以判斷出那是來自於社經地位較高的或是社經地位較低的外省人。

這些都是很難言詮的感覺，如果要說出個明確的判斷標準，那幾乎是不可能的事情。畢竟，那是一種日常相處累積出來的直覺，從說話的音調、語氣、用詞加上各種肢體的小動作所得到的綜合印象。

除了不想觸動阿嬌這位可人的外省女生的敏感反應之外，那天在球場中又再次聽到六祖與惠明的對話仍然讓我的心緒震動不寧，特別是，那段對話剛好出現在我看到肚子很真實的被捅進一刀之後。那段刀鋒很真實地在我肚子內行進，穿破了腹部層層肌肉之後再切斷腸子又再穿破背部肌肉，最後終於從脊背透出體外的感覺，當下雖然可以如旁觀者般的冷靜看待，但之後回想起來，卻是不斷讓人打起冷顫的驚悚。以至於在我跟阿嬌吃飯逛街的過程中，我就盡量以即興又淺碟的對話方式混過，不要讓自己的腦袋做什麼深刻的思考，以免又勾起那個驚悚的感覺。

我在晚上九點多騎機車送阿嬌回到山上她姑姑的房子。她下車之後簡短地說：「我姑姑在，所以就不請你上去了。」

「喔，有人在，那我就放心了。」

「她回來開會的，沒有要住很久。」阿嬌若有所思般地偏側頓了一下頭回說。

「至少今天有人在家陪妳。那，我就，先回去了。」我希望我說這句話的時候，露出的是一個瀟灑的微笑。

阿嬌回送我個有點不捨的嘴角微揚，我點點頭，沒再說什麼的往回騎。從承德路接到重慶北路然後再轉忠孝西路，到了中山南、北路口停紅燈的時候，想了想，就不直騎到新生南路了，而是右轉中山南路，往中正紀念堂過去。怕說中正紀念堂附近會有交通管制，我又從徐州路轉進林森南路，在臺大醫學院的圍牆邊停了機車，然後沿著林森南路越過仁愛路、信義路，從中正紀念堂的側門進去。

到達廣場時，已經是晚上十一點多了。

雖然已經三月天，子夜將近的廣場上仍然有著沁涼入骨的寒意。那是集會初始的第二天晚上，大部人馬尚未進駐聚集，廣場上仍然空空曠曠的。在夜色的昏暗下，兩側國家音樂廳與戲劇院的宮廷簷沿，將中正紀念堂的主殿拱衛成一個跫響的長廊，每踏一步出去，就疊出一個更響亮的音階，彷彿這四周的疆界都被一種堅硬的虛空籠罩起來，連音聲都出不去的只能在這內部迴盪。

雖然我知道自己仍然確實地走在這個廣場規則排列的石板上，不過同時也感受到四周堅硬的虛空疆界不斷地向我緊縮靠攏，讓我無暇再搜尋那些零散聚集的人群中是否有我所熟悉的朋友身影，只能被逼著慢慢停下腳步直到連站立的姿勢都無法維持的蹲跪下來。

而當我的膝蓋觸地之後，像是白天在球場中所聽到的那種人馬雜沓與震天殺喊的聲音，頃刻間像是從高高的八方夜空以外更遠的宇宙中倏忽匯集而來，即便我勉強的撐起頭望向四周，確認了自己仍然身處於有著零散聚集的抗議人群所在之現代中正紀念堂廣場，但是，那些衝鋒陷陣的廝殺聲卻又如此真實的奔騰；真實到，引發我想起一個更巨大的恐懼。

在我還來不及將那個恐懼的感覺具體化之前，我就又看到我的肚子被插進一刀。還是一樣的真實，我就這樣跪著的看那橫空冒出來的刀子壓凹了我的衣服再繼續壓凹了我的肚子之後突穿了衣服再突穿了我的肚子；我仍然感受得到刀鋒在肚子內行進，穿破了腹部層層肌肉之後再切斷腸子又再穿破背部肌肉，最後再從脊背透出體外。

只是這次在我開始感覺到疼痛之時，並沒有聽到六祖說法的音聲引渡拯救我；只有越來越痛的折磨，那把刀子就這樣腹進背出的插在我體內沒有被拔出來。我看著它，幾度想動手去握著那個刀柄，但是已經緊縮靠攏到極限的虛空疆界像是一套合身的鋼鐵刑具架得我無法動彈，甚至連我痛到已經幾近昏厥的身軀也沒有癱軟倒地，而是繼續被架著維持蹲跪姿，頸部以下一動也不能動的。

當下唯一能動的是我的脖子與上面掛著的項上人頭。我在痛到快要絕望的時候，勉力的再抬起頭來環顧了一下四周：還是那個我剛剛走進來的中正紀念堂，廣場上除了原先零散的人群外，也有不少人陸續地從大中至正的牌門下走了進來，甚至還有幾個人從我身旁不到十公尺的地方經過。他們或許有看到一個跪下來的我，因為他們經過時的眼神有那麼一瞬間是往下睨的，但是卻毫無驚訝的表情出現在他們的面容，而是隨即恢復往前看的姿態走過。

他們應該沒有看到那把穿過我肚子的刀吧！

或許吧，即便我正經歷著那再也無法忍受的疼痛，但我自己仍然懷疑著是否真的會有那把刀的存在？那是毫無理由的，一把無人握著的刀怎麼會就這樣憑空的橫出？

我低下頭再去看著那把刀，在插進腹部的地方，可以看到已經有血的顏色濕染了週邊的衣服，而且血漬的範圍一直擴大；我試圖再移動我的雙手看看，但仍然像是包埋在卡死的鋼鐵裝備內那樣地僵硬，毫無動彈的可能。

我最後放棄移動身體任何部位的念頭，讓疼痛已達極限的身軀完全的癱軟，不再使用任何主動的力氣去支撐，完全讓自己放倒在那個緊身的堅硬虛空中。也由於肢體以這樣絕望的姿態放鬆，這時候腦子裡才有那麼點小小的空間在疼痛幾乎佔滿了所有神經結構下騰出，讓我想起六祖與惠明的那段對話。

這時候的「想起」，並不是下午在球場那種忽然被投影了畫面的沒有什麼主動意願的被迫收看，而是像面對了一道考題所以想起曾經背誦過的文字。我試著唸出此時我腦海中勉強從疼痛縫隙裏所鑽出來的字詞，然而在身心極度的折磨下，我只能想起「汝既為法而來，可屏息諸緣，勿生一念」這幾句。

我用盡剩餘的力氣將這三句話默唸了幾遍之後，稍歇了一下，希望能有什麼奇蹟發生。然而幾秒鐘過後，除了疼痛更加錐心刺骨之外，什麼事也沒有發生；既沒有招喚到任何把我拔離此處的力量，也沒有消除加諸在我肉體上的任何痛楚。

此時我是真的絕望了。那是決意把自己拋棄到一個再也不要讓自己搆到的地方，就讓世間從此不要再有我這個人存在的那種對於作為一個人的這件事情徹底的絕望。也因著這樣的絕望，我放棄了任何掙扎，放棄到連在腦子裡面動一動任何跟這件事情有關的念頭都沒有，直接以清醒的無意識去接受那一波波襲來的疼痛巨浪，完全不去思考任何疼痛的細節以及疼痛的來由，放任自己跟自己脫了勾。

但這並沒有讓我變成了脫離肉身的靈魂，「我」仍然在「我的肉體」裡面，那個我仍然真確的感受到痛楚不斷地在他所在的肉體中的每個部分刺鑽啃噬，只是他已經不用再去詮釋任何感受了。不過這個時候的腦子並不是安靜的，相反的，開始出現各種念頭。只是那些念頭並不是那個我主動去想像出來的，而是，浮現，像是一鍋已經沸騰的湯水中，那些本來沉在鍋底的貢丸一顆顆膨大之後就浮現出液面那樣。

就在某個瞬間我看到一株感覺很熟悉的樹浮現出來，熟悉到你以為它不應該長在這裡，而應該長在有點久遠的古代，至少是跟插在我身體裡面的這把刀一樣久遠的年代。「那是一棵輪迴的樹吧？」我看著某個虛空處所浮現出來的這幾個字，也就在看著那些字的瞬間，阿嬌來到我身邊，隨手摘下我跪著的膝蓋旁的小花，拈下花瓣讓它們隨風散去，把僅剩的莖枝插在我胸口的鈕扣縫間。

周身霎時輕盈舒爽，蹬站起身毫不費力，我就這樣解脫了。

我急著搜視四周，卻沒有看到阿嬌的身影，甚至連稍微長得像的人也沒有。

廣場仍然是中正紀念堂的廣場，示威抗議的人群仍然不斷地湧入聚集。我用腳使勁的蹬了蹬地，腳踝關節所受到的衝擊感覺之真實，讓我據以確認了這不是在夢中。我挑了一個聚集了較多人的地方走去，一下子就看到阿洛學長正在高亢的發表演說。我站著聽了一會兒，卻無法抓住學長話語裡任何字詞的具體形樣，只剩下那是一種有頻率變化的空氣振動之印象。學長在結束演說後看到我，隨即快步走到我身邊熱情地拍了拍我的肩膀；阿洛學長的手勁渾厚有力，在沉甸甸的被拍了三下之後，我更加確定這不是在夢中，我是醒著的。

但是阿嬌在哪裡？

樹也會輪迴嗎？樹為什麼也要輪迴？它在生長的過程裡會有善跟惡的分別嗎？

一下子，我忘了剛剛所有刀子穿過我肚子的痛楚，只剩下新生成的那幾個問號縈繞心頭。

阿洛學長很興奮地對著我說了一長串的話，一如他剛剛在台上那樣的慷慨激昂；但我仍然無法抓住學長話語裡任何字詞的具體樣子，依舊只感覺到那是一種有頻率變化的空氣振動。我只好回拍了學長幾下肩膀，點點頭，笑了笑，揮揮手，轉身離開。

我知道我應該說些什麼，至少是「學長加油」之類的客套話，但我沒有開口，因為那時候我的腦子沒有湧上任何字詞。雖然我知道我應該說些什麼，但就是沒有什麼可以拿出來說。

我繼續往背對著學長的方向走去，形式上雖然是自主地走著，但感覺到自己又漸漸失去對自己肉體控制的能力，變成像是個遊魂似的盪步在這個人潮越來越多的廣場。而在我眼前所看到的，也慢慢從一個個現場的人影置換為那些不是我主動想像出來的，浮現，念頭。

那些像是某種過往掠影的念頭接續浮現的時候，感覺上就是一齣沒有主題也沒有終場的電影。劇情僅以一種類似負迴饋調控的起伏，沿著一條偶爾漂離又復歸零的主軸前進，讓演員們在完成一幕戲之後，緊接著再走入另個場景不一但是劇情雷同的下幕戲中。而面對這些像跑馬燈畫面的我卻沒有一絲想要詮釋這部電影的想法；或許詮釋它們的意義可能也沒什麼意義了，因為對於處在當時那種狀態的我來說，已經連跟自己對話的能力都失去了。

就在眼前的畫面越來越暗淡到將無之際，忽地有三頭豹竄出奔向我，在那個電光火石完全無法思考該如何反應的瞬間，我居然伸出雙手，一手一隻的奮力地抓住其中兩隻，但第三隻還是從我身上叼走了一樣東西。看不清楚也感受不出那被叼走的是什麼，我想追過去看看，但因為手上拎著兩頭沉甸甸的豹，以至於連想要把腳抬起來都顯得舉步維艱。等到我想說該鬆手放下兩隻豹的時候，才發現我手上的雙豹霎時成了印在我手掌上的無隹之離、無口之別的這兩個殘缺的字。

一直到這個時候，我才感覺又重新掌握了自己。

我仔細檢查我兩手的掌心，那兩個殘缺的字像是紋上去那樣的清楚示現著。我用力地搓了搓雙掌，這兩個殘缺的字還是清楚地待在那裡。

儘管那兩個字確實存在的這件事情讓我非常恐慌，但還是先打起精神警戒的巡視了一下四周，這才發現我站在通往大殿正面的左側階梯之第一階。我走下階梯，看了看手錶，十一點五十分，也就是說，我在這廣場上待了將近半個小時。摸了摸褲子的口袋，機車鑰匙還在，不管目前心中有多少個問號，我決定先離開這裡，一切等回到宿舍再說。

或許回去之後，洗個熱水澡、喝杯熱茶，那剛剛在這裡半小時所經歷的一切就會得到個像是南柯一夢那樣的合理解釋。

我在十二點四十分回到宿舍，同寢室的其他三人都不在，也許都到中正紀念堂去了吧。我在浴室沖了很久的熱水，拿肥皂、擰毛巾的時候偶爾會看到那兩掌上面的字；還在，不過我沒有再去細看它們，想說，等明天睡醒之後再說吧。

儘管我希望我能早點睡著，但在床上翻來翻去十幾分鐘，發現自己仍然沒什麼睡意，只得起身下床，拿了杯子到寢室外的飲水機倒了杯熱水。也就在裝水的那個當下，我發覺，我左手掌上面的字沒了。

我放下茶杯，仔細地看了左手掌，再仔細地看了右手掌，的確，兩隻手掌上的字都沒了。我隨即用右手按了飲水機的熱水開關，再用左手指去觸碰那冒著熱煙的水柱，一個猛烈的燙痛隨即從左手指傳來。我忍住疼痛，換成左手去按熱水開關，再用右手指去觸碰一百度的熱水，同樣地，難耐的燙痛也立即從右手指傳來。

我應該是醒的。再度檢查了一下兩掌，真的都沒字了。

今天晚上到底發生了什麼事？

至少整個過程不全是夢境，這是我在隔天就確認的事情。因為隔天早上八點，室友阿政從中正紀念堂回來後，就把我從床上挖起來，問我說「你沒事吧？」他說，昨天半夜他們在廣場上遇到阿洛學長，學長說他有遇到我，但我看起來不對勁，都不說話，面容很憔悴，要我們多注意你一下，問看看是不是發生了什麼事情。

「還好啦，沒事，可能感冒了，沒精神。」

「幹，約會太用力了齁！」

「屁啦，用力個頭，說你自己還比較快。」

如此看來我的確到過那個廣場，也的確見過阿洛學長，也就是說，整件事情並不是個夢境；即便仍然有夢境穿插其中，應該，也只有在那廣場上的某些時刻是夢吧。不過，我會在一個公共場所隨夢隨醒嗎？至少就我記憶所及，從來沒有過那樣的經驗。

看來，寄望整個過程是一場夢的唯一合理解釋之可能性也沒有了。顯然這件事情暫時是個無解的問題了，當下是不可能再想出什麼樣合乎邏輯的理性答案。

阿政問我等等要不要再跟他到中正紀念堂去，他說，各個大學的示威學生應該會在今天完成集結，「人多了，事情就好辦。」阿政興奮的繼續說：「幹，大事件哩，爽！」

「我很累，應該是感冒了，就不過去了。」

「有發燒嗎？」

「沒有。」

「那要不要撐一下，我載你好了。幹！錯過今日，就錯過歷史啊！」

「媽的，我累死了，不要逼我。」

阿政最後還是很有人性的問我要不要讓他載我去看醫生，我回說先睡一覺看看再說。出門前他還很貼心的從他櫃子裡翻出兩包泡麵丟到我桌上，說「午餐，這樣就不用出去了」才離開寢室。

其實我是想跟著過去的，畢竟像阿政說的「錯過今日，就錯過歷史」。不過由於昨天晚上的經驗實在是太詭異了，逼得我不得不把「中正紀念堂或許有什麼蹊蹺」這樣的可能性拿出來反覆思量，結果越想越害怕，短時間內實在是不想再踏進那個地方一步。

我下了床，坐在書桌前，第一眼就瞟到阿政的泡麵剛好丟在桌上右前方的書堆上，隨手將泡麵拿下來，就看到那本《六祖壇經》放在書堆的最上層。我也才想起來，昨天晚上在刀子插入我肚子的那個當下，我是多麼的希望能夠像下午那樣聽到六祖說法的聲音，只是沒有再那麼幸運。

不過若仔細想想，後來我能夠脫身的關鍵轉折應該是在默念出「汝既為法而來，可屏息諸緣，勿生一念」這幾句之後。

我拿起經書，翻到這幾句所在的書頁，讀著惠明請六祖為他說法的這段。我開始回想起從第一次讀到這段話之後，那些有如被喚醒了，以至於不時會想起的各式奇怪、像在夢中卻又不是在夢中的場景與情節。昨天晚上所遇到的，也是這類的經驗嗎？然而之前的這些畫面都是模糊的，唯一清楚的都只有這段「不思善，不思惡，正與麼時，那個是明上座本來面目？」的聲音；但昨天的不是，畫面是清楚的，而且沒有聽到說法的聲音。

【惠明作禮云：「望行者為我說法。」惠能曰：「汝既為法而來，可屏息諸緣，勿生一念，吾為汝說明。」良久，惠能曰：「不思善，不思惡，正與麼時，那個是明上座本來面目？」】

我讀著這段經文，在心中很疑惑地想著昨天的一切，包括下午的那一刀與晚上的這一刀，如果像阿嬌所說的，有頓悟佛緣的人是我，那昨晚經歷的這些會是怎樣的啟示？

我一再重複的讀著這段，或許七、八遍有了吧，才終於想到，昨天在現場我能想到的是「汝既為法而來，可屏息諸緣，勿生一念」，而平常聽到的是「不思善，不思惡，正與麼時，那個是明上座本來面目？」，這兩句中間有個過程，「良久」。

要多久才算「良久」？

或者根本不是「良久」的問題，而是我少了在「良久」之前的「屏息諸緣，勿生一念」？當我的疼痛已經達到精神所能忍受的極限，直接以清醒的無意識去接受那一波波襲來的疼痛巨浪之時，可以算是「屏息諸緣，勿生一念」了嗎？還是，那時候的我並不是主動的「屏息」，只是因為疼痛而「被屏息」？那些像是主動浮現出來的念頭，即便都是不受我的主觀意志驅使而自由冒出的，也仍然被算作是「一念」的那種「念」嗎？

想不通，只好順手冉把經書翻了好幾頁，隨意選了一段讀著，剛好是：

【時北宗門人自立秀師為第六祖，而忌祖師傳衣為天下聞，乃囑行昌來刺師。師心通，預知其事，即置金十兩於座間。時夜暮，行昌入祖室，將欲加害，師舒頸就之，行昌揮刃者三，悉無所損。】

這段敘述了跟惠明求法有某種神似意味的故事。我在當下雖然沒有彼時讀到惠明求法時的奇特感應，但是「師舒頸就之，行昌揮刃者三，悉無所損」這些看起來雖然精簡的描述，卻也生動的引出很具體的畫面替代了文字在我心中的印象。

雖然對為什麼不斷有人想要傷害六祖感到疑惑，不過我並沒有再把經書細讀下去。倒是看到了用「悉無所損」這樣的詞所形容的結果，想想自己，至少現在的我也是悉無所損，那就先把昨天的事情都擱著吧。

那，現在的我要做什麼呢？在星期日的早上，沒課可上、寢室兄弟們都沒人在的話，照正常來說，我應該會想打個電話給阿嬌，問問她要不要一起出來吃個飯看個電影什麼的。不過在學運又更擴大的這個時刻，如果跟阿嬌見面了，或許她會跟我談到這個話題。照前天晚上電話中她的反應看起來，若是我跟她說我支持這個活動，中正紀念堂的現場我也去過了，那麼，我們應該會有些爭執吧！如果我跟阿嬌因為這樣而吵起來的話，光想那個畫面就是個非常豬頭的無辜，所以，算了，今天就不找她了。

那，我跟阿嬌會不會就這麼的完了呢？我想除了阿嬌那位在國營企業任過高位的姑丈外，她們家應該還有其他人也是高官階級的吧，不然她不會一副好像知道內幕似的激動？昨天她說她姑姑回來開會，那會不會那麼巧，她姑姑就是資深國民大會代表呢？如果是，她的情緒反應也就更合理了；但如果真是這樣的話，那我以後要怎麼跟阿嬌說話呢？我們剛好就落在一個解嚴後的政治重建時代中，有可能避得開這類話題嗎？

這真是個令人苦惱的早上，想我本來有個可能進展成功的戀情卻極有可能被這個時代的政治所摧毀，真是荒謬到連感嘆都不知從何說起。

一下子，所有的精神與鬥志都暗淡消沉。不想再爬回床上，也不想再繼續翻書，更不想再去昨夜那個奇怪的地方，那我現在要幹嘛？如果我走出了宿舍，我要去哪裡呢？圖書館、實驗室、書店、麥當勞、籃球場、電影院？最後連故宮博物院都出籠了，但我否決了在心中所有對自己的提議，然後覺得，幹！原來我是這麼無趣又無聊的一個人。

第三章

「嘿，你記得的還真清楚啊，那麼久了！」

「是啊，那麼久了！四捨五入一下，都可以算作是三十年前的往事了。」

「後來我表姐並沒有跟你那個同學在一起，她移民英國，嫁了個外國人。」

「喔，他們分手我知道，應該是在阿彪當兵的時候。那時候，我們都很怕他管不住那把65K2步槍。」

我放下手中的咖啡望向窗外，小雨過後的天空有道彩虹，注視了它一下子之後無意識的點了點頭再轉回來看著阿嬌，用了個遠眺後喟嘆的悠長語氣接著說：「阿彪的小孩現在也要唸大學了，今年，就進了我這個系。」

「那你呢？小孩今年多大了？」阿嬌也放下咖啡杯，讓身體微向後靠的緊貼著椅背，以一種試圖讓自己看起來是隨口說說的謹慎，佐以輕鬆的語調小心地問出這句。

「如果有，也應該唸大學了。」

「啊！」阿嬌張了口，但只發出這一聲輕微的驚訝短音後就被凝固的空氣阻滯了；那一瞬間，我看到她緊蹙的眉頭下皺出很明顯的魚尾紋。是啊，不是那個二十歲出頭的阿嬌了，伊人五十歲了，再怎麼樣都會出現這樣的標誌吧。

「但就是沒有。不要緊張，我沒有結婚。」我應該是伴隨著促狹的淺笑邊看著她邊說出這句話，那一刻，我擠出的魚尾紋應該比她更深吧。

阿嬌嗔瞪了我一下，不是生氣的那種。也因此我再回應以一個算是較為誠意的道歉微笑之時，就順勢問了：「妳呢？」

「我什麼？」

「結婚？小孩？」

「結過，離了；小孩，沒有。」

阿嬌很簡潔也很無所謂地說完她的回答，臉上看不出任何有關於她對「離了」與「沒有」的情緒反應；感覺上，如果不是說著一件與自己不相干的事情，就是在說一件已經遙遠到連印象都快要不見的往事。

一下子不曉得要如何回應這麼簡短又敏感的回答，只能暫時無聲地注視著阿嬌的面容。阿嬌看我沒有要接著問下去的打算，只好稍微嘆了口氣，補充說：「很久的事了，就不提了。」

「喔」我拿起咖啡，啜飲了一小口，拖延些時間，想說，應該換個其他類型的話題。

「快三十年沒見，怎麼今天會忽然過來？有什麼事嗎？」我放下咖啡，決定，就開門見山的問吧。

「要這麼快就談到正題嗎？我剛剛還在想，得先問問你過了這麼多年，對『本來面自』有沒有更深一層的領悟呢？」阿嬌笑的很嫣然地問著。

「沒有比二十二歲那時想得更多了。」我再度抬頭看看窗外，但彩虹不見了，只好再擺回來面對阿嬌，笑了笑，說：「就那樣，那時候對妳說的那樣。」

「說真的，我已經忘了當時你對我說了什麼。你現在還記得嗎？」

「那時應該是說，就面對自己的本性吧。」

「嗯，好像是這樣。」

「妳還想先知道什麼？」

「你很不耐煩喔！我剛剛開車過來的途中，還在想，我們應該會花很多時間在談那中間空白的二十七年吧。」

「二十八年了。」

「好吧，是啊，二十八年了。」阿嬌忽然閉上眼睛，像是在沉思一件需要下定什麼決心的事情，一會兒，她幽幽的睜開眼，問說：「我以為你會想問當初我為什麼忽然的離開就出國去了。」

「命吧，不是嗎？二十八年過去了，知不知道，已經差別不大。」我嘆了口氣，像是贊同自己那樣的又點了點頭，再看著咖啡杯內的卡布奇諾泡沫接著說：「伊人平安，就是叼天之幸了。」

阿嬌沒有繼續說話，只是拿起咖啡杯湊到口邊，停了一下，沒有喝它的又把杯子放在桌上。

「好吧，我就直接說了，我是來當說客的。不要問是誰委託我的，我們先就事論事，你就當老朋友給你些意見參考。」

「我猜猜，以我這種鄉野學校內的小教授來說，值得被說客關心的，應該只有那些院士、院長、校長最近的醜事而已。」

「不要對我這麼酸！」阿嬌無奈多於生氣的板著臉，加重語氣地說。看起來她原本想繼續說下去，但忽然又停頓下來，略為閉著眼睛深深的吸吐了一口氣，像是沖散了大半原本鬱積於胸中的悶忿後，回到正常的語調說：「嚴格來說，不算是。」

我也覺得剛剛說話的語氣與用詞並不恰當，對於一個已經過了五十歲算是有些人生歷練的男人來說，以這種帶有酸味的臆測用詞跟久別重逢的朋友說話，的確是扣分再扣分的失誤。

「抱歉，兩年多來，太常被人家『關切』這類事情，所以反射式的回應就脫口而出，很抱歉。」我把『關切』兩個字伴隨著自嘲的苦笑拖長了音調說。

「也算難為你了。」阿嬌換了個較為柔和的眼神，似看非看地注視著我搭在咖啡杯把手上的手指，繼續說：「易志名，你認識吧？」

這個出乎我意料之外的人名從阿嬌口中說出，讓我不自覺的挺起脊架，用了專注的眼神看著她的眼睛。

「那是我一位已經去世的學長的妹夫。」

「李韻慈的先生，是吧？」

我點了點頭，更加專注的看著阿嬌的眼睛，專注到甚至都有些質問式的銳利了。或許因為這個不算友善的銳利眼神讓阿嬌不舒服，她略為偏側頭過去，像是看著離座位不遠處的商品架上各式精緻的咖啡杯。

「易志名冒用你和郭宗靖的名義去勒索了不少生醫界的大老，但最後被你用了某些方法，反制到他自己吃上官司，是吧？」

我沒有答話，仍然銳利地盯著阿嬌的面容，她也繼續偏著頭看著架上的咖啡杯，彷彿找出那些杯子上是否有某些細微的裂痕是目前最重要的事情，而剛剛她出口的那些話，只不過是不需要經過任何思考就隨意說說的那種無關緊要。

或許我沒有在預期的幾秒鐘之內答話，阿嬌轉回頭來看著我，旋即又低頭伸手端起咖啡杯小啜了一口，在放下杯子的同時又以平淡的語氣說：「那個徐語娟被殺的案件得以翻案，你也有出過手吧？」

「遊說的重點是什麼？妳就直說了。」我收斂銳利質問的眼神，回到了個靜觀其變的無所謂表情，也伸手拿起咖啡杯小啜了一口。在舉放杯子以至於目光由上而下掃過之際，注意到阿嬌頸項上掛著串似曾相識的金項鍊，因此在放下咖啡之後，眼睛就盯著她垂在胸口白皙肌膚上的心型金墜看著。

阿嬌很快就發現我眼神的落點，不過她可能誤以為我是盯著她胸前的雙峰看，便有些不自然的調整了一下坐姿，稍微地讓身體退後，不讓桌緣抵住身體，以避免雙峰更明顯。

當阿嬌移動身體的時候，反而讓我意識到她衣服包覆下的雙乳曲線之圓滑順暢。在我下體的情慾被那對飽滿堅挺的起伏所勾起的同時，也意識到了剛剛那樣的注視所可能引起的誤會，就直接問了：「項鍊，是那條嗎？」

阿嬌愣了一下，但隨即露出個燦爛的笑容說：「真的假的，你還記得啊！」她摸了摸那個黃澄澄的金墜，旋即切換了個怔怔的面容看著我，浮出滿滿期待我趕快多說一些跟它有關的事情之神情，一下子脫離了五十歲的範疇，回到二十一歲的姿態。

「生日禮物。不過，隔了一個多月妳就離開台灣了。」我將視線沉到咖啡杯內那些破消到僅存於杯緣的卡布奇諾泡沫之下，用五十一歲的無所謂語氣告訴那個二十二歲的我這個殘酷的事實。

阿嬌的笑容旋即暗淡下去，顯然受到打擊的不是那個二十二歲的我，而是五十歲的阿嬌。她將眉頭緊鎖下的視線望向那還有六分滿的咖啡杯內，拿起攪拌木條順時針又逆時針的在她的卡布奇諾往復旋盪著，像是企圖渦漩一些話沉入杯底，卻又想把它們扯起來般的拉鋸著。那是「怎麼在這個時候提到這件事情呢」的肢體語言，顯示她的埋怨與不安，告訴我她正困擾著該如何回應這突如其來的答覆。

我在此刻也才有時間真正細細看著眼前這個熟悉的陌生人。印象裡年輕伊人垂順及肩的烏黑秀髮仍然看不出有任何白絲搭染的烏黑及肩，不過已經燙成了尾梢略為捲曲的成熟髮型；如果忽略那些在緊蹙眉頭時所皺出的魚尾紋，就薄妝下即能掩蓋大部分細紋與褐斑的這一點來看，當年姣好的容貌仍然維持著原樣。特別是經過了三十年，她的身材依舊沒有什麼可以值得挑剔的缺點，甚至該有的曲線還雕琢的比以前更加美艷搶眼，尤其在那身青藍緹花蕾絲五分袖連身衣裙的V字領口若隱若現之深邃乳溝，更有著年輕時的阿嬌所不曾顯現過的成熟嫵媚，於一呼一吸的輕微起伏中，散發出濃郁誘人的神秘韻味。

我已經許久不曾被女體這樣的吸引了，特別是在過了五十歲之後。那就好像一個清楚的界線，告訴你，之後已經沒什麼新鮮了、沒什麼值得動心、沒什麼需要想像的必要了。雖然在我的日常生活中，四周仍然到處可見各個年齡層的女生，特別是那些年輕的、二十到三十歲左右青春正盛的妙齡女子。就在我跨過了那個年紀的界線之後，忽然地就失去對這些肉體的慾望與熱情，不再需要像四十九歲之前那樣的時時以道德糾察自己的慾心、規範自己的目光停留之處；而是在五十歲之後就很白然的略掉眼前之人的容貌與身形細節，不需要頓悟的立馬修煉成這個世界僅需要辨認「我」與「不是我」這兩類的那種不動心。

在我的不動心正被動搖之際，阿嬌仍然持續順時針又逆時針的攪拌她的卡布奇諾，專心的像是正在仔細聆聽那些緻密泡沫於渦漩碰撞下此起彼落的啵破聲音。她的蹙眉未解，魚尾紋仍然繼續訴說著她的埋怨與不安。

「其實，我也差點結了婚。」我將眼神抽離那幾乎讓我伸手去一探究竟的深邃V陷，拿起咖啡，再度望向窗外的遠方說著話。

「喔？」阿嬌簡短的語氣中有種暫時舒緩的感覺。

「我來這裡的第一年。我們是在我博士後第一年認識的，她在我隔壁實驗室當助理。我們交往了兩年，第三年我找到了這個學校的工作，想說，可以結婚了，結果在已經訂好的婚期的前三個月，她出家去了。」

「啊！為什麼？」阿嬌的語氣如預期般的充滿驚訝。我已經很習慣這種反應，因為每次跟別人說起這件事，總是聽得到相同的語調。

「我也很想知道，現在還是。」我放下咖啡杯，再度看著阿嬌，她正雙肘撐桌雙掌交握的前傾上半身專心注視著我，剛剛的那些埋怨與不安已經不見了。

「那時候我到她落髮的寺院前等了三天，始終沒有見到她。之後也沒有再見到她，算一算，也十七年過去了。」

阿嬌的眼神中有種憐憫的哀戚，不過我並不喜歡人家在聽到這件事情之後以這樣的眼神看著我。

「回到遊說這件事情吧。重點是什麼？」我調整了一下坐姿，繼續回到那個靜觀其變的無所謂表情，用聽起來應該很平穩的語調再把話題扳回正軌。

「嗯」，阿嬌大概沒想到這麼快又要切換情緒，頓了幾秒鐘之後才又繼續說：「之前T大的事情已經有幾個大咖中箭落馬，包括後來校長遴選的風波，又打亂了一些佈局；然後最近那個 Td 大校長的殺人案，又撂倒了幾個生醫界的人物，對於當局的人事佈局更是雪上加霜。如果再加上易志名勒索的那些人，還有那份名單上的未爆彈，若是這些通通都端上檯面的話，那台灣的生技醫藥發展就完了。」

「有那麼嚴重嗎？台灣生技醫藥 PI 等級的人數少說也有近千人，妳剛剛說的那些人加總起來也不過……我算算……了不起六十人，哪有可能完蛋！我倒是覺得說，清一清，對台灣的生技醫藥發展反而是好事一樁。」

阿嬌苦笑了一下，小嘆了口氣，說：「兵跟將不能放在一起算。我這樣說好了，漢雄，如果現在政府給你五十億台幣要你在兩年內發展某項生技醫藥的產業或是研究，你敢接嗎？」

「五十億啊，兩年。」我沉吟了一下，沒有進一步答話。

「是，五十億，不要說兩年，三年好了。光執行的團隊，你組得出來嗎？我們查過了，你到目前執行過的計畫最多一年不會超過兩百萬，而你剛剛說的那剩下的九百多人，有八成，執行過的計畫一年也都不會超過兩百萬。剩下的兩成，大部分也沒超過千萬。上億，那是屈指可數的。」

阿嬌的眉頭越蹙越緊的接著說：「這就是問題所在，漢雄，如果易志名那份資料上的人物再爆出新聞的話，那台灣的生技醫藥發展就找不到人掌舵了。」

「掌舵？分贓吧。大咖有大咖的班底，當然找得到人分贓，從T大事件到易志名手上的資料所顯示的，不都是這樣嗎？」我極力讓說話的聲調平穩，不要讓自己的情緒又輕易地浮現。

「事情沒有那麼絕對，漢雄，這些人能站上大位，絕對不會只有靠造假欺騙就能辦到的，他們還是有相當的實力啊！」阿嬌顯然也在克制自己的情緒，語調聽起來雖然平緩，但看得出嘴唇微抖。

「我這麼說好了，漢雄，你相信檯面上的政治人物所說的話嗎？我猜，不管你投票給了哪個人，你一定不會相信他說到的一定會做到，對不對？我猜，你也一定不會相信他們在金錢上絕對乾淨，對吧？」

我看著她，略略點點頭，沒有開口答話。

「好，那你還是去投了票吧？至少，總有個選舉你投了票，是吧？」

我看著她，仍是略略點點頭，繼續緘默。

「那你明知道這些人在某些事情上說謊、在某些經費上不乾淨，那你為什麼還會投給他？」

這次我沒有任何肢體動作回應，只是繼續靜靜的看著她。

「就是這樣，兩害相權取其輕，不是嗎？」

「學術的事情，沒有兩害的問題。」我笑笑的說完，稍微俯身拿起咖啡喝了一口。

「我現在跟你談的是政治，不是學術。」

「但我只處理學術的事情，政治不在我的考量之中。」

「沒有事情離得開政治，學術也是。」

「我知道政治會管任何事情，但學術不應該是這樣子被管的。我這樣說好了，是的，政治人物沒有一個不說謊、也沒有一個在金錢上徹底乾淨，但是，那個是眾所皆知的事情，也因此，我去投票的時候，是在知道他們都有些骯髒的基礎上去做的決定。但那六十個傢伙不是，他們利用學術將自己包裝得崇高又睿智，再利用大家對於學術圈的尊重與放任，上下其手的結黨營私。如果說政治人物與選民之間的互動是彼此在睜隻眼閉隻眼之下的心知肚明，那麼這些所謂的學術界大老就是完全地在欺負瞎了眼的民眾，騙了錢、壞了事還裝高貴的令人不齒。」

我放下咖啡杯，手肘抵住桌面，也略微坐向前傾的繼續看著阿嬌的眼睛說：「凡事都有個不能超過的道德天花板，不管這些傢伙在造假欺騙之前有多厲害，他們今天的作為已經突破了那個天花板的限制了，不管政治需不需要，就不該是這批人了。」

在阿嬌看起來將要說話之前，我又搶了個先補充說：「如果這個國家真找不到像樣的人才來擔當發展生技醫藥產業的舵手，那就代表這個國家目前不適合這個產業的發展，那些錢，就應該拿去其他有潛力的行業，而不是找個爛人來執行爛事。」

「漢雄，『學術行政』和『學術研究』兩者要分開來看，你不能把它們全扯在一起。是的，學術研究不能造假，這我同意，但是你也沒有一刀斃命的證據說這些人都是造假的主謀啊！更何況，今天國家需要的是能夠規劃方向、執行預算分配的人才，這些人或許在學術研究的道德上有問題，但不可諱言的，這些人的確有著不錯的學術行政能力。從那幾個教學醫院和研究中心的運作看起來，你不能否認這一點啊！今天，你就一竿子將這些人過去的成就全部抹煞掉，這種學術潔癖，對你個人來說是優點，但對大團體來說，就會變成清官殺人、清官誤國。」

阿嬌看起來已經按耐不住她的焦慮，不管是語調與說話的速度都開始略顯激動了起來，連帶的，音量也大了些。我環顧了一下四周，還好，非假日的下午，學校這間咖啡店裡客人不多，我們周圍幾桌都空著；阿嬌見我轉頭四望，也暫停了說話，跟著我一起四下看了看。

「沒事，怕吵到別人。」我略微笑了笑地對阿嬌說。

阿嬌調整了一下坐姿，挺直了一下身體，長呼了一口氣之後，又稍微前傾的以較輕柔的語氣對著我說：「若是這些人在學術行政的位置上，甚至是其他政務性質的位置上，那麼，監督的壓力會比他們窩在學術圈內搞研究的東西還要大很多，到那個時候，立法院、媒體甚至是公民團體都會盯著他們看，說實在的，那反而是比較不會出問題的方式。」

「是嗎？我知道的反而是許多用來洗錢、用來酬庸、用來暗盤交易的黑機關、黑基金會，都在合法的幌子下自在逍遙的很。然後，妳說，立法院、媒體、公民團體，天啊，妳怎麼會對這三個名詞這麼有信心啊！妳是第一天住台灣嗎？」

「我雖然不是第一天住台灣，不過的確住的不長，過去這二十八年，我大部分時間都在加拿大。」阿嬌又將身體靠回椅背，幽幽地說。

「那，談談條件吧。」聽到阿嬌忽然這樣的回應，倒是讓我愣了一下，只好先轉個題目問問。

「蛤，什麼條件？」

「遊說應該不會只是道德勸說而已吧，更何況，『道德』的天秤應該比較偏向我這邊才對。所以我想先聽聽看，妳的委託人給了妳什麼樣的棍子和蘿蔔？」

「漢雄，說真的，我很後悔來這一趟。我沒料到二十八年後的再次見面，都只是在這些事情上打轉。」阿嬌的眉頭又蹙緊了起來，但表情已經從專注變成無奈。

「這次的事件不比之前你在處理T大時那麼單純，那時候被牽連的大咖人數還不算多，基本上還在當局忍受的範圍之內；因此那個查帳，只不過是對內部其他不滿你的人，意思意思的交代而已。畢竟他們也不想節外生枝的造出個悲劇英雄，我想，你應該知道我在說什麼吧。」

我笑了笑，沒有說話也沒有點頭或搖頭，只是再度彎下身子把咖啡拿起來。

「但這次不一樣，Td大校長的那個殺人案還有他所主導的生技公司吸金案，已經打亂了高層的一些人事佈局，未來如果再加上易志名手上的，那許多規劃中要執行的東西勢必都得停擺。選舉到了，二〇二〇不遠了，無論如何，都不能讓事情這樣發展；也就是說，如果接下來要對付你，就不會只是意思意思的杳查帳而已。雖然這是個民主時代，但國家機器還是可以用所謂合法的手段；你知道的，輕重，都只是取決於他們要用或是不要用而已。」

阿嬌說著說著又漸漸的將頭偏側過去望向那些在商品架上精緻的咖啡杯，神情變成了像是與她自己的沉思對話那樣。

「當然，如果真要走到這一步，那也就代表著事情已經又更糟糕了些。因為你絕對不會靜靜地挨打，不是嗎？這絕對不是高層所樂意見到的。所以，他們是說，如果你從此就不要再插手管這些事情，那麼前年你聯合了十二位PI所提的那個沒有通過的大型計畫，就那個一億兩千萬的四年期計畫，會想辦法讓它復活的，一毛不刪；另外，如果你有意願，也可以喬一個大學校長的位置給你。」

「喔，大學校長，台人嗎？」

「那有難度。」阿嬌對著那些咖啡杯搖搖頭，繼續說：「因為你沒有什麼特別的行政資歷，也沒有什麼耀眼的學術榮銜，所以規模在一萬人以上的大型學校有難度；但若是規模在六千人以下的學校，公、私立都好，他們說，可以安排。」

我一口氣把杯子裡的咖啡喝完，拿了張餐巾紙擦擦嘴巴，忖思了一下，覺得自己到了這個年紀才算真正了解到「官逼民反」這句成語的味道。

「妳來之前，有想過我會怎麼答覆妳嗎？」

「漢雄，我沒想這麼多，我只是想，我應該幫你。」

「幫我？」

「今天如果不是我來，也會有其他人來；我覺得我來，事情比較可能不會破局。不管你怎麼想，你現在其實是身涉險境，他們有給我看過一些，一些資料，對你是很不利的，你知道嗎？」阿嬌擺回頭望向我，語氣柔緩地說。

「這我早有心理準備，從我在追T大那些案子的時候就有心理準備。」

「你還是不知道那個嚴重性，阿力學長。」

「咦！」

「你學弟都是這樣叫你的，不是嗎？」

「妳怎麼知道？」

「你猜？」

「監聽？」

阿嬌笑笑，不置可否的低下頭，不知道是凝望著咖啡或僅僅是眼前的桌面。

「為什麼不是阿雄學長啊？」她忽然抬起頭很正經地問。

「小時候改過一次名，不過家人還是習慣把舊名當小名叫。有一次室友到我家玩，聽家人都阿ㄌ阿力的叫我，從此在學校熟點的朋友也都這樣叫我了。」

阿嬌略為點點頭表示理解，接著說：「總之，我還是希望你不要馬上就否定我剛剛所說的那些東西。我是真的希望你好好的，不要變成那些政治攻防中最無辜的犧牲者。我今天會在這裡住一天，你好好考慮考慮，明天我們可以再見個面談談。」

「住哪裡？」

「我訂了間民宿，在海邊。好一陣子沒回台灣了，順便走走。」

「妳常回台灣嗎？」

「不常，通常是家族中有喜慶婚喪才會回來。」

「這次呢？」

「專程，為你。」

「喔，那，等等妳還有安排其他事情嗎？」

「沒有，正事就這一樣，其他的就是觀光客的隨便走走看看。」

「那好，等等我先開車帶妳逛逛，我來這邊快二十年了，算在地人，應該可以給觀光客一些驚豔的景色；然後晚上一起吃個飯；都不談正事，就開啟休假模式的那種逛逛與吃個飯。」

「聽起來很不錯」，阿嬌露出今天難得的笑靨，說著：「不過不要太勉強，如果你已經有安排其他事情，就照常去做沒關係。我自己也可以自得其樂的。」

「沒什麼勉強，我打個電話說今天不回家吃飯就可以了。」

「咦？你剛剛說你沒有結婚，是吧？我記得你家在南部，所以爸媽也都上來跟你住一起囉？」

「沒有，他們還是住老家。我……嗯……該怎麼說……我那位出家的……無緣的未婚妻，她小妹高考過後分發到這裡的縣政府工作，然後她大哥的兒子和女兒，一個唸碩士、一個唸的大學，也都唸我服務的這間學校。所以我前年乾脆就把原本住的公寓賣掉，換了一間透天厝，讓他們都住到我這邊來，這樣我比較容易照應的到。我小妹，我是說我出家的未婚妻的小妹會回家煮晚飯給大家吃，所以我得先跟她說一聲。」

「這樣子啊！真是難得啊！看起來，你非常愛她囉？我是說，你那位無緣的未婚妻。」

「該怎麼說呢？愛不愛？好像已經不是這個方面的問題了。她出家半年多以後，還是有主動跟她家裡的人聯絡，不過一直拒絕再跟我有任何直接的聯繫，只託她妹妹轉個口信給我，說，出家是她的選擇，不是我有什麼問題，叫我不要再掛念她了。我當然痛苦，有好一陣子，就初始的那一兩年，一直想不透，為什麼。不過因為她家人從我們一開始交往就對我很好，我跟她也差一點就結婚成為一家人，所以儘管痛苦，逢年過節我還是會登門去送個禮吃吃飯什麼的。或許啦，我自己也不是搞得很清楚，一開始常去她家的動機或許比較像是去打聽她的消息，但是後來日子久了，漸漸看開了，就變成了一種習慣，就習慣跟熟悉的家人吃飯那樣。沒說還不會覺得，這樣一講，認真的想一想，過年過節不算，最近這幾年大概每個月至少都會去個一趟；就順便，因為研究工作的關係，我常常跑台北。所以一直以來，她小妹就很習慣的叫我姊夫，連她大哥的小孩也都叫我姑丈。就習慣了，就，習慣了這樣，我也不曉得該怎麼說。」

阿嬌很專心的看著、聽著我說話，雖然是沒有笑容的嚴肅表情，不過沒有了剛剛一直出現的眉頭深鎖，顯然，聊這種私人八卦的天，還是比較自在些。

「愛或不愛啊？有時候我也在想，如果真有那麼一天她忽然出現在我面前，我要跟她說些什麼話呢？當然我還是很想知道她當年為什麼……就說，好，如果妳想出家，說實話，我應該不會反對，或說，反對也沒用，但總覺得不應該是這麼突然的就不見了啊，總應該要有個溝通的程序才對嘛，畢竟都要結婚了，我連喜宴都訂好了！如果跟我溝通過了，我知道了妳的決心，那，要我放下，我也比較容易放得下嘛。不過，現在說這些都沒什麼用了，現在比較常覺得說，知道了又怎樣，都回不去了，十七年就這麼過去了。如果我現在跟她真的見了面，或許，那就，談談佛法吧，兩個人應該都會比較自在些。」

「我還是很難想像，即便是這樣，你的心胸也太寬大了，還為了她的家人賣房買房。」

「怎麼說呢？人與人，就是種緣份。她小妹小我很多歲……嗯……應該小我十二歲吧，我未婚妻……好吧，就先這樣稱呼她好了，小我兩歲，這個小妹小她十歲，某種程度算是她帶大的，所以跟她很親。像是她出家以後，也都只是跟這個小妹聯絡而已，所以很自然的，她小妹也跟我很親。好幾年前她因為職業傷害生了一場不小的病，雖然後來復原的還不錯，不過身體還是弱了些。因為我有一些醫師和律師的朋友，所以那段期間她的醫療和職災官司都是我在幫她張羅的，就是，怎麼說呢，就當作是照顧自己的妹妹那樣。

後來她身體好些了，我就鼓勵她走出去，或許就考個高考換個跑道。她聽下了我的建議，也很努力的考上了。本來想要在台北就近看看有沒有適當的職缺，不過等了好一段時間都沒有適合的。剛好三年前這邊的縣政府有開缺，我覺得還蠻適合她的，她自己也覺得很不錯，所以我就託政界的朋友幫忙安排分發，就這樣，她就過來工作了。一開始是她自己租房子在外面住，不過有一次她舊疾復發在房間內昏倒了，還好那天本來她有跟我約說要拿東西給我，我等了半個小時，覺得不對勁，這才及時的救到人。所以從那次以後，我就叫她過來跟我一起住，就近看顧得到，我比較放心。」

「嗯，她也願意嗎，一開始……我是說，她有結婚嗎或是有沒有男朋友……然後，只有你跟她兩個人……嗯，該怎麼說呢？」阿嬌好奇的眼神中所透露出的尷尬，促使她的雙掌都稍微動了動地輔助她支支吾吾說不太出來的問句。

「我知道妳想問什麼，怎麼都不避嫌，對不對？」阿嬌如釋重負的點點頭，很不好意思地微笑了一下。

「她沒有結婚，就我所知，應該也沒有男朋友。好，說到避嫌，一開始我並沒有想到這個問題，就只是很單純的想說，如果下次沒有這麼幸運的及時被發現怎麼辦。所以那天在醫院裡我就跟我未婚妻的爸媽說，叫小妹搬到我那邊好了，我隔個套房給她，看顧得到，比較放心。她爸媽一直說這樣太麻煩我了，不好意思，我就跟他們說一點都不麻煩，我的房子還算大，沒問題。然後小妹大概看到我很堅持，也就沒有說什麼意見的同意了，就這樣，她出院後，就搬到我那邊。

我是沒有認真的跟小妹談過她對於搬來跟我一起住的真正看法，一方面是覺得如果刻意談了反而尷尬，另一方面也覺得說，既然目前沒有其他更好的解決方法，那就不要管別人怎麼想，顧好自己的家人最重要。不過我想小妹一開始可能也覺得怪怪的，常常下班後就直接窩在房間，我們沒什麼在家裡的互動機會；我把主臥室的套房給她住，衛浴都獨立，所以她可以一直窩在裡面。

就這樣過了兩個多月吧，有一次她回去台北好幾天，回來之後跟我說，她有去看過她姊姊，姊姊還是有問到我的狀況。就從那天起，她會去附近的生鮮超市買菜回來煮飯然後招呼我一起吃，也會主動幫我收拾家裡，打掃啦洗衣服什麼的，就這樣，漸漸的我們都習慣了這樣的生活，很自然而然地。然後前年我未婚妻的姪子、姪女考到我們學校，結果沒抽到宿舍，我就想，那乾脆就都住過來好了。因為房間不夠，一開始小妹跟姪女睡一間，我想了想，姪女也大學生了，應該要給她獨立的房間才對，所以就乾脆換個房子，買個透天的算了，這樣大家住起來都比較舒服。」

我停頓了一下，想拿起咖啡喝喝潤潤喉，還沒動手就發現咖啡已經在剛剛喝完了。本來要起身去倒杯水，旋即又想說，算了，也快說完了，就繼續把它說完好了。

「我不知道是不是我未婚妻跟她妹妹說了什麼讓她改變，總之，我覺得那次她們姊妹見面是個分水嶺。不過這並沒有什麼重要性，現在的我，就只是希望大家生活的平安又愉快就好。然後我猜，妳也一定會想問說，難道這樣生活在一起，會沒有任何男女之間的那種愛情因素存在嗎？我不曉得小妹她怎麼想，我也不太想知道；妳知道的，有時候未必知道會比較好。但就我自己來說，可能沒有……可能啦，雖然有時候我也搞不太清楚。不過所有的日常，就真的是我的妹妹那樣，就，怎麼說呢，就是，不管什麼時候我看著她，總像是她背後有個她姊姊跟在那邊；我很難說那個感覺，不是真的在，但就是會感覺到有她……或許啦，跟她們姊妹長得還蠻像的有關係吧。我想，這也一直提醒著我說，我跟小妹的關係是什麼；那，這條界線一直在，所以到現在，至少對我來說，沒什麼困擾，我是說，感情。」

「我想你是真的非常愛她。真的，該怎麼說呢？真的，難得有情人。應該也是因為這樣，所以你一直沒有結婚吧？」阿嬌的眼眶中像是有些淚滴在打轉似地閃爍著壁燈的反光，不知道是憐惜或是自憐地苦笑了一下，拿起眼前的咖啡一飲而盡。

「愛？說真的，我已經對『愛情』沒有任何想像很久了，大概都被『責任』這個東西取代了吧。就像說，好吧，我老實說，就像剛剛談的，我對她妹妹是真的那麼純粹的……嗯……純粹的家人之間的那種關心和照顧嗎？或許不是，也許我是愛著她的，但是對我來說，那個愛的目的就在於每天能夠看著她好好的生活著；我不會去抱她、也不敢跟她有任何身體上的碰觸，我不想那樣，雖然她算漂亮、肉體也誘人，但我不想那樣，因為這會破壞那個愛的目的、會破壞那種彼此信任的默契；就是那個，因為我是姊夫、她是我未婚妻的妹妹的那種植基於這樣的基礎之上的默契。

當然我也會想說，她就要四十歲了，再不成家可能就沒機會了，而跟我這樣住在一起會不會就耽誤了她的婚姻。所以前兩年我也幫她安排過兩次相親，她沒有拒絕，也都去了，只不過都說不適合的沒有下文。最近我是比較想開了，就想說，結婚對她……對她或許並不適合。她身體不好，對於婚姻內會遇到的那些事情，就說，真要她生兒育女操持家務甚或還要兼顧工作賺錢的話，光體力，可能就負荷不起；而負荷不起的話，婚姻可能就不會幸福。那與其將她推入一個未知的險境之中，還不如就由我來護著她，讓她過著像現在這樣比較自在的生活。

然後說到結婚，我倒是一直都沒有排斥過，我想應該跟我未婚妻沒有絕對的關係。或許啦，還是會有些陰影在，不過應該不會太嚴重。十多年來，只要有人幫我安排相親我都不會拒絕，而且相完親之後我一定至少會再約一次女方單獨吃個飯或是去看場電影什麼的，算積極吧。可能有十多次喔，然後都是女方覺得不適合而告終的。我也不曉得怎麼會這樣，或許真的，人與人之間，就是種緣份，就像當年，我們就是沒有緣份。」

說到這裡，隨即覺得不應該把當年的阿嬌扯進來這個話題裡面。看著阿嬌忽然又緊抿起來的嘴唇，只得起身說：「走吧，觀光客，妳先坐我的車，逛完後我再載妳回來開車。」

阿嬌並沒有跟著立即起身，只是幽幽地坐在座位上，若有所思的緩緩拿起手帕按了按嘴唇，吸走那兩片紅艷上很微量的咖啡殘滴，然後再從皮包內拿出口紅，也是慢動作般地仔細在嘴唇上補了妝。我站著俯瞰她在沉思中的優雅舉措，視線從她亮紅的唇色不小心跌入她V領下的深邃，心中開始上演等等是要放縱或是克制的爭執戲碼。

「我很羨慕她們。」阿嬌忽然抬起頭，注視著我的眼睛說；這瞬間，讓我來不及移走偷窺的視線。

阿嬌顯然發現了，稍微對我蹙了個眉、挑了挑眼，但不是生氣，而是俏皮地默示「被我抓到了齣」那種幸災樂禍。我只得裝作什麼事都沒有發生過的那樣靠上椅子，對著她說：

「走吧！」

第四章

醒過來的時候花了幾秒鐘看看四周，才確認了自己此時身在何處。雖然窗外望出去的海天交會處已經有了些泛白的天光，但龜山島仍然沈浸在海面上灰濛濛的霧色中。現在應該約莫是清晨四、五點的時分吧，我小心翼翼地緩慢下了床，到廁所上個小號，順便用冷水潑潑臉，這才完全清醒過來。回到房間內，坐在床邊的沙發椅上，等著欣賞窗外即將從海面現身的朝陽，也看著身邊還沉沉睡著的阿嬌。

是我還是她呢？還是兩個人很有默契地一起主導了昨晚的纏綿共枕呢？

事情並不突然，至少在昨天下午我就有了心理準備，在我打電話給美靜說我不回家吃晚飯的時候，一按下號碼隨即就決定加碼說，今天陪回國的朋友到處走走，晚上就住在外面，明天才會回去。但是，究竟在什麼時候我才決定今晚的放縱、決定試探與阿嬌上床的可能性呢？是在阿嬌那個俏皮蹙眉挑眼的表情出現之後，還是在更早之前，我想伸手進去她深邃的V領內一探究竟的時候？

阿嬌呢？如果她也算是早有意願，那是在什麼時候決定的？會是下午來找我之前就已經想好了嗎？還是，在見到我的第一面之後？或者，遲至她聽完我對美靜照顧的緣由，說出那句「我很羨慕她們」之後才決定的？

不過也可能是後來在某些情境烘托之下才出現的偶發事件。因為就算在咖啡店的時候我們都有意，但事情也不算是那麼理所當然地就直接發生了；一直到了上床的前一刻，我們，或說，至少對我而言，仍舊充滿了不確定性。

昨天下午我們離開學校的咖啡店以後，我就直接開車到了東澳的粉鳥林。雖然有了國道五號和蘇花改的加持，但是加上市區時間，那段路程仍然耗掉我們一個多小時。但那一個多小時的路程卻是讓人卸下心防的好機會，特別是兩個快要三十年沒再見到面的人，一見面就是談敏感的「公務」，那個重逢的起手式實在是很不浪漫的開始。即便在咖啡店裡我對於她的胴體是有那麼些遐想，但在那個當下我腦子裡面盤算比較多的，倒是委託阿嬌的人是誰？而阿嬌現在的工作，或說是身份又到底是什麼？怎麼已經在加拿大定居快三十年的人會為了跟我談這件事情特地回來這一趟？

如果在咖啡店裡阿嬌說的那些調查監控我的事情是真的，那麼她口中的高層們不應該不知道我其實沒有易志名手上的那些東西；除了當初T大跟Td大事件所牽涉到的人員之外，我並沒有其他路人甲乙丙的相關細節資料，這應該很容易從監聽我跟示靖與韻慈的通話中知道啊。一個手上沒有具體資料的我，照理說，對於高層們的人事佈局是不具殺傷力的才對，怎麼值得他們如此大陣仗的監聽調查與高價收買呢？而這種已經接近恐嚇與收買的事情，對於任何層級的政治人物來說，一旦爆發了就會是下台一鞠躬的醜聞，如果不是心腹等級的關係，是不可能得到授權來進行這樣的談判。

阿嬌到底是誰，三十年後我見到這個容貌看起來仍然熟悉的人，會是當年那個高虞嬌嗎？

雖然在店裡喝著咖啡的時候我還是可以很自然地侃侃而談，但那種自然是有著某種程度的口是心非：我一直在心裡揣測著，此時的阿嬌對我來說，是善的、還是惡的？或說，是友、還是敵？

因此到粉鳥林那一個多小時的車程裡，就成了一段很重要的緩衝時間。車子內是個讓兩人不需要刻意就會比平常多靠近一些的密閉空間，窗戶關緊了，便阻擋了外界的紅塵紛擾，特別是在車行稀疏的路上，常常會讓人興起遺世而獨立的情懷。此時，不論是國五高架看到的蘭陽遼闊，或是進入蘇花鬱綠層疊的沿途，兩個人坐在這個不斷往後拋卻掠影的小小密閉空間內實動若不動的疾行著，很容易就藉著窗外風聲的呼嘯驅走車內人與人之間的拘謹，讓浪漫流略於周身而無所不在。

所以談起話來的感覺，就跟下午那種隔張桌子的不動空間不一樣，甚至，截然不同。

我們在車內的談話是從阿嬌這句「一九九〇真是個很特別的年代啊」開始的。雖然下午在咖啡店見面的一開始我們也是從一九九〇年談起；一九九〇年的一月一日，那是我們共同回憶的最初始。不過我們只談了一九九〇年　月一日的那一天在寒風中騎機車送她回家、讓她招待我一鍋泡麵的往事，就停在那一天，然後就切換到接下來令人不悅的話題。當然，持平來說，阿嬌是有那個興致繼續談一九九〇年的其它回憶，只是我把話題岔開了，提早進入了那個惱人的公務爭論中。

或許在我的潛意識裡面還是對於當年阿嬌的忽然離去耿耿於懷，所以不管其它的回憶多麼的愉快甜蜜，最後可能都會被吞噬到劇終沮喪的深淵裡面，打破那些美好。就像我已經很少再回憶起與美晴在那兩年交往過程中的點點滴滴，因為若是回憶了，就一定會停止在那個悲傷的結局，以至於到現在因為刻意的抑制了那些回憶，所以那些回憶的細節都顯得有些模模糊糊了。不過這樣也好，至少不會去干擾到我與美靜現在的相處，畢竟，她們兩姊妹長得實在是很像。

「有時候我覺得我們在一九九〇年認識真有那麼點宿命的味道。」

「怎麼說？」

「那真是一個大時代啊，在台灣有二月政爭、三月學運，然後股市從一萬兩千點掉到兩千點；國外就東西德統一了、蘇聯和美國也正式結束冷戰、南非曼德拉被放出來了、華勒沙也當了波蘭總統。」

「是啊，還真是個大時代。」

「然後我們就在那個大時代認識。」阿嬌從原本看著前方的姿勢忽然轉頭對著我，動作擺得大了些，讓我很清楚地聞到了從她髮叢中甩出來的味道；雖淡，但讓人精神一振。「我跟你說，就算到現在，我還是會常常想起那一年裡面我們在一起的點點滴滴。」

阿嬌一說完，我沒有立即答話，仍然專心看著前方開車，不過應該有露出一個伴隨著點頭的微笑。或許沒有聽到我接著答話，阿嬌轉回頭去，跟我一樣，繼續看著前方。

「你還是在生氣。從剛剛在咖啡店裡就這樣，你還是很在意我當年的離開對不對？」

「應該吧，在意；但是，我沒有生氣。」我還是專心的看著前方說：「今天妳健健康康漂漂亮亮的出現在我面前，那就很好了。」

遇到上高速公路前的最後一個紅燈。我停下來，轉頭對她說：「至少，我不用再去擔心妳會不會出了什麼事。」

「一直擔心到今天嗎？」阿嬌很緩慢的問著，認真的程度像是我那十八歲的外甥女一再跟我確認是否記得要從英國買回來給她的東西那麼地認真。

「這很重要嗎？」紅綠燈轉換前倒數五秒，我注視著燈號，沒有多加思索的就回了這句；嘴角可能不小心帶了點笑意，因為五十歲的熟女像個十八歲少女般的認真語氣，實在是有著那麼點不搭調的反差。

換阿嬌沒有答話。我在綠燈亮起將要右轉前望向右後視鏡的同時，也看到坐在我右邊的阿嬌將頭別向右邊的窗戶，像是在眺望遠方天空那些無邊際中的無盡藏；不過從側面的表情看起來，顯然在那些無盡藏中的不是有花有月有樓台，而是某些壓出鮮明魚尾紋的沉重。

從此刻到上了高速公路的三十秒內，我們就維持著這樣的靜默，看來阿嬌對於她的認真提問結果卻被回了一句含有嘲諷意味的隨口說說顯然耿耿於懷。我覺得有些不好意思，嘴巴還是太快了，怎麼辦呢？現在也不過才剛剛要出發而已，總不能讓她就這麼地一路悶著什麼話都不說吧。

「到底擔心了多久我自己也搞不清楚，不過應該持續很久吧，至少，在我跟美晴決定要結婚之前的確是一直在擔心著。後來，美晴出家去了，常常我就會這樣疑惑地問自己，為什麼兩個我所愛的女人都是這樣地忽然說走就走呢？雖然不至於到了不告而別的那麼決絕，不過也差不了多少，同樣都只是留下一紙短短的信箋，讓我連當面說個再見的機會也沒有；接著，此去就是十幾二十年的無消無息。

就這樣，妳說擔心，真的，在美晴也離開了我之後，『擔心』這兩個字就變成沒有意義的名詞，我連該擔心什麼都不知道了。或許就像妳剛剛所說的，這些都是『宿命』的安排，既然都是宿命的安排，真的，擔不擔心，就不重要了。」

「對不起」阿嬌輕聲，帶有一點點細細鼻音地說。

「唉，都是命啦，真的，妳說的沒錯。我到了現在這個年紀，已經比較清楚地知道，每個人的人生都一樣，都在等死；既然都在等死，那些想不透的事情就不要一直去想它，總是有其它有趣又可以想得透的事情可以做。」

「嗯！」阿嬌算是宏亮的應答了一聲，即便我沒有轉過去看著她，眼角餘光也感覺得到她用力地點了一下頭。

「謝謝妳把項鍊戴來。」我略微偏過頭去對她笑了笑，很誠懇地說：「真的謝謝，當年那條項鍊花了我半年的家教薪水，還有七、八個週六日的尋訪，大概把台北的金飾店都跑遍了才決定是這條。謝謝妳還這麼的珍惜它。」

「我連結婚的那一天都戴著它。」阿嬌停了一下，又說：「離婚的時候也是。」然後湧出一聲苦笑，隨即接著說：「所以，該說謝謝的人是我。」

「怎麼會是金項鍊啊？而不是其它的禮物。」阿嬌長吸了一口氣，抑制了滋生的鼻音，用了很想要輕鬆但是怎麼聽都不像的語調說。

「喔，就很俗啊，我那時候就是很俗的一個人，俗到不知道女生會喜歡什麼，俗到就只想得到像是項鍊、戒指這種禮物。然後想說，鑽石啊、珍珠啊或是玉佩、貓眼石那些的我都不懂，也不曉得買到的會是真品或是贗品，所以乾脆就挑個金的，至少金子的純度在定義上比較單純。然後項鍊跟戒指比起來，項鍊應該比較適合，至少在做實驗的時候不會變成戴手套的障礙，所以，就挑了金項鍊囉。」

「你知不知道人家說，送項鍊是有特殊意涵的呦？」

「是有聽說啦。不過，我覺得就那個時候的我來說，選一個妳會喜歡的禮物才是最重要的。」我得意地笑了兩聲，說：「今天看來，顯然，目的是達到了。」

「謝謝你，也對不起你！我那時候真的不想離開你，但也真的完全身不由己，真的沒辦法，遇到那樣的一個時代。」阿嬌仍然很努力的試圖抑制她的鼻音，不過顯然完全無效，逼得她不得不暫時停下話來；我甚至感覺得到有滴眼淚滑過她的臉龐再掉落下來的聲音。

我得先想辦法停止這樣的話題繼續下去才行。雖然我覺得阿嬌很想跟我好好的解釋這一切，但是在車子高速奔行的時候，我沒有辦法好好地看著她的臉，必要時也沒有辦法拍拍她的肩、遞個面紙給她；甚或，抱抱她，在她耳邊輕聲說些安慰的話。所以，最好是到了可以停下車子，好好坐著的時候，再來談談這些可能連我都會激動起來的話題。

就在我一下子想不出該怎麼轉個不突兀的話題以岔開的時候，還好，也剛好，美靜打了電話過來，我就開著手機免持擴音地接了電話。

沒什麼特別的事，美靜只是打電話來說，姪子在實驗室趕實驗，今天會較晚回家，不過小姪女下午沒課已經先回家了，所以等等她回家後家裡不會是她一個人，要我放心。阿嬌在我講電話的時候拿了張面紙按了按眼睛和臉頰，聽完我跟美靜的通話後，再稍微壓壓鼻子、輕咳了兩聲收拾一下鼻音，才輕聲地說：「你……未婚妻的妹妹嗎？」

「是的，她叫美靜，跟我未婚妻美晴只差一個字。」

「你好像管很多喔，她還要跟你報告的這麼鉅細彌遺啊！」阿嬌用著略為促狹的語氣說話，彷彿她抓到了我的小辮子似地。

「哪有，不是管啦。美靜她身體不好，自從有了上次的經驗之後，我不太敢再讓她自己一個人在家，有人在家陪著她我比較放心。我不知道今天會多晚回家，所以要她先確認一下同住的兩位小朋友今天晚上會不會在家，這樣我比較能夠……就是比較能夠……自由地安排我們的行程。」說到最後，我忽然想到會不會跟阿嬌一起過夜的問題；因為敏感，所以暫時結巴了一下。

「不要勉強，如果不放心，不用刻意陪我；我明天上午還在，下午三點前回到台北就可以了。所以上午到中午，都還有時間可以聊聊。」

「不勉強，大三的小女生在，小姑姑有她陪，OK的。」

阿嬌稍微挪了挪臀腰與背靠的位置，讓自己更能夠輕鬆地左斜看著我。她端詳了我幾秒鐘之後才說：「你有沒有想過，如果你跟別人結了婚，我是說如果這個現在，就這個當下的現在，你跟不是美晴也不是美靜的人結了婚，那，美靜怎麼辦？誰來照顧她？應該沒有女生願意自己的老公這麼細心地關照前……前未婚妻的妹妹吧！」

「無效問句，我應該不會結婚了。」

「那如果是女朋友呢？可以不談結婚，但可以同居的女朋友呢？」

「應該也是無效問句，我很難想像不結婚只同居這件事。就同居跟結婚，對我來說，那是沒有差別的。所以不結婚，應該也就不會同居。」

「那如果是不同居的女朋友呢？你會跟她說，你跟她交往的同時，也跟一位這樣的『妹妹』住在一起，就什麼事情都沒有發生的住在一起，然後要她不用在意嗎？」

「還是無效的問句，我已經過了需要女朋友的年紀了。」我輕嘆了一口氣，說：「我覺得我負的責任已經夠多了，不需要再多找個女朋友來增加自己的責任。」

「為什麼非要逼自己去背負那些責任呢？就像你剛剛說的，既然我們都在等死，那為什麼不去輕鬆地看待在等死過程中兩個人之間的關係呢？也許你的女朋友根本不需要、也不想要你負什麼責任啊！因為她也不想背負你的什麼責任，她就只是想要兩個人享受當下相處時的快樂而已啊！」

雖然接下來應該是個沒什麼意義的抬槓過程，但至少阿嬌的鼻音已經快沒有了。

說接下來的抬槓沒什麼意義，是因為，我跟她都過了五十歲，腦袋中那些根深蒂固的成見，是不可能在經過短短幾分鐘、甚或是幾小時之內的口舌爭辯之後就能夠改變的。不過，跟旁邊坐著的這位失散已久之曾經戀人抬抬這種槓，倒是挺溫馨的暖身方式，感覺上，可以搭座跨越那二十八年鴻溝的橋。

「這樣說好了，如果知道了一位普通朋友生病住院的消息，那禮貌上，到他的FB寫個簡短的關心問候就可以了；如果是熟一點的朋友，那就打個電話親口問問狀況；又如果是兄弟等級的朋友，那就得去一趟醫院當面探望才行。基本上的人情義理，就這樣，這就OK了，可以不用再做得更多；除非有什麼更突發的狀況，不然這樣處理，自己就心安理得，朋友也會覺得沒什麼人情負擔。

那如果是女朋友呢？就沒有這麼簡單了吧！即便不用整天在旁邊看顧著，但照三餐去探望關心一下應該是基本款吧！這就是責任，不是嗎？有了那個關係，就會生出那個責任，跑不掉的。是啦，我們都在等死，但大部分的人等死的期間都很冗長，至少跟那個享受快樂的當下比起來一定會冗長很多，所以那些快樂當下之外的冗長時間，都會是責任發生的風險。」

阿嬌沒有立即把槓抬回給我，而是重新調整坐姿，回到正視前方的姿態，稍停了一下，又像是想到要搜尋什麼的看看右邊的窗外，沈默了幾秒鐘之後，再回正過來看著前方，說：「你對美靜負的是什麼樣的責任啊？」

「這真是個好問題。」說完，我愣了一下，不知道要如何接下去。是啊，真是個好問題，我從來沒有想過這個問題；或許，它從來不是個問題，所以也就沒有必要去想這個問題。

「這樣說好了，當然真實身份不是那麼精準的對應，但是我想，那個算是……算是兄長對妹妹的責任吧。我自己是這樣認為的啦，如果一個不知道我們真正關係的外人在旁邊看完……就像《楚門的世界》那樣地看完我們一整天的生活，或是，一整個星期的生活，他應該會覺得，啊，那就是哥哥跟妹妹嘛，就是那樣子，吧！」

「但你們不是親兄妹，甚至一點點血緣關係都沒有……不過，的確，你們成了一個家，不是嗎？每天有人等你回家吃飯，你也每天掛念著那個等你回家的人。」

阿嬌停了一下，又別過頭去看著右邊的窗外，然後幽幽地嘆了口氣說：「我很羨慕她。」

「妳現在是一個人嗎？我是說，啊，怎麼說，啊……」

「一個人，沒有老公、沒有男朋友、沒有兒女、也沒有跟任何弟弟妹妹，包括前夫的弟弟妹妹，連我爸媽也都沒有住在一起，就一個人孤伶伶的在加拿大生活著。你是想問這個嗎？」

她一說完，車子剛好滑進了隧道之內，四周從開闊蒼鬱立即關進緊迫的水泥圓管中。那瞬間，忽然有個像是紅血球從微血管迸出後的倒帶播放，那麼奇怪的聯想出現。

「辛苦了。」然後，我就想不出還能再說什麼。

「嘿，你怎麼會覺得這樣子的生活辛苦呢？你有經歷過這樣的經驗嗎？」阿嬌夾帶著笑意地說。那笑，我猜，如果是面對面看著的話，應該是嘲笑我剛剛說的不過是班門弄斧而已。

「剛來這邊教書的前幾年是這樣的。就住學校的教職員單身宿舍，就一個人。不過不太算孤伶伶吧，那時候年輕又單身，很拼也花很多時間帶學生，所以宿舍只是個洗澡睡覺的地方，整天的生活算是都在學校內，身旁都見得到學生，應該還是很熱鬧的生活……啊，說

『前幾年』，事實上算算應該有八、九年是這樣過的。」

「那買房子以後呢？我是說在你買了原先說的那個公寓，而美靜還沒有來跟你住之前，有跟誰住嗎？」

「那是被我爸媽逼著要買的。他們覺得說，我都四十多歲了，總得買個自己的房子才比較有保障，而且如果要相親談結婚的話，跟人家說自己有個房子也比較容易成功。所以，我就被逼著買了那層公寓。那時候是考量到一個小家庭的需求，就想說，如果真的結婚生小孩，應該最多就生兩個吧，所以就只規劃了一間主臥室、兩個給小朋友的房間，和一間書房。

也因為這樣，後來美靜和兩個小朋友來了之後才發覺不夠住。那，在他們來之前……我算算，唉，真的，時間就一下子，也大概有五年的時間就我自己一個人住那麼大的房子。不過日常生活上跟之前的差別也沒有太大，我還是大部分時間都在學校裡面，比較大的不同就只是平時需要打掃的面積，大了些。」

感覺自己忽然陷落到一個已經很陌生的往事窟窿裡，一下子理不太清楚那些年的生活重心是什麼。

「不過說差別不大好像也不太對。剛來那幾年比較拼，很少離開學校，假日也是，日子過得比較沒有變化，比較沒什麼時間去感覺孤單。買了房子以後就不一樣，一方面升上教授了，不用再那麼賣命；另一方面，房子比較大，客人就比較多。

算起來我單獨一個人住的時間大概只有週一到週五。週六、日不是我回台北或台南，就是我爸媽、我哥哥姊姊、我哥哥姊姊的小孩來這邊玩，或是我較熟的一些朋友把這裡當民宿住。所以通常週一或週二的晚上進到家裡，屋子就從假日一家都是人的熱鬧，忽然間又回到連心跳聲音都可以聽見那樣的……靜寂，就會覺得說，好像有那麼點感傷。所以我是覺得，我那種一週只有一兩天的感傷，如果變成一整週、一整個月甚至一整年大部分時間都是那麼地靜寂的話，那日子應該不好過。」

一說完，車子就出了隧道，頓時又天光大亮、翠綠滿佈。阿嬌沒有答話，只瞥見她略微低著頭、右手輕輕地反覆撫摸著她的皮包；那是個沉思的動作，但透露出感傷。

「妳一個人多久了？生活圈附近有家人嗎？」

「多久了？好久了，從我三十五歲離婚到現在就一個人在渥太華工作；我父母跟姊姊在溫哥華，哥哥們都在美國。所以生活圈裡就我一個人，沒有親人。」

阿嬌又突然大動作的轉頭過來看著我，她髮叢中的馨香又再次快速地甩到我面前，讓我避也避不掉的吸了一大口；比剛剛那一甩濃郁很多，不但讓我的腦袋之精神一振，還振到連下體都反射式地抖動了一下。

這已經是今天不知道第幾次被阿嬌在不經意地舉手投足之間就勾出來的情慾，雖然阿嬌今天的舉止與穿著其實是非常合宜的，完全沒有出現任何帶有挑逗意味的言行與暗示，但是我卻這麼輕而易舉的被她牽引出，那些在我身體中已經澆熄很久的，對女體的渴望。

這是今天我最感到困惑的事情。

「我在加拿大的政府機關裡工作，辦公室內不到十個人，準時上下班；沒你那麼好福氣，有一堆學生可以日夜陪著。」雖然是有些揶揄地說著，不過她的語調中還是顯得滄桑。

在她說話的時候，我努力的屏氣斷念，像是武俠小說的高手中招之後立即自阻經脈避免毒氣攻心那樣地防衛情慾的攻擊，不然的話，倘若在兩個人這麼靠近的空間裡褲襠忽然的就膨漲起來，那是怎麼樣都掩藏不住也說不清楚的尷尬。

可能是我的表情因為那樣不語的屏氣斷念而顯得嚴肅沉重，所以阿嬌換了個比較柔和平靜的語氣說：「其實，習慣了，都還好。沒什麼辛不辛苦的，就像過年那幾天我回到溫哥華跟父母同住的時候，反而會覺得不怎麼自在。」

剛好此時車子下了蘇花改，左轉進了省道九丁，我也從屏氣斷念中重新調息回神，又能夠以君子的模樣面對身旁的伊人。我稍微轉頭過去跟她說：「到了，這是東澳，不用幾分鐘就可以到粉鳥林海邊了。」同時送出個微笑。

阿嬌回到正常的坐姿，同時也往窗外環顧了一下，有了些笑容地說：「我沒有來過這裡耶，以前大學的時候，去花蓮都是坐火車，然後跟同學聊聊天之後，沿途有什麼風景都忘記看了。」

「哈，我也是幾年前才知道有這個秘境的。那還是學生迎新的時候在東澳國小宿營，我是導師，得過去關心一下，才知道附近有這麼漂亮的海岸風景。」

阿嬌還來不及回話，車子已經上了粉鳥林大橋，冷不防地在眼前就出現了海的顏色，阿嬌旋即被這片海景吸引到忘了言語。看著那海從蒼穹天藍與水色深藍交界一線盪漾過來的寶藍與湛藍，湧至蔚藍波粼於沙床擱淺隨即又撞擊礫沿峭緣，滾綴出所有海岸礁岩邊的白紗裙襬；以兩旁青山磅礴的綠意拱衛，見證人類對於美景描繪能力的渺小。

「哇，好美啊！真沒想到！」

「是啊，很美，不過比起我八年前第一次來差多了。這堤防很粗魯的削走了礫與沙岸的漸層視線、假日暴增的人群與垃圾比天災還可怕，我有幾次來還看到好幾台吉普車就這麼肆無忌憚地在海灘輾來輾去。剛剛上國道五號的時候我還在想，要來這邊嗎？後來還是想說如果不讓妳看看這裡實在很可惜，也賭賭今天是非假日，而且是前後都黏不到假日的週三下午，所以就試試看囉。」

我在堤岸邊停好車，熄了火，說：「看來賭對了，沒什麼人，下來走走吧。」

雖然下午四點的陽光已經沒有那麼耀眼了，一走出車子仍然熱烘逼人。然而阿嬌沒有戴帽子，也不要我拿把車上的傘給她，說要多曬曬台灣的太陽。我陪著她，光著腳，踩在淺岸海水裡的礫石上；阿嬌沒說話，只是右腳不斷輕輕擺划出踝邊的盪漾，看看海、看看天、看看兩旁的山、也看看腳邊的水紋，就這樣靜默了十幾分鐘。

她的表情閒適中帶有些輕愁，像是今晨才剛讀完了一本都是情詩的集子；有時候也會轉頭過來看看我，漾著不是很多、只有著一點點滿足的笑容。那微笑中的確只含有一點點滿足而已，但阿嬌並沒有打算開口說明，那些在一點點滿足之外的不滿足的到底有哪些。她的視線都只是短暫地停留，短暫到讓你感受到了，卻不給你任何解讀的時間與發問的機會，就這麼的看了看我之後，隨即再去看看她的海、她的天、她的山、也再看看她腳邊的水紋。

如果是二十三歲的阿雄，這十幾分鐘伊人的靜默與無言中不怎麼滿足的笑容，一定會引起他莫名的不安，急著猜測是否有哪些細節沒有考慮到，或是哪段不經意的談話傷害了她，然後拼命地想出各種旁敲側擊的話語來打破阿嬌的沉默。但是今天的阿雄五十一歲了，即便納悶，也只是靜靜地陪在她身邊站著，雙手就插在西裝褲口袋裡跟著她隨意看看四周，大部分時間想的是，天氣怎麼還是這麼熱啊，估量著，該什麼時候回去車上拿把傘。當然，那個五十一歲的阿雄在隨意看看的某些時刻，腦袋中還是會偶爾閃出一些沒有說出口的問句，像是「在想什麼嗎」、「煩惱些什麼呢」這種單刀直入式的；也閃過一些跟這個情境無關的，僅是「還會在台灣待多久」、「下次什麼時候再回來」、「晚餐想吃什麼」這類搭不上海景的話題。

也有那麼些時間，我想到了美靜，想說同住在一個屋簷下快三年了，並沒有單獨的帶她出來像這樣子隨意走走、也沒有像這樣子兩個人一起站在海邊過。開車載她的時候，若不是去買菜買日用品，就是回台北她的家。那都是沒什麼浪漫目標的行程，而且同車的時候大都只談著生活瑣事，很少，可以說是沒有，觸及過所謂的「心情」。

只有一次或許勉強算是，那是在前年過年前夕載她回台北的時候，當時她才跟我同住不到半年，雖然日常的互動已經習慣了，但還不算是很自然的共同生活著。她在車子剛出了雪隧的時候問我說：「姊夫，如果姊姊現在還俗了，你還會跟她結婚嗎？」我轉過頭去看了看她，結果看到她那雙非常真誠等待著答案的眼睛，只好回過頭來嘆了口氣，說：「我也不知道……應該……如果……她……唉！」「如果她還愛你呢？」「那就……再說吧。」我就這樣結束了這段談話。美靜沒有再追問下去，她只是靜靜的看著前方，一直到車子進了石碇隧道後，才又開口說了過年的一些無關緊要的事情。

現在想起來，那時候應該要多談一些才對，至少不要讓美靜覺得我還是耿耿於懷過去的那些有的沒有的；也許談過了，現在我們兩個人之間的相處就會不一樣，甚至，跟她會因此真正成了一個家也說不定。

往事湧到這邊，越想越覺得愧疚，或許吧，下週我也該載美靜來這個地方走走。但是，我為什麼會在這個時候想起美靜呢？而且是那麼愧疚地想起這些往事呢？為什麼以前從來沒有對她有過這種愧疚的感覺，一直要到今天阿嬌這樣的站在我旁邊之後才感覺到呢？

儘管內心不怎麼平靜，但看著身旁的阿嬌站在這裡，還是成了一個很靜謐的畫面，連海與風也都靜謐了起來。不過在我享受這樣的靜謐沒有多久，就被吉普車破壞了所有優雅的畫面，趕走了在兩個人之間緩慢醞釀出來的浪漫。我們不約而同地往那個引擎聲的方向望去，也都同樣的皺起眉頭，然後同樣的轉身往回走。

上了車，一發動，看到驟然亮起的時鐘螢幕，才意識到這真是個尷尬的時間。快四點半了，再一個小時暮色就會降臨，等到六點半天色全暗，屆時除了從山上鳥瞰萬家燈火以外，就沒什麼景色可以看了。然而從這裡到幾個我認為稱得上景點的地方，大概都需要一到一個半小時的車程；如果不再去別的景點，那除了吃晚飯之外就沒有其它適合這個時間的事情可做了。但是，五點左右就可以到達我想去的餐廳，這時間，就吃晚飯來說，又好像嫌太早了些。

「去我住的那家民宿好了，那家民宿就在海邊，他們也有餐廳可以吃飯，而且網頁上的照片看起來，從那邊眺望出去的海景也很不錯。」

阿嬌給了我張地圖，民宿在大溪與大里之間的海邊，估計一下時間差不多六點左右可到，的確是目前這種尷尬時間較佳的選擇。我跟阿嬌說，妳的車就放在我們學校的地下停車場過夜吧，我直接載妳過去，明天上午我會再到民宿去接妳。阿嬌顯然對我這樣的建議很滿意，笑得很燦爛地說：「好啊，有人這麼的體貼當然好啊；如果你是騎機車的話，那就更懷舊了！」

我要她下次回來早一點通知，這樣才來得及準備一台野狼一二五。這不算隨便說說，前一陣子去幫同住的小姪女挑機車的時候，自己差點就忍不住買下一台藍色的野狼。

「不過你還是得先載我回停車場一下，我的行李都在車子上。還有一瓶要給你的冰酒。台灣買不到的喔，是我一位同事他們家自己私釀的。」

回程的路上阿嬌話不多，只是偶爾問問一些路上看到較奇特的建築物、風景或是地名之類的隨性話題。進到學校停車場拿了行李和冰酒之外，阿嬌還跑到校門口對面的超商買了些零食，以及，三瓶台灣啤酒。「晚上，聽海的時候配的。」她這次是用了個十分滿足的表情說的。

再度出發後，車子過了外澳就開始現出一整片海。雖然說已經是傍晚時分了，未下山的陽光仍舊撒了點點芒亮在波皺的海面粼尖上，閃耀出龜山島座落的水涯如如，遼闊一線海天交界的清楚明朗。阿嬌凝視著右邊窗外好一陣子，一直到過了北關之後忽然擺頭過來對著我說：「好美啊！我回台灣後，一定要來這裡定居。」

「真的假的，妳要回來定居？」

「不歡迎我嗎？」

「歡迎啊……所以妳在加拿大可以退休了？」

「一定得退休才能回來嗎？」

「所以妳在台灣有新工作了？」

「一定得要有工作才能回來嗎？」

「是沒有說一定。」

阿嬌又別過頭去，繼續看著窗外的海景。不說話，一直到蜜月灣，才又開口問了：

「我如果回來這裡定居，也住你那邊好不好？你現在不是透天厝嗎，應該可以挪個房間給我吧？」

「蛤!?」

「嗯，你沒聽錯。」

阿嬌的語氣介於不那麼認真也不算開玩笑之間的難以判讀，只好先且戰且走的回說：

「房間有。四層樓，目前用了　二三層，四樓有個套房只是當客房在用，如果妳 OK，我當然 OK。」

「你應該要先問問美靜的意見吧？」

「為什麼？還好吧，房子是我的。」

「但她算是，怎麼說呢？半個女主人。」

「哈，好吧，就現狀來說，是這樣沒錯。不過，我想，應該還是OK吧。」

「那這樣我們算是以什麼樣的關係住在一起呢？」

「重要嗎？」

「重要。」

「不重要，如果妳真得想要過來住，那就不重要。關係，只是人詮釋出來的。」

「那你希望我們是什麼關係？」

「重要嗎？」

「重要。」

「為什麼？」

「因為我想知道。」

「啊，我們之間空白了二十八年，重逢至今還不滿五個小時，某種程度我還是有著做夢般的感覺，妳就先不要逼我回答這麼艱深的問題。」

「如果今天一開始我找你談的不是那麼……政治的東西，你還會這麼難回答嗎？」阿嬌更靠近了我一些的說：「你是不是在想說我會不會是那種像是女間諜之類的，或是來設局像是什麼……嗯，仙人跳之類的？」

「我下午的確有這麼想像過，現在也還沒有找到理由完全排除這樣的可能性。不過，說實話，即便是，我也沒什麼需要防備的。」

「喔？」

「當人不在乎生死、不在乎名聲錢財、不覺得世間有什麼好牽掛的，即便今天我被設局了，好，譬如說，只是譬如說喔，妳不要生氣喔，就譬如說，妳設了局說我性侵妳，人證物證俱在。OK，那又如何，好，那我就聲名俱裂，沒了工作，然後又被捉去關，OK，那又如何。那只是變成另外一種人生，熬得下去就熬，熬不下去就全劇終，人最後的結局都一樣，快慢而已。重點是，我沒有性侵妳，我不用擔負這個陰霾在心裡直到死，無所愧就好了。」

「你不用考慮你的家人嗎？這麼瀟灑。」

「當然，我不會任人宰割，不過如果想幹掉我的人真的那麼處心積慮，那就是一場戰爭囉，那戰爭，如果輸了，也沒辦法再考慮那麼多了。」我略微撇過頭去對著阿嬌笑了一下：「好啦！不用想那麼多啦，我只是，一下子很難把眼前的妳跟二十八年前的妳併在一起，只是，整個人還在夢幻之中抓不到頭緒而已。也許等等吃過飯了，葡萄糖湧進腦袋多一些之後，就清楚怎麼回答了。」

說完，我將車子右切進了個隱藏在矮牆後面的停車場，對著大海停好車。「到了，高虞嬌小姐。」

將行李放到二樓房間後，就下樓用餐。餐桌旁的落地窗外就是個在峭壁邊緣俯瞰海潮的情境，於暮色降臨的拍岸白濤中，那些頁岩的紋路仍然依稀可見，只是龜山島已隱去，沒了個遠眺的目標。不過這樣也好，吃飯的時候兩個人就可以更專心些，不管是在食物或是在聊天上。

這家民宿的餐點算不錯，價格低於我原先所預想的餐廳，但食物的內容與料理的精緻度則有過之而無不及。我們很愉快的聊完一輪關於吃這件事情，確認台灣的料理完勝了加拿大之後，阿嬌換了個比較認真的表情，說：「阿雄，我還是希望，你好好考慮今天下午我所說的。」頓了一下，阿嬌更認真地說：「我希望你好好的。」

「真有這麼危險嗎？」我盡量用比較輕鬆但認真的語氣說話，以免讓阿嬌又誤會我仍在與她攻防些什麼。「我下午一直很納悶的是，如果妳們，或說，他們監聽了我、收集了我的資料，那他們就應該會知道，其實易志名手上的資料我並沒有。而一個沒有證據在手的人，是不會對任何人產生具體威脅的。」

「他們的確假設你有。」

「但我真的沒有。」

「不過這時候去談你有沒有那份資料，可能也無關緊要了。鬥爭如果開始，資料還是會有人硬塞給你，可能還會給你更多。這樣說好了，他們要預防的，不是你有沒有那份資料，而是你會不會用那份資料。」

「唉，說真的，T大的事情處理完，我就已經心力交瘁了；徐語娟的案子，基本上，我只是幫兩個年輕人的忙，沒有主導什麼；而易志名的東西，更只是因為韻慈那死去的老哥煩得我不能睡覺，我不得不出來幫她而已。現在她沒事了，我連想都不想去想，更不要說去碰了。真的，妳跟他們說，我收山了，金盆洗手了，不問世事了。」

「死去的老哥煩你？」

「是啊，我學長……這以後再說，是有點玄，不過不恐怖，還賺人熱淚。所以我沒辦法，只好撩了易志名這攤下去。真的，這攤已經結束了，我們家韻慈小妹妹繼續平安的過日子，我就不碰了。妳真的，請他們放心，不用送那麼大禮過來，我受不起，也沒必要。」

「不行，一億兩千萬跟人學校長你至少要挑一個，最好兩個都要，不然，不會有人相信你的。」

一聽完，差點脫口而出的是「所以是個就地分贓，搞到天下烏鴉一般黑就解決了的概念囉？」不過前額葉有及時攔下這個起心動念，只剩下嘴巴來不及煞車地稍微張開。為了不使這個欲言又止的表情太過突兀，乾脆順勢偏擺了一下頭，右手抄起桌上的杯子，喝了口熱茶。

「你一定很鄙夷我這個建議，好像要你加入什麼犯罪集團似的，對不對？」阿嬌邊說邊放下手上的筷子，說完後拿了張紙巾按了按嘴角吸走湯漬，一付準備開始要長篇大論似的。「我能理解，這建議乍聽之下對任何人來說都會是種侮辱，所以這也是為什麼得由我來說的原因。如果是其他人來，你應該拍桌走人了吧！」

我盡量展現出能夠顯示我並沒有生氣的微笑及眼神，略微對著她點了點頭，代表我願意繼續聽下去的善意。

「就如你剛剛所說的，其實你已經不想繼續再關注這類事情了，正因為這樣，你更應該接受我的建議。首先，那一億兩千萬不是要進你的口袋，而是一個重要科學課題的研究經費。你不是說你那個計畫在參與競爭的各案中，是最完整的計畫嗎？不論是研究主題、研究內容以及參與人員的陣容，都是真正能夠做好事情的團隊嗎？之前因為政治使得這個計畫被刷掉，那麼今天借由政治讓這個計畫復活過來，不也算是美事一樁？」

我稍微皺著眉頭看了她一下，阿嬌也跟著皺一下眉頭，不過隨即表示理解的尷尬笑了笑，說：「是的，我看過你給研究團隊的私人信函。」

本來想開口幹譙一下那些隱身幕後的高層特務，但是眼前坐的是阿嬌，就算了，不遷怒，不過還是很不爽的抿緊了嘴，收斂起笑容。阿嬌見我忽然變臉，也只能很無奈地再尷尬的笑一下，然後低著頭沉思了片刻。

「說到大學校長，你不覺得，你比現任的一些人更適任嗎？我相信你會把校長這個職務當作是奉獻的工作來看待，不像現在的一些現任者，把校長這個職務當作是收受奉獻的肥缺來操作，不是嗎？」

「但是，不應該是經由這種途徑取得吧！」

「那你覺得要經由什麼途徑？你五十一歲了，我相信你不會那麼天真，是吧？你應該知道不是大小事情都可以用見得了光的途徑解決，是吧？你也應該知道，不是所有的協調都上得了檯面，不是嗎？但是，這些上不了檯面的解決方式，許多，認真說起來，也不算違法，是吧？更何況，你剛剛說了其實你沒有那些資料、也不想再理這些事情，那也就是說，你沒有任何實質用來跟別人交換經費、交換職位的東西，完全沒有任何對價關係的存在，這樣對你來說，就是個完全清白的過程，不是嗎？」

「我知道妳說的那些……潛規則，表面上看起來也的確像妳所說的那樣。不過正因為我五十一歲了，而且這五十一年來除了有幾天出國開會或旅遊不在台灣之外，我一直都待在這塊土地上，所以我很清楚這些潛規則怎麼玩。沒有那麼單純，如果我一但接受了，那就是個大辮子，接著就會變成操縱魁儡的絲線。我不想這樣玩，那太累了，也太危險了。我對研究沒有非得達到什麼偉大境界的野心，我也不覺得我會是塊當大學校長的材料；有個工作，賺些錢，照顧自己身邊的家人……我五十一歲了，那就夠了。」我還是儘量以平心靜氣的語氣緩緩地說，不希望原本美好的一餐吃到尾聲又變了調。

阿嬌本來急著要回話，不過服務生剛好送上來餐末的甜點與水果，也算止住了再繼續談下去就可能衝突起來的場面。

等到服務生離開，阿嬌看著桌上的食物嘆了一口氣，問說：「你預計幾點回家？」

「沒什麼預計的時間，今天美靜在家裡有人陪，我多晚回去都沒關係。」為了緩和氣氛，說完我就拿起紅豆甜糕吃了起來，邊吃還邊推薦她也吃吃看。

「那今天我可以跟你聊久一點囉。」阿嬌咬了一小口紅豆甜糕，細嚼了一下，露出個苦笑的表情說：「你應該不知道我當年為何匆匆離開台灣吧？」

「是不知道。」我沒有停止吃的動作，解決完紅豆甜糕，繼續收拾火龍果。

「你會不會也覺得很奇怪，為什麼我出國後連封信都不寫給你？」

我把原本要入口的最後一塊火龍果放回盤子上，嘆口氣，幽幽地說：「等了整整一年吧，每天巡好幾次信箱，就怕漏了信。」

阿嬌更淒苦的一笑之後就緊緊抿著嘴唇，用叉子戳起一塊火龍果，卻沒有打算開口吃下它的意思。看得出來有滴眼淚在她眼眶裡逐漸成形。

「這樣吧，我去問問看這裡還有沒有房間可住，如果有，我今晚也住這邊，這樣要聊多久都OK，慢慢說，我們有二十八年的事情可以講。」我盡可能地以溫柔愉悅的語氣跟她說，阿嬌則勉強擠出一絲不那麼苦澀的微笑點點頭，於是我到櫃台結了晚餐的帳，順便問了一下房間。因為非假日所以還有空房，就在阿嬌隔壁。由於我完全沒有行李，跟著她上樓後，阿嬌說：「就到我那間聊吧，你不用開車，可以一起喝喝啤酒。」

我隨著阿嬌進了她的房間，準備將門關上之際，在那個瞬間我猶豫了；的確是猶豫了，因為我很清楚這一關上之後，今天晚上最終可能會發生的事情是什麼。倒不是因為擔心接下來所發生的會不會是個桃色陷阱而猶豫，而是，美靜從廚房端著剛炒好的菜走出來的纖瘦形影，就這麼帶著笑容地直映到我面前，無從閃躲。雖然理性的想起來很荒謬，不過在那個瞬間，我居然有著外遇偷腥被抓個正著的窘迫與愧疚。

「進來吧，門帶上。」阿嬌看見我杵在門口，很自然地隨口這樣說著，然後走去打開冰箱，拿出兩罐啤酒放在小茶几上，再過去拉開玻璃門的布簾開了門，結果看到無陽光、無月色映照的室外海景竟成一片二維黑幕，隨著一聲「哇」的失望驚嘆後，又把門關好布簾拉上。

「怎麼黑得這麼徹底啊！」

「應該是有雲層擋住了月色與星光。」

「喔！」阿嬌現出了跟現在年齡不太搭調地少女般惋惜的表情，又過去把小吧台上那一袋零食也拿到茶几上，自己就著床沿坐下，然後要我坐在她旁邊的沙發上。

我開了茶几上的兩罐啤酒，拿了一罐，兀自先喝了一大口，然後再擺個瀟灑的坐姿，直接問說：「好吧，請告訴我當年妳為什麼就這麼無聲地離開，然後又這麼地音訊全無？」

「都是一九九〇年的錯，二月政爭、三月學運、隨後股市崩盤，就這些害的。」阿嬌邊說邊踢掉她腳上的粗跟涼鞋，然後很迅速的抓了把頭髮，用不知道怎麼變出來的髮帶一下子就將髮型綁成馬尾。她看我有些驚訝地看著她的動作，便微微一笑的擺了擺頭，搖搖她的馬尾說：「還不錯吧！在房間裡這樣比較舒服。」

一說完，阿嬌忽然站起來走到壁櫥前，拉開小門，找到兩雙拖鞋，隨手拆去塑膠外套，一雙自己穿上，另一雙拿過來放在我腳邊，說：「換上吧，輕鬆些。」然後又回過頭去把書桌旁邊的椅子拉過來，跟我面對面地坐下，略微傾身拿起一罐啤酒，小酌了一口。

「其實，我家，應該說我的家族，有不少人在那個時候的黨政機關中擔任要職，從民代到中央層級的官員都有。不過我小時候並不懂這些機關、這些位置的利害關係。就像我爸，一直到我出國前都只是知道說他在某個文教基金會工作而已，後來才慢慢了解到那其實是個隱藏版的黨政智庫，層級還不低喔，而且我爸還是執行秘書咧。現在想起來也真好笑，以前好土喔，一直覺得說，『秘書』，應該是個不怎麼重要的配角工作吧，所以我爸才會在那些姑姑伯伯面前都是唯唯諾諾的；現在知道了，其實我爸的官算大了，只是那些姑姑伯伯的更大。」

「所以二月政爭妳們輸了？」

「嗯，徹底。」簡短三個字，語氣平靜地像是在談論最近某些事不關己的選舉花絮。阿嬌又拿起啤酒喝了一小口，放下後，稍微俯身去翻看那袋零食，挑出了一包鱈魚香絲。在她俯身的時候，我知道我可以很輕易從她低垂鏤空的領口一覽無遺地望進那片深邃的起伏，所以我刻意地仰頭再喝了口酒，不讓自己的視線隨著慾念往那邊去。

某種程度我還在掙扎，還甩不掉那種正準備外遇偷腥的罪惡感。

「阿雄，你並不曉得什麼叫作鬥爭，你只不過一個計畫被砍掉、然後無關痛癢的被查了一次帳而已，那根本不是什麼鬥爭，連小菜都說不上，真的。」阿嬌邊說邊打開了鱈魚香絲，自己沒吃，倒是先遞給了我。

「你知道嗎，三月學運雖然是學生們的意志努力拱出來的，但是，學生們為什麼可以不被驅離的坐在那邊？你以為那時候的人民力量有這麼大嗎？」阿嬌在我抽出兩根鱈魚香絲之後，自己也抽了兩根，接著說：「驅離，不一定要動用鎮暴部隊，在那個時代，只要警總打電話給家長就可以了。那，為什麼沒有？」

「二月政爭後的拉鋸。」

「欸，你很有 sense 嘛。」

「過獎。」

「股票，好，八個月內掉了一萬點，你覺得，在那個一九九〇年，會只是市場的問題嗎？」

「所以也是政爭的延續？」

「嚴格來說，那已經不是政爭，而是掃蕩。」阿嬌嚼了嚼那兩根鱈魚香絲，吞下後繼續說：「斷銀根、拆金庫，瓦解整個後勤系統，然後還可以安個什麼內線交易之類的罪名砍掉一些操盤手。接著，再以重整金融秩序的大旗，同時重整了派系的座位表。」

阿嬌說話的語氣還是平靜地像是在談論某些事不關己的選舉花絮，甚至還多了點嘲諷意味。我看著她，一時間不曉得要接什麼話，只好再喝了一口啤酒。

「這些還算是文的。」說完，阿嬌也跟著再喝一口啤酒，這次比較大口，看得出已經沒有那麼事不關己了。

「竊聽、跟監、色誘、栽贓，甚至各式意外，這些在律法以外的武嚇，從來沒有在鬥爭的過程中消失過。」阿嬌放下啤酒，再度俯身伸手到零食袋中翻找，一會兒就選了包洋芋片出來。由於這次她俯身前傾的動作很快、角度又大，沒有足夠的時間讓我不露痕跡地別過頭去，加上桌燈照射的角度剛好，所以阿嬌那胸口的靚隱密境就很清楚地在我眼前開展。但是在我的情慾激昂起來之前，心中卻浮現出當初她離台前不久的生日那天，我將黃金項鍊掛上她脖子的時候，她要我從身後緊緊環抱住她時的悸動。

我有種要掉淚的感覺。

可能是看到我的表情有些異樣，阿嬌暫停了正要打開洋芋片盒的動作，略微湊近我說：「怎麼了？」

「喔，我只是在想，所以，妳是因為不願意連累我，所以才那麼毅然決然的斷了音訊？」

「嗯」阿嬌將還未開封的洋芋片放回茶几上，輕聲地說：「我也是要到離開前的一星期才知道我們家要移民加拿大。我爸跟我媽怕我太早知道的話，會因為依依不捨地跟同學講太多而壞了事情；後來我媽還是知道我臨走前有留給你一紙信箋，就一直嚴重警告我說如果不想害了你，就不要再跟你聯絡了。」

阿嬌的語氣開始有些哽咽，不過被她的深呼吸暫時止住了，「現在想起來，我媽那時候應該是被各種風聲鶴唳的消息嚇到反應過度了，事情應該不至於嚴重到這種程度。不過，這也不能怪她啦，整個家族在幾個月之內有人丟官、有人入獄，然後有更多人破產，在那種氛圍之下，不風聲鶴唳才奇怪。像我們家還能順利退到加拿大，在親戚間，已經算是很好的了。」

「妳那時候等於大學沒畢業，差一個學期嘛，是吧？所以在加拿大又重新唸了一次大學嗎？」

「嗯，沒辦法，那時候去的倉促，我爸沒有幫我想到那麼多，所以唸書這件事情就銜接不上。等家裡都安頓好了之後，只能再重新從大一唸起。」阿嬌又拿起那包洋芋片，一邊開一邊苦笑地問說：「你猜，我在加拿大唸什麼科系？」

我接過她遞來的洋芋片，說：「還是本行？」

「資訊」阿嬌搖搖頭，又回到平靜的語氣淡淡地說出這個名詞，然後拿起一片洋芋片送入口中，以品嚐遠去日子的甘苦滋味之遙想神情吞下它，繼續淡淡地說：「比較好找工作，我爸這樣說，所以我也就沒什麼好選擇的這樣去唸了。也的確，到現在我做的還是資訊相關的工作。」

在我準備答話之前，阿嬌又忽然笑著說：「不過也沒有完全忘記本行啦，我之前的那一份工作，做的就是跟生物資訊有關的事情。」

說完，阿嬌拿起啤酒，我也跟著笑了笑的把啤酒拿起來，做個乾杯的動作，兩個人就都解決掉第一罐。

「我沒有怪過妳，只是被擔心壓得喘不過氣，那幾年。現在知道原因了，也看到妳好好的，就不擔心了。」

「你還會怪我嗎？」

阿嬌給了我個憐惜的嫣然笑容，然後起身走到小吧台，拿了兩個玻璃杯進浴室洗了一下再拿到小茶几上放著，說：「開那瓶冰酒來喝吧！很棒喔，味道很特別。」

那的確是很棒的酒，初聞的時候有著芒果的清香，入口以後，周滑在嘴裡即成了蘋果的甜酸卻又似柑橘的酸甜，時而狂野時而輕盈地跳躍在酒精所鋪陳的舌面上。然而在此時此刻此地啜飲之後，匯集所有味蕾的訊息傳入我腦海中的感覺映象，卻已經脫離了滋味的意涵，直接具體化了眼前麗人當下難以形容的豔媚。

雖然我不知道映在阿嬌腦海中關於這杯冰酒的滋味是什麼，不過應該至少是個愉悅而且放鬆的氛圍。她開始談起她在加拿大的生活，那些在唸資訊科學時所遇到的困難，還有那些因為一開始語言能力不佳所引起的生活挫折。雖然都是不怎麼愉快甚至算是痛苦的經驗，不過在她拿著酒杯娓娓道來的過程中，都變成了只是某年某月中的生活小插曲般之無關緊要，甚至，不是她自己，而是在談　個名叫做「高虞嬌」的別人的八卦而已。

即便談到了她那段短暫的婚姻也是。那是在她喝完第一杯冰酒之後才輪到的事情，內容也仍然是那麼地平鋪直敘，就說那位高虞嬌在唸完碩士之後開始工作的第一年，32 歲的時候吧，就在電梯裡遇到同在那棟大樓但不同公司工作的 XXX。因為兩個人年紀相當，又都是從台灣過去的新移民，所以很容易就聊開來了；接著，一年之後 XXX 就向高虞嬌求婚，高虞嬌覺得 OK，所以也答應了。婚姻生活說不上甜蜜或不甜蜜，就只是覺得在異鄉裡終於不是一個人了。但是到了婚後的第二年，有個也是台灣過去加拿大的新移民挺了個大肚子來跟高虞嬌說，她有 XXX 的孩子，希望她能夠成全他們。就這樣，在加拿大的那個高虞嬌又變成一個人在異鄉了。

「好土、好俗，什麼狗血都沒有，對不對？這如果拍成電影，一定當天就下片；沒什麼劇情嘛，誰會看，是不是？」說完，阿嬌倒了第二杯酒，也幫我倒了第二杯。

「後來都沒有再遇到還可以的人嗎？」

「跟你一樣啊，我仍然不排斥結婚這件事。幾年下來，也是有機會碰到一些人，不過跟你比較不一樣的是，是我覺得他們不適合我，不是他們覺得我不適合。就這樣，拖一拖，拖到月經都停了，人生就這樣囉。」這個自嘲的結尾說完，阿嬌像是鬆了口氣般的拿起酒杯喝了一口，然後站起來往浴室走去。

「我去上個洗手間」她輕聲地說。

在她把浴室的門關上之後，我拿著酒杯站起來，稍微撥開布簾將門打開個縫往陽台外望去。海天仍然是漆黑一片的二維黑幕，連顆星子都看不到；即便隱隱有些像是漁船的燈火，也搞不清楚它們到底是位在何方，以至於連我所立足之地是不是真的是塊地都有那麼些疑惑起來。不曉得自己在這個時候應該想些什麼？今天的一切都很突然，卻又好像被命運安排的理所當然；而在忽然間所解開的這個二十八年之謎，對今天的陳漢雄來說，意義是什麼呢？今天的陳漢雄所見到的，又是哪個高虞嬌呢？

我一口喝掉整杯冰酒，那味道是真實的、獨特的；不是夢，我夢不出這麼獨特的真實。應該好幾分鐘吧，終於聽到馬桶沖水的聲音，接著門開了，然後是阿嬌的腳步聲。她在我旁邊停下來，聽得出呼吸聲有些哭過的鼻音。我沒有特意轉過頭去看著她，只是把門拉開，拉著她的手往外走，將杯子擱在陽台的小桌子上，然後略為側後移到她身後，貼近她的背，雙手緊緊環抱住她的腰。

阿嬌的左手搭在我環著她腰的手臂上，右手輕輕撫摸著項鍊上的金墜子，然後又哭了，也笑了。

第五章

本來要送她去機場的。不過阿嬌說班機是晚上十二點，而且她的車就在機場租的，自己開過去還了車之後就可以等著上飛機，很方便也很乾脆；她說她幾次回台灣都是這樣處理交通問題，很理想，不需要麻煩人家接送而且想去哪裡就去哪裡，自由自在地。我說，那我搭妳的車送妳，然後我再自己坐計程車回家，阿嬌笑得很誇張地說如果我這麼煩的話，將來回到台灣定居就不敢跟我一起住了。就這樣，我們在中午離開了那片海，然後在學校的停車場道別，依依地，連我都有些鼻酸。

接下來一個人的下午就處在回不了神的渾渾噩噩中。

一開始趁著記憶還新鮮的時候，不斷地在腦中回想那些兩個人說過的話還有她說話的畫面，仔仔細細地回想所有相處的細節甚至是床上的每一個動作，仔細到就像在執行一個救贖的儀式。彷彿被規定了非得透過這樣子地在腦袋中反覆播放，我才能確認自己在心底原來還是如此掛念著一個人，而且這個人的確在二十八年之後又出現了，銜接得好像那二十八年的分隔是不存在地，那樣揪心。

然而這樣的回想在反覆播放了不曉得多少次之後，我才驚覺到這種不斷重複的回憶像是個在轉動中磨損的輪胎，每轉過一圈，胎皮就薄了一層；原先以為可以在溫習中妥藏記憶的回想，卻變成了反效果的努力，加速了那些話語與畫面一片片地飄走，任憑留存在膚觸的溫柔一點一滴地蒸散。

幾個小時前，那些相隔了二十八年的陌生高牆才剛剛崩潰而已；現在，那道用二十八年之陌生所堆砌出來的高牆又倒帶似地重新矗立起來，冰冷地嘲笑著我自以為重逢的浮生若夢。

我在關著燈的辦公室裡呆坐著，一直到五點的下課鐘聲響起才想到或許應該撥個手機給她，即便不曉得要說什麼，但至少可以問問她是否已經平安到達台北，或是打算晚上幾點到機場候機之類的瑣事。也在這個拿起手機的同時，我才意識到與她短暫的重逢之後，所剩下唯一能夠跟她聯絡的管道，居然只有這個手機號碼而已；在那些溫存與依依不捨的過程中，我居然沒有想到需要多知道一些她的聯絡方式，像是加拿大的地址或是 E-mail 之類的。

這是為什麼呢？是那些纏綿的愉悅沖昏了我，還是，我只想享受當下的纏綿愉悅？

我撥了電話過去，空號；確認了一下號碼再撥，空號。那號碼應該是對的，因為是從她這兩天撥給我的電話中擷存下來的，而且在昨天見面之前，我還曾經用過這個號碼撥電話給她。再試了一次，仍然是空號，於是我沒有太多驚訝地從椅子上站起來，拿起汽車鑰匙，走到門邊開了門走出去再鎖上門，轉身跟經過的兩名學生微笑地點頭回應他們嘹亮的「老師好」，再以正常的步伐不疾不徐地走到電梯口，搭上剛剛好停住開門的電梯下到一樓。

外頭飄著雨，不太，我沒有帶傘的走進雨裡，一位高頭大馬的學生立刻跑過來用他那把大傘擋住我的天空，我對他點頭微笑，接受了他的好意，讓他就這樣護送我到停車場前的樓梯口。

我是個五十一歲的大學教師，身邊有很多熱情的學生；而我也有個家，家裡有人會等著我一起吃飯。我現在唯一該做的，應該是打電話給美靜，問說是我等等去買菜回家還是她昨天已經有準備了的，現實。

我在走下樓梯的時候的確拿起了電話，不過按下的還是那個標著「虞嬌」的號碼，然後，響起的仍然是說明著空號的人工語音。我將車子開出停車場，行到第一個十字路口的時候，猶豫了一下向左轉或向右轉，而在那個因為遲疑而放緩速度的兩秒鐘，後面的車子急促地按了好幾聲喇叭，迫使我不得不順著原有習慣的路線，本能地急速往右邊轉去。

經過了大約八百公尺的放空之後，我在通過第二個十字路口的剎那，將方向盤急轉向左，不讓自己再有猶豫空間地往回家的反向路上開去。

我在二十三歲的時候莫名其妙地失去了一個人，今天我五十一歲了，不能再莫名其妙的又失去她。至少得要問個為什麼，當面地。

車子上了高速公路，即便下班時間塞點車，估計應該還是可以在八點之前到達桃園國際機場。如果真是晚上十二點的班機，那我就有足夠的時間在機場找到人。雖然我不曉得在找到人之後接下來該做、該說的是什麼，但即使沒能留得下任何東西、任何承諾，那至少，也該當面說聲再見。

我很專心地開著車，非常專心地將車速維持在被開罰的高速邊緣；有好幾次勉強地超了前方的車子，甚至還差點打滑到路肩的車道。我很難釐清楚我現在急的是什麼，即便早個十分鐘二十分鐘見到阿嬌又能如何，如果她早已經決定就這樣地不告而別，那麼在機場就不會有那個可能去改變她的心意；如果今天追的是二十二歲的阿嬌或許有可能，但已經風霜歷練過的五十歲阿嬌是不會有改變心意的可能性，如果有，那個號碼就不會是個空號。

那，我急的，到底是什麼呢？甚至阿嬌搭的是不是今天午夜十二點的班機也是個問號，因為，既然那個手機成了個空號，那麼她也一定想得到我極有可能就直接到機場找她。或許，此刻她已經離開了台灣的天空也說不定。

即便可預期這會是個無效的追趕，我依舊專心地開著車，非常專心地將車速維持在被開罰的高速邊緣。或許吧，五十一歲的陳漢雄只是想，總不能什麼努力都沒做，就這樣帶著遺憾進入了輪迴；人生，已經不夠再一個二十八年了。

進了雪山隧道之後，無法變換車道地硬是被前方的龜速車將速度阻緩了下來。也罷，剛好可以接聽美靜打來的電話。

「姊夫，你等等不用去買菜就直接回家囉。那個小傑明天要在嘉義開研討會，所以今天傍晚已經跟同學先出發了；還有芸芸說明天她們老師臨時調課，變成整天沒課，所以她下午下課後也直接回台北去了。啊晚上只有我們兩個人，剛好同事今天送我一隻她自己做的醉雞腿，加上昨天的剩菜，晚餐我們兩個人就夠了。」

「喔，好，我知道了。」

掛了電話，我仍然專心地開著車，非常專心地將車速維持在幾近逼上前車的邊緣，甚至幾度想要在隧道內切換車道的超車衝出去，就這樣急躁焦慮地直到出了雪山隧道。我在坪林交流道之前切換到外車道，猶豫了一下，在經過的瞬間又切回內車道。之後同樣地繼續專心開著車，非常專心地將車速維持在被開罰的高速邊緣過了彭山隧道、烏塗隧道，直到快要過了長直的下坡路段之前，我將車子急切到外車道，在即將錯過的剎那，在北上的石碇交流道下了高速公路，隨即，繞了個彎，從南下的石碇交流道重新上了國道五號。

小朋友都不在家，無論如何，我不能讓美靜一個人在家。

就這樣，我讓車子重新在國道五號上奔馳，逆著來時路、逆著年輕時的渴望，也逆著想要個解釋的憤怒，滴了兩滴淚之後，回到五十一歲的成熟壓抑。

到家了，停好車，關上車門後又撥了一次虞嬌的號碼，還是空號。於是我深呼吸了幾次，在進門之前將青春擱在小前院的波斯菊下，告訴自己，雖然見了個老朋友，勾起了往事也有了些新故事，但那都是門外的事情；門內那個等我的人叫我「姊夫」，她應該已經煮好了飯，而且等著我一起晚餐。

一推開門之後，剛剛所預期的畫面真的就理所當然地呈現在眼前。站在客廳的入口處就看得到美靜婀娜的身影，餐桌上已經擺了一盤切好的醉雞；她略為側轉身子看著進門的我，嫣然淺淺微笑地招呼了一聲「回來啦」，然後又轉回身子繼續瓦斯爐前的工作。雖然之前她因為那場大病從原本豐韻的體態驟瘦了下來，不過與我同住的這兩年多來，或許是因為工作順利心情較為開朗，加上日常生活照著家居的飲食與作息調養，所以儘管不如當年雙十年華的娉姿勻潤，但已經脫離了那些病懨懨的瘦弱，身材與模樣可以說得上是嬝嬝婷婷般地纖秀柔美了。

這也是我這幾年來最安慰也最自豪的事情：總算照顧到了這個妹妹。

但這個「總算照顧到了」說起來是個非常奇怪的心情，好像是排除萬難才盡到了一個非得盡到不可的責任那樣地鬆了一口氣。但為什麼照顧美靜會變成是我的責任呢？說真的，不僅阿嬌納悶，連我自己也搞不懂自己。

最初或許是我把對美晴的想念投射到她最疼愛的這個小妹身上，然而隨著我心中的美晴印象因為時間的流逝而逐漸淡薄，對於這個小妹的牽掛關心卻是越來越濃，甚至可以說從美晴離開後的第三年開始，我例行去她家走走的習慣，已經不是為了美晴，而只是為了美靜。我想，我對美靜的好已經不是因為美晴，這是所有親近我們的人都看得出來的事實。不管是她爸媽、她哥哥或是我爸媽、我哥哥、我姊姊，甚至是跟我們同住的那兩個小朋友，我想他們都看得出來；而且我猜，他們也都應該抱著樂觀其成的心情期待著。就像美晴的媽媽就不只一次接近明示的暗示我說：「我們美靜比美晴好福氣，有你在身邊照顧她，是她上輩子修來的福氣。」我母親也不只一次的罵我說：「你這樣把她帶在身邊，她怎麼可能找得到婆家；你如果想要照顧她，就乾脆把她娶進門，不要這樣耽誤人家，女生才多久青春而已。」

我也知道自己對美靜不是那麼純粹柏拉圖式的無所求，甚至可以說是充滿了慾望的想像：她是我自慰時性幻想的主要對象，比起任何一位 AV 女優都還要能夠激昂出我的熱情。但我將這些綺念收藏得很好，我相信我有能力不讓它們外露於任何日常生活的細節中。不過精確地說起來，並不是我有能力去收藏那些綺念，而是當我真正面對她了，那些慾望就會主動地暫時隱去，隱到有時候連刻意的想去翻找都翻找不到。

就像我現在這樣地站在她身旁，靠得距離剛好，拿著杯子邊喝水邊跟煮菜的她有一搭沒一搭地聊著，她穿著家常的削肩背心，有些寬鬆的那種樣式，因此我很容易在她舉手與彎腰之際，輕易地就飽覽了她腋下與領口那些放空處所透露的旖旎風光。我不會特意迴避那些忽然出現的春色，只是很自然地看著，然後等它們從我眼前閃過。在那些看著的當下，不會有一絲絲阻滯干擾我談話的內容與節奏；即使曾經有過一兩次甚至連乳頭都隱約可見了，但我仍舊沒有特別高亢的悸動，只需稍微地調整一下站姿讓褲襠不要那麼緊繃，一時間冒出的微弱性慾就會煙消雲散了。

完全不同於昨天我面對阿嬌時的蠢動不安。

我相信美靜不是完全無知覺於那些身體敏感處袒露在我面前的時刻。在我們一開始同住的時候，她是拘謹而小心翼翼地，不會在家裡穿無袖的衣服，即便離我有段距離的彎腰，也會用手掌抵護住領口，避免可能出現的走光畫面。而到底是從什麼時候開始她才沒了這樣的戒心，這很難說，或許不是在一夕之間，而是個長時間的逐漸撤守，以致於沒個明確的印象可供標誌。但我相信讓她放心撤守的理由，應該是對於我長時間看似無慾的不踰矩所累積出來的信任感。或許也有那麼一點點的可能是，如果我真的踰了矩，她也有接受的心理準備。不過這只是我直覺的猜想，而且是一個無法求證的直覺式猜想。

美靜從來沒有跟我聊過我跟她之間，包括說說她對我的感覺或是問問我對她的感覺，都沒有；彷彿我們之間所有的一切都只能等待自然而然，然後順著自然而然的，就先這樣地以姊夫與妻妹的身份共住在一個屋簷下。儘管，認真說起來，那兩個稱謂中的「夫」與「妻」

都是假裝存在的關係。

有時候我也很疑惑地問自己，為什麼在獨處與共處的兩個狀態，會對美靜有著如此衝突而且矛盾的情感表現？明明她是獨處的我所渴望的女體，但卻都在共處時被自然地扭轉成無慾的面對。會是因為美晴嗎？那是極有可能的，因為我每次問自己，除了這個可能性之外，每次都想不到其它的答案。但，如果是，會是因為我對於美晴還有愛嗎？還是，當初被迫中止的愛已經內化成一種圈豢，將我緊箍在彼時未完成的婚禮之中，被迫隨時隨地都要準備好迎接那個已經毫無可能的禮成？

但這些，認真說起來，不管想得再怎麼清楚，對於現在仍舊以姊夫與妻妹這兩個身份共同生活的我跟她而言，其實不會有什麼積極的意義，也不會有什麼具體的影響。那些稱謂，某種程度來說，跟綽號那樣的東西沒什麼兩樣；如果我願意忽略那些字面上的意涵的話。

就像現在，我們沿著餐桌直角的兩邊坐下，她習慣坐在我的右前方，因為今天只有我們兩個人同桌，所以菜就擺得集中些，她也比平常多捱近我一些。我們很愉快地聊了彼此對於今天那盤醉雞的看法，從外型、味道、肉質一直談到用酒的種類與浸泡的配方。我說了個當年我在馬祖服役時伙房兵用大麴酒浸泡醉雞的趣事，美靜被我逗得笑了出來，噗嗤中幾顆飯粒就飛濺到我的飯碗裡。我看到了，美靜也看到了；我繼續說著笑話，美靜也繼續笑著。然後，我說完，夾了塊雞肉配了口飯將那幾顆飯粒也一併吞下去；美靜看著我，多補個不好意思的微笑給我，也夾了塊雞肉咬了一小口。

我喜歡這種默契，我想這輩子大概不會再有機會跟其他女生培養出這種家居默契。當然，如果那年的美晴願意跟我結婚的話，我們應該可以培養出這樣的家居默契；阿嬌也是，如果她今天願意留下來，不管是結婚或是同居都好，我們也應該能夠培養出這類的默契。

只是，她們都離開我了。

「所以明天小傑和芸芸都不在，週六也不會在，是吧？」

「嗯，芸芸說她星期天晚上才回來。小傑也是，他說明天開完會之後，會跟朋友順便去台南和高雄玩一玩，大概也是星期天才回來。」

「那，我明天只有上午八點到十點有課……妳要不要明天就請個休假，我載妳到花蓮或是什麼地方，太平山啊或是明池、棲蘭什麼的走走，就五六日三天兩夜到處走走；或是到西部的日月潭什麼的也行，就到處走走。」我放下筷子，認真地看著她，繼續說：「明天能請假嗎？」

美靜很驚訝地停下了咀嚼，將剩下的雞肉放入碗內，略為看著天花板沉思了一下，說：「明天上午有個會，我還是得去開一下，然後我可以請下午的假。」說完，她低下頭，緊閉著嘴巴想了一下，再抬頭問我說：「所以要在外面住兩天囉？」

「嗯，就舒服的住兩天，可以都找五星級飯店住。休假，就休個舒服點。」

美靜沉默了好幾秒鐘，用筷子翻啊翻碗內的雞肉，看得出她有些為難，但又不知道要怎麼說出她的為難；我知道她的為難，但我不想馬上就說出我所知道的她的為難。

「好」美靜沒有面對我地看著前方，很含蓄的微笑著，輕輕地說了這聲好。

「妳想想看有什麼地方想去的，明天下午我們很機動、很隨意的出發好了。」

「好」美靜轉過來面對我，很含蓄的微笑著，輕輕地說了這聲好。

說真的，不只美靜驚訝，我也被自己嚇了一跳，怎麼忽然間就主動提出這樣的旅行建議？我不是沒帶美靜出去旅遊過，但都不是單獨兩個人，至少會有個芸芸當電燈泡，因為這樣的話住宿就可以理所當然地分成兩房。不過說「帶」並不精確，認真說起來是「被帶」。通常都是美靜想到假日可以去哪裡玩，然後姑姪女兩個人商議妥當，就要我當司機帶她們去；偶爾小傑也會一起去，不過大男孩有自己的女朋友要陪，所以大部分都是我們三個人一起出遊。

「出去玩」這件事情之於我，其實是比日常的工作更像是工作的事情；那不是個「享受」或「放鬆」的過程，基本上，比較像是該負的責任或是應盡的義務。對我來說，甚至是對我這一輩或是比我年長一輩從事學術研究工作的人來說，「工作」跟「生活」基本上是沒什麼差別的；如果沒有其它基於責任或是義務要處理的事情，那麼整天都待在實驗室或辦公室內工作，就是很稀鬆平常而且不會覺得有任何奇怪或是過勞的生活。即便在別人眼中怎麼看怎麼都像是在賣命一樣，但那就是我們的日常，日常到既沒有努力不懈的感覺，也不會覺得有任何休假的必要。

或許這跟「學術研究」這件工作的特殊性質有關：納稅人只管出錢給你，供應你做任何基於好奇的研究，不用打卡也沒有人管你上班究竟在幹嘛。這樣的「工作」，本身就是一個沒什麼好挑剔的享受，也因此，休假就成了一個沒有必要的程序。

但是看在身邊的人眼裡，那還是在「賣命」。就像美靜大概怎麼都搞不清楚我是不是有所謂的「上班」或「下班」的狀態差別，她只知道我有「上課」跟「下課」的時間區分。應該是出於好意，美靜總覺得我應該要有些時候離開所謂的工作，離開那些不管是名之為「上課」、「做實驗」、「寫論文」、「寫計畫」或者是「讀書」的所謂的工作，離開那些待在實驗桌、防震桌、辦公桌、書桌等各種桌子前面的工作狀態。第一年或許只有兩個人在一個屋簷下生活，即便她想，也不方便單獨拉著我去哪裡，頂多只是要我載她去買菜或者回台北這類的，短暫的一起，的這種對我來說已經算是很休閒的活動了。後來大男孩跟小女生一起過來住了，有個對小姑姑言聽計從的小姪女陪伴著，美靜也就活潑了起來，會規劃些大家一起出遊的活動。

雖然我是非主動的被帶出場盡盡司機這個「工作」的責任與義務，不過也不是什麼樂趣都沒有。基本上，我還蠻喜歡她們在我車上一路說說笑笑的，或者是，全都安靜而放心的在我車上睡著了；那氣氛，還真像個家。

我自己大概猜得出來，剛剛那樣突然地就提議，一定跟阿嬌有關。那就是很莫名的，當我這兩天跟阿嬌在做任何事情的時候，不管是在車上聊天、在粉鳥林看海、在海邊共餐甚至在床上纏綿的那些當下，都會有個美靜的身影在我心中的某個角落，沉默地看著我；就看著我，對我身邊的阿嬌視而不見地那樣失落的看著我。那是種刻意隱瞞了情緒的「看著」，就像平常她一個人坐在客廳裡追日劇的時候，剛好我從書房出來要去廚房倒杯水，順便就站在她旁邊也跟著看了一下電視之後又要離開時，她望著我的那種表情：希望我也坐下來，一起，但是說不出口的，失落。

我也猜得出來，那些在美靜心裡掙扎著說不出來的為難是什麼；雖然我覺得那是很容易處理的問題，不過是多訂一個房間就可以解決的問題。當然，這個簡單的方法美靜一定有想過，只是她覺得事情可能沒有那麼地單純。

她的這層顧慮也不能說沒有理由，因為就連現在的我，也不敢保證自己真得會這麼單純：晚上一到，便乖乖地待在自己的房間。畢竟，一定會有某個時刻我們會在同一個房間內說說話聊聊天什麼的，而且，那不像在家裡，有個一進門就認知到自己身份的氛圍警惕著，也有個專門為坐下來聊天用的客廳限制著；那是個旅館，不只進去了會讓人鬆懈心防，並且聊天的場所會在房間內，旁邊就有張大床，某種程度那含有很曖昧的暗示意味。

若是在今天之前，我應該還是有些自信可以這麼單純地只聊聊天，但是昨天與阿嬌那麼自然而然地就發生了關係，的確讓我對自己的克制能力產生了懷疑。不過對於現在的我來說，發不發生關係，或許也不是什麼值得困擾的問題了，因為在我主動說要一起去旅遊的當下，潛意識中應該也就預估了這樣的可能性；就像昨天晚上我說要留下來陪阿嬌聊聊的時候，心裡多少也已經準備接受會有那些不算意外的纏綿發生。

如果一切就自然而然地來了，那麼就自然而然地接受吧！或許，這是阿嬌在二度離去後，留給我的無言建議。

不過此刻我所擔心的，倒是另外一件事情。

自己開車旅行，小小的空間內就坐著我們兩個人，不管是到花蓮或是南投，即便只是到太平山或明池，至少兩三個小時的車程是免不了的。那麼長的時間內兩個人並肩坐著，無所逃於天地其他場所的單獨相處著，那，沿途總得聊聊天吧？然而，我並沒有跟美靜單獨聊過這麼久的經驗。在家裡的日常交談不會這麼久，即便吃飯時聊聊也不過就十幾二十分鐘；載她去買菜頂多二三十分鐘，談談菜色談談天氣一晃就沒了；回台北長一點，一小時車程，但是說說工作上的事情也就到了。未來在這麼長的旅途車程中，車內又沒有個芸芸小妹妹的嘰哩呱啦，我要跟美靜聊什麼呢？我猜，最後我一定會問她關於美晴的事情，免不了的，如果真的在那麼小的空間中只有兩個人一起並肩坐著那麼久的話。但是，不要在日常生活中談到關於美晴的事，卻又是我們兩個人之間不需要言詮的默契。

然而，我最想問她關於美晴的是什麼？是她當年為什麼離開我嗎？還是這些年她過得好不好？或是，她還愛我嗎？也許都不是了，我只想談談她，隨便都好，只要讓我感覺到這個人還在我心中就可以了。

「花蓮好了，上次只有到太魯閣而已，這次可以再多逛些其他地方。就去住上次那家飯店，感覺還不錯。我等等就上網訂訂看還有沒有兩個房間。」美靜邊收拾碗筷邊對著坐在客廳中的我說著。

「好啊，就住五、六兩天晚上，這樣就可以在花蓮深度的慢遊。」

「要不要問問芸芸想不想一起去啊？」

「不用了，她都回台北了。就我們兩個人好了。」我當機立斷的迅即回答。

「喔，嗯，好吧。」

事情就這樣定案，依照慣例，接下來的細節美靜會設想好，屆時我只需要專心開車就可以了。我關了電視走進書房，換了另一張桌子，繼續那個在她眼裡怎麼看都是件工作的事情。

本來應該要先處理一篇需要修訂的文章，不過一打開電腦，下午在辦公室所經歷過的那些思煩慮亂又鬧哄哄地在腦子裡喧囂了起來。我站起來在書房低著頭緩慢踱步繞著，試圖將腦袋清理出一個可以進行科學思考的空間，不過繞了幾圈之後，情緒仍然像是無所不在的雜訊般地到處糾結。就這樣無方向地隨意又踱了幾步，剛好到了門口，想說乾脆先到客廳去看個電視放空一下好了，免得這樣煩鬱下去，今天晚上變得一事無成。

一走到客廳的沙發椅旁邊，就看到還在廚房洗碗的美靜。她意識到客廳有人便側轉身子探看了一下，確認是我之後，略為點頭地微了微笑，再將身子緩緩地擺回原來面對著水槽的姿態，若有所思地。

我了解這個肢體語言中的含意，便走到廚房門邊用著輕鬆但很明確的語氣跟她說：「等等就先收拾一下行李打包好，明天早上我先載妳去上班，中午我再載著行李直接去縣府接妳出發。這樣時間比較充裕，到花蓮之前，或許還可以先去東澳走一走。」

美靜聽完後先是愣了一愣，隨後轉頭過來再朝我微了微笑地說：「好，就這樣。」她的語氣與動作仍然顯示著些許不安，不過比剛剛好了些。我知道，她還是在估量著到底這樣跟我單獨三天兩夜的出遊是不是件妥當的事情，而且也對於我忽然主動提出這樣的邀約感到十分疑惑。畢竟，那不像平常我會做的事情，而且，決定得有些獨斷，不像是徵詢，而是要她完全地配合。

我想，她現在心裡一定在擔心說，是不是這兩天我出了什麼事情，以致於有這樣的轉變。所以剛剛她的若有所思應該是在盤算著，等收拾好廚房之後，要怎麼跟我談談究竟發生了什麼事情。但是我不想在此刻跟她談論我這兩天到底發生了什麼事情；不想，倒不是說會害怕她擔心、忌妒或受傷什麼的，而是現在的我，還沒有搞清楚阿嬌這兩天旋風式的來去，究竟真正的目的是什麼？而我，現在最該回復的狀態又是什麼？而這個突然提出的旅遊，僅僅是憑著我很自私的直覺，覺得目前唯一能讓我暫時從這些理不出頭緒的突發事件中抽身的，應該只有跟美靜單獨出去走走這件事情。

這是沒什麼理由的自覺，只是個忽然冒出來的念頭，就在我將美靜噴到我碗裡面的那幾顆飯粒隨著醉雞一口吞下去的時候，瞬間湊巧被一道靈光擊中，接著這樣的想法就冒了出來。或許是那幾顆沾了美靜口水的飯粒傳遞了某種機鋒的啟示；如果真要給個理由的話，就勉強這樣說吧。也因此，我不想只是為了要跟美靜解釋個「為什麼」而被迫去硬兜出任何口是心非的答案，所以只能再一次很自私地獨斷決定，告訴她，明天的行程就這樣，不用多想了。

回到書房，一坐到書桌前，就看到有封剛寄來的 E-mail，寄件者是一位目前在台灣學術界還很活躍的院士，信件的標題則寫著：「關於整合型計畫的再審查」。

這位院士與我毫無淵源也並不認識，因此忽然就收到這樣一號人物以這種標題寄來的信，著實讓人非常好奇；足以把我從剛剛混亂的情緒中拉拔出來，先仔細看看裡面寫些什麼東西之後再說。

「陳教授，昨天我與幾位院士讀完了你的團隊之前所提出的生醫工程整合型計畫，對於貴團隊的人員組成與規劃的內容印象深刻，我們一致認為這是個可行性極高、而且可以開創新局的完整計畫。今天我們已經聯名向相關單位表達了強烈推薦之意，並請他們以專案的方式重新考慮讓此計畫能順利執行。目前權責單位已經接受了我們的建議，所以在經費需求以及後續工作的推動上，我需要與你當面討論一下，看看是否可以再擴大這個計畫的內容。我們認為這樣難得的計畫不應該只是現階段四年期一億兩千萬的規模，就請你明天下午兩點到我的研究室一談，屆時除了我以外，還會有F院士與部裡面相關的承辦人員，請務必到場。」

信末附了他的詳細聯絡方式，信件的副本也同時給了信裡面提到的F院士、承辦人員以及像是這位院士的秘書。我用 google 查詢比對了一下這些人的 E-mail 位址和他所提的聯絡電話，的確都與網路上的資料一致，而那位也的確是他的秘書沒錯。看起來，詐騙的可能性不高。

如果是在昨天見到阿嬌之前我收到這樣內容的一封信，我應該會馬上去電跟這位院士確認並且排除萬難的準時赴約，畢竟，那幾乎是天上掉下來的禮物，沒有任何不接的道理，而且還是位素有名望的大人物主動給的。不過現在這個當下，我心中冒出了千百個問號：是他們在阿嬌的遊說失敗後仍舊決定照表操課呢？還是在阿嬌的遊說失敗後所生出來的更新手法？那有沒有可能，這跟阿嬌的遊說是不同的兩件事情，但卻在時間上這麼湊巧地碰在一起？

但不管是哪一種問號，直覺都告訴我，不會有這麼夢幻的事情，這一定是某種設局的一部分。

就在我還思考著如何回覆這樣充滿懸疑的信件之時，手機響了通陌生但似曾見過的號碼，是個 02 開頭的台北有線電話號碼。我馬上就聯想到了是剛剛所看過的那位院士他的辦公室電話號碼，猶豫了幾秒鐘，決定不接這通電話。結果在電話鈴響停止後不到三十秒，手機又響起了一次這個號碼的來電，我同樣地決定不去接它，任他響到停止。還好我習慣將手機設定成振動模式，不然這樣任它去響而不接的舉動，一定會引起美靜更多的懷疑。

沒有第三通繼續撥來，但是有一封內容跟 E-mail 大同小異的簡訊幾分鐘後就傳到，發訊人是那位院士的秘書。不多久她又傳來一封會面地點的地圖簡訊，並交代說明天如果開車去，可以直接開進去院區內辦公室所在大樓的地下停車場，她會幫我預留一個停車位。

看起來是真的有這一局。明天上午我有兩堂課一定得到學校，如果今天他們沒有聯絡到我，那麼明天他們一定可以在學校堵得到我，不管是經由學校的行政系統通知或是他們直接派人過來，都不是我不接手機就能夠躲得掉的。

在這個時刻，我能找誰商量這件事情呢？茫然間，我拿起手機又按了一次阿嬌的號碼，立即得到的，仍然是空號。

外面廚房的聲音忽然安靜下來，美靜應該收拾好了晚餐後的一切。沉寂了幾秒鐘之後，就聽到美靜爬樓梯的腳步聲，依照她的習慣，接下來就是上樓洗澡，然後過一陣子會再下樓到客廳看電視。每天晚上大概就固定是這樣的生活模式，算單調，不過也單調得令人安心。

但是眼前這封 E-mail 顯示了阿嬌說的事情為真的可能性很高，也就是說，我即將面對很險峻的麻煩，那麻煩，絕對會比之前我以 Sci-M 月刊總編輯的身份處理的那些造假案更加險峻。

如果真是個風暴，那我保護得了自己嗎？會不會連累跟我同住的美靜呢？我得盡快思索個自保之道，這個「自」，除了我自己，還有我身邊的親人；特別是美靜，如果我的電話與通信都遭到監控，那麼跟我同住的美靜，是最有可能受到波及的人。但，為什麼是我？這是我目前最想知道答案的問題。這個問題如果沒有想通，就很難理出個解決的頭緒；跟打仗一樣，總得知道敵人是誰、到底在哪裡。

一個卸了任的科普刊物總編輯、一個在科學上無啥成就的大學教師、一個在大眾媒體引領不起風騷的平凡人，這樣的我，究竟有什麼好怕的？或說，這樣的我，到底是誰會怕？

我想起昨天阿嬌在晚餐時所說的「鬥爭如果開始，資料還是會有人硬塞給你，可能還會給你更多⋯⋯他們要預防的，不是你有沒有那份資料，而是你會不會用那份資料。」所謂的鬥爭，會是個什麼樣的鬥爭呢？是政治的，還是商業的？要動到有監聽、有利益跟官位交換的這麼大規格鬥爭，絕對不會只是單純的學術性事務而已，只有牽涉到高端的政治權位或是巨大的商業利益才有可能。對台灣來說，這兩種可能性都極高：如果是政治，我們有相當多的政務官員是來自於學術界，主打學術造假會是個很有力的攻擊點，而且政界的力量介入，那些關於監聽以及研究計畫或是校長職位的收買，在施行上可能比較容易；但是如果商業利益夠大，還是可以買通或打通許多關節，也是很容易就遂行那些原本以政治力量才方便驅使的手段。

不過問題也就在這裡。假使，真的有人塞資料給我了，即使我用了，而且是努力地用了，會有什麼效果嗎？以T大事件那時候的經驗來說，如果不是後來有其他學者發起大規模的連署活動，而且獲得數千名各界人士的具名響應，不然事情最後的結局一定是全然悲觀的。因為就現實層面來說，光只是靠Sci-M月刊這份訂閱戶不多的刊物持續報導，不管寫了多少篇、堅持了多長的時間，對於那些有頭有臉的大人物來說，是一點點影響都發揮不了的。這是個很簡單的現實，因為沒有多少人會看到我們的報導，所以也就形成不了輿論的壓力。

從這個角度去想，我就更加困惑了！畢竟此刻連我自己在別人的眼中，或說，至少在那些人的眼中，我到底是個什麼樣的角色都搞不清楚了，以致於很難想得出有什麼具體對策可以馬上付諸行動。

那明天這個應該不是善意的準鴻門宴是去還是不去呢？不去，當然是我現在比較傾向的想法，畢竟剛剛才敲定好明天與美靜單獨的旅遊。雖然說不上對這次旅遊有什麼特別遐想的期待，不過那是我目前唯一能夠想得到從阿嬌離去的悲傷中脫身的方法，而且，明知道會是個設局的陷阱，離遠一點，應該也是很自然的避險策略。但是，去，也不盡然都是壞處，至少，可以經由那些對談的過程獲得多一點的資訊，總比現在什麼都不知道來得好一些。

「姊夫，飯店我訂好了，兩個房間。」美靜站在門邊，輕敲了一下門板後接著說。

「喔，好，謝謝。」

我看著美靜離去的背影，決定了，旅行照常，那個鴻門宴，就算了。

既然決定了，就立馬回了封信給那位院士，副本也給了他的秘書和其他說要與會的人：

「T院士您好，很榮幸能得到您對敝團隊計畫的肯定，也非常感謝您願意幫助我們爭取研究經費。只不過從二〇一六年底以來，由於研究經費的短缺，這個任務導向的組織已經解散。三位很有戰力的博士後研究員都已經在國內或國外的業界找到相當理想的工作，四位很優秀的碩、博士班學生，也都已經畢業轉至國外深造或是繼續博士後研究生涯。其他PI在他們的本業上也都有了新的研究計畫要執行，而我個人也放棄了原本在老鼠神經系統的研究方向，改為水生動物養殖方面的工作。

因此對於您的厚愛，只能非常遺憾地說抱歉，因為我已經沒有能力再去承接這類大型計畫的工作。我建議您可以找原先團隊中的其他PI，看看他們是否有人願意重組團隊；如果有，我非常樂觀其成，也願意放棄在計畫中任何屬於我的原創構想之智慧財產權。」

寄出後，想了想，我將包含T院士原信的信件副本也傳了一份給示靖。既然是因為易志名的事情所帶來的風波，那麼示靖應該也會受到某種程度的監控，所以得讓他先知道一下。在寄出前，臨時又再加了一小段文字說：「這事電話不方便談，有空見面時再詳細說明。」

本來以為可以漸漸遠離江湖了，沒想到，江湖遠比我們想像得還要廣。

但是，如果沒有經過江湖的折騰，人生，大概也很難出現什麼新的視野。就像之前幾仗打下來，雖然被瓦解比較徹底的可能不是那些造假集團，反而是我自己的研究團隊，不過認真說起來，對我自己的人生而言，反倒是個剛剛好的停歇點；讓我從追逐發表、追逐經費、追逐頭銜的跑道上逸溜了出來，被迫坐在旁邊的草地上，以從來沒有過的悠哉看看天空的顏色、聽聽風聲的旋律、想想，什麼叫做「科學研究」，也想想，自己做的又是什麼樣的科學研究。也只有這樣的停歇下來，腦袋才有餘裕去了解老子《道德經》中的這句「復命曰常，知常曰明。不知常，妄作凶。」那些以前覺得真是個大突破的科學技術進展，如果認真盤點它們的功過，其實都是不知常之後的妄作，對人類社會長遠的整體而言，最後得到的淨結果就是，凶。別的不說，光是「塑膠」這件事情，就夠清楚了。

也因此，即便我的研究團隊沒有被解編，即便給我經費的理由不是因為那些收買的權謀而是純粹科學上的支持，我應該也不會再繼續那個計畫。畢竟，在你握有開啟某道神秘智識之門的鑰匙的時候，該有的，不應該是發現寶藏的狂喜，而是在寶藏帶來災難之前退卻。

我目前掌握的神經訊號解碼技術，就是這樣的一把鑰匙。是以現在放下它，改拿把普通喇叭鎖的鑰匙去開開螃蟹蝦了心電圖這類的夾板門討討生活，也算是塞翁失馬焉知非福。

只不過，這個走不完的江湖即將掀起的風波，又會帶給我的人生什麼樣的新視野？

才天馬行空胡思亂想沒幾分鐘，手機又響了那位秘書的來電。我仍然不去接它，任它響到停止。然後，也預期到接下來一定會有封簡訊傳來。

果然，過了三分鐘，就傳來一封簡訊，但不是那位秘書發的，而是校長的秘書：「陳老師，校長請您在明天上午十點下課後到校長室，商談一件補助學校兩億元經費的大型研究計畫之執行事宜。」

「幹！」這是我心中的第一個反應。原則上，我可以不理科技部、不理教育部、不理衛福部，甚至不理總統府，但就是不能不理這個學校的開會通知，畢竟，那是一個基本的職場倫理，而且要我去談的事務是這個學校的經費問題。即便不是直接以學校的名義承接，仍然維持屬於我的個人計畫之形式的話，兩億元抽成十趴的管理費，仍然會有兩千萬新台幣進入學校的口袋。這對於目前財務日益拮据的國立大學而言，是個怎麼樣都拒絕不了的誘惑，更何況，這還不包括難得可以大肆宣揚學校的研發能力有多麼厲害的新聞效果。

不過基本的職場倫理並沒有規定我非得要在下班的時候立即回覆學校傳來的簡訊不可，況且這也不是什麼緊急的事務，所以也沒有那個道義責任非得要立即回覆。反正明天八點就會到學校，屆時再機動看看要怎麼處理好了。心意一決，乾脆就把手機關機，免得嗚嗚嗚地震動搞得很煩。

但即便手機沒有嗚嗚響地震動，此刻的我仍然覺得很煩。想找個人說說話，也許談談那些院士到底有什麼陰謀或是阿嬌的手機為什麼會變成空號的這幾件在兩天之內忽然冒出來的奇怪問題；也許，不用談這麼傷腦筋的事情，只需要談談台北市長和高雄市長對於總統選舉有什麼影響之類的就可以了。

真的只是，我想找個人說說話，不要讓空氣凝結在什麼都感覺到無聊透頂似的沉悶。

而我能找誰呢？此時此地唯一與我相伴的只有美靜，她正在樓上洗澡吧，或許，還沒開始洗澡，而是正在整理著明天出遊該帶的東西。我當然可以上樓去找她，敲敲她的門，問問她是不是可以跟我聊一聊；但是，要聊什麼呢？要聊什麼才不會讓美靜覺得唐突也不會覺得擔心？

也許我可以延續晚餐時說的那些在馬祖服役的往事。雖然在馬祖只有不到一年半的時間，不過的確有很多可以談的事情。或許我可以跟她說說那一年在海邊的陣地裡七天不卸甲的過程，她應該會有興趣聽的，畢竟不會有很多人有機會經歷過那樣的往事。

那是在一九九四年我退伍前的兩個月，有天晚上接到指令說立即全員全副武裝全部荷槍實彈的就戰備位置，命令上特別說，不是演習，準備接戰，而且是，死守。彼時我一個二十七歲的少尉排長領著十八個二十出頭的義務役士官兵伴著我們的機槍看著那片被月光灑亮的海洋，沒人有什麼特別激動的情緒表露，只有一個剛下部隊三天的菜鳥下士輕輕地幹了一聲說「有夠衰」，然後，繼續專心地瞄著前方。

「死守」是個很奇怪的字眼，字面上我雖然懂，但是當時那個二十七歲的少尉排長實在無法將這兩個字與他的人生連上任何關係，我猜，在場的其他十八位二十出頭的弟兄們也是，那是在他們人生當中怎麼想都不會想到的兩個字。然後，我們就被這兩個與我們的人生本來就不相干的字眼擺佈在這裡，拿著槍，準備射殺任何上岸的人類。

無需任何考慮，看到會動的就開槍，我是這樣跟阿兵哥說的。

那真是一個沒有對錯、沒有猶豫、沒有未來的單純時刻啊！直到現在，我的人生中還沒有出現過第二次這樣的單純時刻。

也許，我應該讓明天就這麼地再單純一次。

第六章

「那天，武雄還是有回來找我。當然是來感謝我啦，幫他的阿妹丫解決了那麼大的問題。我跟他說，也算不上是幫啦，應該說我本來就會被捲入這樣的因果之中吧，不是嗎？武雄沒有答話，只是站起來環顧了一下四周，跟我說：『你還帶著這麼多兵馬啊！』那時候我才察覺到，我跟他兩個人身處在一個不算低的丘陵上，眼前則是一片廣闊的平原。」

說到這裡，我暫停一下，端起桌上的熱紅茶小啜了兩口，美靜也跟著我拿起杯子喝了些。等她也喝完，各自又回到舒服的坐姿後，我才繼續說：「看起來的確是聲勢很浩大的部隊沒錯。以很整齊的方陣羅列在那片平原上，說不出有多少個，就很多，或許上百個方陣有吧。每個方陣我看至少有五百人以上，略為長方形，像是二十乘以二十五那樣的格局；而且都是騎兵，每個人都騎在馬上。雖然現在說起來很奇怪，但是當時我並不覺得有什麼好驚訝的，只用個很理所當然的語氣跟武雄說：『沒辦法，天下就這樣，身不由己。』武雄聽了，也用個很理所當然的了解語氣說：『也是』他一說完，我忽然冒出個念頭想到說，應該要問他為什麼還在這邊晃來晃去的？都死這麼久了，還跟這個人世間牽扯來牽扯去的幹嘛？」

我看著落地窗外的花蓮港，在明月的映照下，那依稀看得到的波粼，就像那時候武雄回答的語氣中所隱含的心情起伏。

「武雄用著有些悲戚的聲音跟我說：『說真的，我自己也不知道為什麼，我甚至連自己現在是個什麼樣的狀態也不知道。你看得到我，對吧？但是，我自己看不到我自己，我完全不知道自己現在是個什麼樣子、是不是還有個叫做〞人〝的形狀。我覺得現在的我就只是一團沒有形體的〞思想〝而已，然後，我也不知道我該到哪裡去。在我的〞思想〝離開了我的肉體的那個叫做〞死了〝之後，沒有任何指引或提示，也沒有任何限制阻礙我的移動，好像我擁有了絕對的自由，可以在這個世間隨心所欲地遨遊。我看得到這世間正在發生的事情，進入得到每個人的腦子裡去看他們心靈深處所映照出來的影像，但就只能這樣；我沒辦法對這個世間的任何事物使得上力，我也沒有辦法跟我所進入到的腦子裡，與擁有那個腦子的人溝通。』」

「不對啊！那他為什麼可以跟你聊天呢？」美靜拿起身旁的抱枕放到大腿上抱著，像是要夾著那個抱枕似地大幅度前傾上半身對著我，微出一抹好奇的淺笑，用著比平常多了些俏皮的語調快速地問著。

我將身子略為往椅子左邊的扶手斜靠，不迴避的直視美靜一下子逼近的眼神，贊同地微微點頭說：「是啊，我那時候也覺得奇怪，也是直接就這樣問他。」

「那他怎麼說？」

「他說：『兄弟啊，我也不知道為什麼。應該這樣講，我是沒有能力〃主動〃去跟我所進到的那個腦子裡的人說些什麼，但是，不知道為什麼你居然看得到我，然後還主動跟我打了招呼，也因此我才有辦法跟你對話。』武雄說到這裡，我也才開始意識到有些奇怪：

是啊，我知道是武雄，但我卻從來沒有想過要去好好看看他現在長得是什麼模樣；更奇怪的是，即便我開始覺得奇怪了，但還是沒有任何想要轉頭過去看看他現在長什麼樣子的念頭。」

「這也不對啊！如果你都沒有看清楚他的樣子，那你怎麼知道他就是武雄呢？」

美靜整收了一下放在腿上的抱枕，微調了些前傾的幅度之後，仍然以帶著好奇的微笑繼續問著。那弦月般的唇弧顯露出來的甜美，好像當年初見躲在美晴身後靦腆地探出頭來跟我打招呼的美靜小妹妹的笑容。但是這樣的熟悉感，也讓我看到了那一年美晴疼惜地望著她這個小妹的溫婉神情。

一股悽愴忽然湧出來占領了腦袋中可供思考的空間，我只得暫時拉住正準備說出口的字句，在這些悽愴繼續奪下臉部表情的控制權之前，再端起桌上的熱紅茶小喝了一口壓制它。我沒有在喝完時就立即放下茶杯，而是專心地看了一陣子那層在水面上倏忽成形後就旋即四散的霧白，凝神思考了我所呼出的氣流與那些水氣離開液面之後八方走向的關係。

美靜等了一下我的沉默，隨後就回正了前傾的身體，也拿起擱在旁邊茶几上的紅茶啜飲了一小口後放下。接著再度摟緊了抱枕，只是這次不是前傾，而是仰靠向椅背，還順勢將雙腳攏曲地縮放在沙發上。唯一不變的，是她那帶著好奇的微笑，甜美的弦月唇弧。

「該怎麼說呢？」我偏著頭重新看向窗外的花蓮港，以繼續沉思的樣貌緩緩地放下杯子，巧妙地將內心悽愴的沉默展演成對回答字句的斟酌。

「或許就像中午我去接妳的時候，妳開了車門坐進來，然後我們到了東澳晃了一圈再到了花蓮。在這麼長的時間裡，我知道妳就在我身邊，但如果真要問我說，妳下午穿的是什麼樣式的衣服、穿的是什麼顏色的褲子、頭髮是紮成馬尾或是自然放垂，說真的，我還真答不出來。」我轉回頭看著美靜，她那仍然維持著甜美弦月的唇弧自然地就導引著我也以弦月的嘴型接著說：「大概就像這樣，就有個感覺說，啊，是武雄啊，然後就不會再想說去搞清楚他的長相細節。」

「但是」美靜突然擠了個看起來是苦笑的容貌，有些撒嬌地說：「我今天下午穿的是裙子耶！」

「喔、啊、呵，所以，說，就是這種因為很熟悉然後就……就不需要……刻意觀察細節的感覺。」我在極短的時間內連續否決掉「在意」、「注意」兩個詞，及時的以「刻意觀察」這種謹慎的字眼完成這句有些尷尬的回答。

美靜看著我尷尬的支支吾吾，就鬆了臉上的苦笑，回到那個甜美的面容，以弦月唇弧所送出來的俏皮語調繼續問說：「姊夫，你為什麼跟這位武雄學長這麼熟啊？」

「我大一的時候跟武雄住同一間寢室，他大我一屆，是同系的學長。那時候我的經濟狀況不好，極需要打工賺錢養活自己。但是一個南部小孩忽然間就自己一個人待在台北這個大城市，一時間也不知道要去哪裡找打工賺錢的機會。那時候武雄在一個建築工地打工，他看我應該是個能夠做粗活的人，所以就拜託工頭給我個工作機會，讓我有收入可以在台北待下來唸書。後來，他轉到待遇比較好的室內裝潢工班，做熟了之後，也把我拉過去。就這樣，蒙他的引薦與照顧，我才能夠在台北站穩腳步，完成我的大學學業。」

我再度望向窗外，彷彿看到當年那個豪氣的武雄正對著工頭哈腰鞠躬的求他給我個工作，這一幕，差一點讓我的眼淚奔竄出來。我深吸了一口氣，緩緩的吐出來後，像是對著窗外的武雄感念地說：「所以我說，武雄對我有恩；他既然拜託了，那他阿妹ㄚ的事，就是我的事。」

「後來你還有再見到他嗎？我是說，在他跟你道謝那次之後。」

「沒有。算算到現在也一年了，我沒有再見到，或說，夢到過武雄了。前一陣子武雄忌日，阿靖有問我要不要一起去祭拜他，那時我剛好得帶學生出去比賽，所以就沒去。也許那時候去了的話，會再跟武雄碰上面。」說完，嘆了口氣。伸手端起杯子，茶已經沒那麼燙了，我對著窗外那個在哈腰鞠躬之後轉過來拍拍我肩膀說「搞定了」的武雄學長一口氣乾掉杯子裡剩下的紅茶。

美靜看到我杯子裡沒茶了，就起身走到房間的小吧台，將電熱水壺內的水再加熱一下。她站在吧台旁等待水沸騰的時候，以同情憫恤的語氣說：「我覺得你那位武雄學長有點可憐耶，死了之後，居然是一個人孤孤單單的在人世間漫遊。姊夫，你有沒有考慮想個辦法幫他，像是做個法事超度或類似那樣功能的方法呢？」

「應該不需要吧！」我站起來走到落地窗前，所見如是靜寂的港夜中，只有一些微弱的燈光在碼頭邊游移著，是摩托車吧，我想，才會有著那麼孤伶伶的味道。

「為什麼？」

「我問過他了。」

「喔？」

「嗯」我轉身拿起小桌上的空茶杯，緩步的朝美靜走過去；已經聽得見電熱水壺內的沸騰聲鼓譟到臨界的程度了。「那天，我已經這樣問過他了。」我把茶杯放在吧台上，讓美靜拿著那壺剛滾開的水沖倒進去。

「我就問他說，老大，有什麼是兄弟幫得上忙的嗎？如果需要我去求哪位德高望重的高僧，儘管說。結果，武雄只是笑笑地說，那是他自己的因果，《六祖壇經》上寫的『迷時師度，悟了自度』，他說他自己讀過不少佛經，某種程度說來，算是被師度過了，但能不能自度，應該得自己來悟看看才對。他說，目前有這樣的自由也說不上不好，就先當作是自己該受的『果』，再來慢慢悟看看那個不能昧的『因』是什麼。」

我背靠在吧台旁邊的壁柱上，美靜則斜倚在吧台的另一邊；吧台不寬，我們站得很近。美靜有些仰望地看著我，我沒有偏側身子過去看她，只是怔怔地望著前方牆壁上掛著的那幅畫，應該是梵谷的《在亞爾的臥室》吧，倒是跟房間內這張豪華的雙人床有些不搭嘎的感覺。這時，腦中也冒出個更不搭嘎的念頭，想著，武雄跟梵谷比起來，到底哪個比較瘋狂？說起來，武雄的人生也是充滿了藝術家追求美學極致的瘋狂，即便人死了這麼久，仍然被他要把他的阿妹ㄚ照顧到極致的意念牽絆住，這種眷戀，大概是任哪位高僧都無法幫他超脫得了吧！

「『去來自由，心體無滯，即是般若。』武雄算是去來自由了，但是心還是留在他的阿妹ㄚ身上，因此就沒有那個大智慧能夠到得了彼岸了。」我看著那張《在亞爾的臥室》，喃喃自語般的唸出那幅畫給我的啟示。

「啊？大智慧到得了的彼岸？」美靜隨即以非常疑惑的語氣問說。

「喔，那是《六祖壇經》內說的。六祖在解釋『摩訶般若波羅蜜』時，是以『大智慧到彼岸』來開示的；其中『般若』說的就是智慧。六祖說，如果世人愚迷的話，就不見般若。我在想，武雄大概就是這樣吧：還放不開他的阿妹ㄚ，所以就沒了那個到達彼岸的智慧。」

說完，覺得我好像也在說著自己；我，放開美晴了嗎？

美靜似懂非懂地略微點了點頭，然後拿起那個剛倒了熱水的茶杯走到沙發旁的小桌上放好。看到我還是有點怔愣地站在那邊，忽然像是想起了某件新鮮事情似地帶著靈光一閃的微笑快步走過來，打開吧台下面的冰箱拿出一盒小蛋糕，在我面前晃了一下就快步走回沙發旁，迅速地將裡面的巧克力蛋糕拿了一片出來，放到原本用來置放熱茶瓷杯的小盤子上，再以盒子裡所附的塑膠鋸齒刀分切成小塊，自己拿了一塊坐下來吃，同時間也用眼神示意我過來吃。

我只是對美靜笑了笑，仍然以背靠在吧台旁邊壁柱上的姿勢站著，並沒有走過去吃的打算。並不是不想嚐嚐那塊蛋糕，而是這樣有點小距離的看著洋溢超滿足神情地吃著蛋糕的美靜，是這兩天最讓我感到安心的幸福畫面。她身上穿著的是那件平常家居常穿的白色T恤，從她搬來跟我住的時候就是這件了；也因為換洗頻繁，衣料布面已經變得稀薄而略微透明，讓胸罩所襯挺出的乳峰姿態在朦朧中更顯得嬌縱。再搭配露在運動短褲外勻稱白皙的雙腿所散發出來的嫵媚，在這樣空調舒適而且有著一張豪華大床的房間裡，於正常狀況下，對任何成熟的男人而言一定是充滿了性誘惑，而且這樣的誘惑有可能大到足以摧毀任何堅強的理智。

然而此刻的我只是這樣靜靜地有點距離的站著遠觀，不帶任何情慾念頭的看著她，也沒有任何關於情慾的生理反應在我身上發生。某種程度，我已經有點搞不清楚眼前這個讓我感到安心幸福的美靜跟我是什麼關係？她是美晴的妹妹？我的妹妹？還是某種比親妹妹更深的關係？為什麼我的情慾在面對她的時候總是消失得無影無蹤，完全不需要任何對價關係地不求回報，就這樣將她放在心底牽腸掛肚地疼惜？

美靜見我遲遲沒有過去跟她一起共享那片蛋糕，便端起那盤還剩一半的蛋糕走過來，以我料想中的甜美聲音說：「姊夫，真的很好吃，大飯店的還是很不一樣。」

我從她遞過來的盤子中抓起一小塊一口就解決掉；在那小塊蛋糕的實體組成快速被推進到食道後，才感覺到沾黏在齒縫中的巧克力餘香。

「的確不錯，很好吃。」

美靜看著我幾乎沒讓食物在口腔中多所停留的進食法，稍微蹙了一下眉頭，不過隨即又問：「要不要再來一塊？」

我伸手又取了一塊，沒有立即放入口中，先比個手勢示意她拿回去，我也隨即緩步的走回沙發坐下，依著美靜剛剛蹙眉的提示，小小的咬了蛋糕一口，然後在口中反覆回味。美靜坐下來、看到了，眼睛笑瞇成一小縫。

就這樣，我決定不跟美靜說今天早上我在學校遇到的麻煩事，就讓她知道我所遇上的麻煩，停留在為武雄的阿妹丫解決的這件事情就好了。某種程度來說，也算是一個溫馨的結尾。

麻煩事一樁接一樁，而且越來越麻煩。

今天上午十點下課一走出教室，就看到校長室的秘書小姐在走廊上等我，深怕我偷溜似地先跟著我到辦公室放好剛收的學生作業，然後就催我趕快前往校長室。在途中我簡短地問了一下與會有哪些人，秘書小姐說校內的有副校長、院長、教務長和研發長，校外則來了T和F兩位院士，以及部裡面的一位官員。那位官員的層級不低，好像到達簡任十二職等以上的那個等級。

校內長官們的陣仗我不意外，倒是那兩位院士的出席讓我的警覺心一下子升高到備戰程度。這是很不尋常的，甚至可以說是違反常理！即便說我之前真的寫出了一個不世出的計畫，依台灣官場的慣例，仍然是絕無可能地讓兩位在學界、政界與商界通吃十數年的大老帶著衙門裡的高級官員，這麼禮賢下士地移駕到東部這個小地方的小學校來，特別是在我寫了封算是超級不識抬舉又不長眼的回信之後。

因著這樣的警覺，我在心中先立下一個談判的底限：今天絕對不以個人的名義承接他們所提供的官方計畫經費；當然，如果他們願意在跟我無關的條件下將經費撥給學校，那我倒是樂觀其成。

雖然這是毫無可能的事情。

我上課的地點與校長室是不同棟的大樓，兩棟大樓相距了一段大約五分鐘的步行路程。

由於剛好是下課時間，學生們一下子全都冒出來，秘書小姐焦急地趕著路，不斷地在人群裡左閃右躲的穿梭，逼得我只好跟在她後面快步疾行。顯然校長一定對她下了道很急迫的指令，迫使這位平常看起來行為舉止優雅溫吞的年輕淑女，此刻緊張到有些狼狽。

結果秘書小姐並沒有將我帶進校長室，而是引導我進去校長室隔壁的會議室。開了門看到坐在那邊的陣仗，除了秘書小姐剛講的八個人之外，還多了本系的系主任，以及兩位西裝筆挺的年輕人。這兩位雖然我不認識但還算認得出，都是目前台灣生醫學界檯面上的新星；一位是研究幹細胞的，另一位則是神經科學的同行，做神經內分泌的，兩個人最近都因為發表了傑出的學術成果而在新聞版面上出現過。

看到這個場面，即便在進來之前我已經有心理準備了，還是免不了心頭一陣嘀咕，幹，究竟要搞什麼？

會議室中央擺了套足夠二十人入座的環式會議桌椅，校長坐在中央的主位，兩位院士與隨行的一夥人坐在離門較遠的左側，而離門較近的這一側就坐著本校副校長以降的一干人等。不過在副校長和教務長之間卻空著一個位置，一進門校長就示意秘書小姐將我帶到那個空著的座位去。我站在系主任旁邊那個屬於沒有官職的人該坐的位置謙讓了好幾秒，不過在校長的堅持之下，我還是得硬著頭皮很不自在的坐到那個我很不喜歡的官場座位。

接著就換校長和T院士兩個人為了誰先做開場發言而互相謙讓了好幾秒鐘，但是在T院士的堅持之下，校長只好接下開場發言的重責大任；不過就在校長即將開口之際，又忽然將眼光望向F院士，繼續為了誰先做開場發言地再度互相謙讓了好幾秒鐘。就這樣，明知道一定是作為主人的校長要先發言之開場戲碼，硬生生的拖棚了快一分鐘。

當然，校長的開場內容一定不含有任何足以稱得上是「線索」的東西，即便是接下來T院士的發言也是。這是必然的，在敝校這麼多其實算是路人甲乙丙的長官們列席的場合，除了檯面話可以說說之外，那些迫使這兩位院士跑這一趟東部小鎮的真正理由，應該都是見不得光的東西吧！或許等等散會後，他們才會找我私底下透露此行的目的，而眼前這場行禮如儀的短劇，我猜，只不過是為了把我召來的手段罷了。

儘管如此，他們看起來還是有做足了功課才來這一趟的。T院士雖然說的是檯面話，但內容中對於我那個計畫的評論倒是很到位，顯然他對於我之前寫的那個計畫內容下過很深的功夫。

我寫的那個計畫的主軸表面上看起來是想找出腦中神經痛的發病位置與電刺激的止痛參數，但是隱藏在背後的真正目的，則是以此來發展解碼神經網路的訊息傳送結構之方法。T院士不僅看到這一點，還提了建議說幹細胞與神經內分泌的課題也可以加到裡面，並且強調說如果我同意他這樣的建議，研究的總經費可以加碼到一億八千萬；他還特別保證說，多出的六千萬不是要給他帶來的幹細胞和神經內分泌的那兩個人，而是完全讓我統籌規劃，不設任何前提的自由支配運用。

說真的，在聽著T院士慷慨陳詞的時候，心中還是大大的震撼了一下，震撼到原先在心中立下的那個談判底限也跟著動搖了一下。那種動搖，就像是當年聽到我博士後的老闆跟我說那段話之時的心情。那是在我來到這個學校任教的第二年，剛好之前我還在N大做博士後研究時的老闆要出來創設新藥研發公司。他想挖角我到他的公司工作，在遊說我的過程中，他主要跟我談的不是薪水，而是說「你在這邊教這些上課一直在睡覺的學生五年，跟到我公司一起拼個五年研發出一種能夠救人性命的新藥，比起來，你說，那個值得？」

當時拒絕那個其實也伴隨著高薪而搖動得更厲害的動搖之理由很多，不過我知道那些說得出口的都是表面上的理由，真正在內心羈絆我的，還是那時剛離開我出家不到一年的美晴。那時候的我還是千方百計地設想所有讓她回心轉意的可能，而這些設想都需要時間去努力嘗試，因此一個需要高度專注、沒什麼時間彈性的新藥研發工作，跟我那時候揉著焦急與憂傷的心，是完全不能相容的。

而現在，讓我從這一億八千萬的動搖中再度回穩過來的，換成了美靜。因為緊接著動搖之後浮上心頭的是，美靜站在太平洋海灘的岸邊，光著腳丫踩在海水裡的礫石上，不斷輕輕地擺划出踝邊盪漾水紋的畫面，就像那天阿嬌在東澳海邊的閒適一般。

就這樣閒適的畫面，不需要對白，也沒有什麼像是心底的聲音那類可以形諸文字的說明冒出來，我就再度確認了應該採取的立場。

「非常感謝兩位院士和部裡面對這個計畫的大力支持，學校這邊也會全力配合，不管是配合款甚至是開出兩到三個專案教師的缺，好網羅陳老師研究團隊中那幾位優秀的博士後學者到學校來服務，這都是沒有問題的。」說這話的人是校長，聽完後卻讓我直感到反胃。因為才在兩個月之前，系上一位老師因病提早退休，校長卻找了各種理由不讓我們補足這個缺，以致於系上因為教師不足的問題，搞得新學期的必修課程有幾門差點開天窗。

「陳老師，你這邊沒問題吧？」校長忽然話鋒一轉就把問句拋向我。

「各位長官，非常感謝大家的肯定與厚愛，不過就像昨天晚上我寫給T院士信中的內容所提到的那樣，兩年前由於計畫沒通過所造成的研究經費短缺，所以我已經解散了這個跨領域的研究團隊，包括我個人也放棄了在神經科學領域的研究方向，改成養殖方面的研究課題。雖然這一億八千萬的經費是個很人的鼓勵，但那畢竟是納稅人的血汗錢；今天的我實在沒有能力再去發動一次這麼人規模的工作，如果貿然接受了，只會辜負了這筆錢。因此很抱歉，我不敢、也不能擔下這個重大的任務，真得非常抱歉。」

我這段話主要是看著T院士說的，說完的剎那，我快速將眼光掃向幾位校內長官的臉。T院士聽我說話的時候沒有顯露出什麼特別的表情，眼神也沒有特別地望向我，只是若有所思般的將目光望向桌面上的咖啡杯，間歇式的不斷點了點頭，表示他其實有在聽著我說話。而校內長官們的表情就有趣多了：校長鐵青著臉瞪著我，副校長則一臉不解地望向校長；院長臉上似笑非笑的揪了一下，教務長和研發長還是專注地滑著手機，好像我的聲波完全無法撼動他們的鼓膜；最淡定的還是系主任，已經分不清他是閉目養神或者根本就睡著了。

「陳老師，你要想清楚，這不只是你個人的事情，更是關於本校聲譽的大事！你剛說的那些血汗錢什麼的都是可以克服的事情，就算你不為自己的學術生涯打算，也要為學校的發展想一想啊！」雖然不至於到咬牙切齒的程度，但是校長激昂又肅殺的聲音，仍然透露出他心中的驚訝與憤怒。

在校長準備接著說下去之前，T院士搶先開了口：「陳教授，你的問題我昨天有看到。

我的想法是，從那個計畫徵求到現在也不過才兩年的時間，昨天晚上我查了原本寫在你計畫中的那些共同主持人和幾個博士後與學生，基本上，大部分的人力都還留在台灣，要集結起來並不難。」T院士的目光從咖啡杯抬起轉向了我，以一種充滿自信的口吻接著說：「我跟F院士商量過，如果你願意接下執行這個計畫的任務，我們會再進一步考慮於貴校成立個像是『神經科學研究中心』之類的，是由公務預算支持的常態性組織，這也是今天我們請部裡面派人過來一起與會的主要原因。剛剛我也跟校長說明過了，學校方面應該也很支持。」

T院士說完後望了一下校長，校長連忙以高亢宏亮的聲音回應說：「是啊，陳老師，學校一定支持到底。我剛剛也跟研發長和院長討論過了，在新校區快要落成的那棟大樓中，學校可以撥出完整一層樓的空間給你使用。」

這真是個麻煩時刻！我能理解校長那種巴不得我馬上點頭答應的焦急心情，畢竟這牽扯到的不只是可以上新聞風光好久的治校功績，還有逼近兩千萬新台幣可以灌進學校口袋的管理費用。我也可以想像一旦今天我拒絕了這個天上掉下來的禮物，今後我在學校裡面將會面臨一種比孤鳥還孤鳥的被排擠與鬥爭的處境。

就在我思考該怎麼技巧性的回應之際，F院士開口發了言，說他剛剛跟我原計畫裡面一位共同主持人聯絡過，已經接到他肯定與贊成的回信，F院士還當場將這封回信的內容唸出來。

這更麻煩了，這位共同主持人若從輩份上算起來，是我的老師那一輩，雖然我沒有直接受教於他，但他相當照顧我，也是我非常敬重的長輩。

接下來，那位幹細胞的專家也跟著開口說，我計畫中一位跟他同服務單位的共同主持人是他的大學同學，他昨天晚上也跟他的同學通過電話談了這個計畫敗部復活的事情，同樣的，也獲得他同學的大力支持。

幹細胞專家才一說完，副校長隨即跟著補槍，談起他早年回台任教篳路藍縷的經驗，意思是說，我到目前為止才不過中斷了兩年而已，如果有現在這樣優惠的資助作為復出的開辦費，哪有不成功的道理！語畢，院長也無縫接軌的附和著說，現在因為少子化使得招生工作困難，特別是生科類科系的碩博士班招生更形險峻，如果我這個計畫能夠就此敗部復活，甚至更上層樓的促成神經科學研究中心的成立，那麼對於學校的招生工作而言，必定是大大的利多，而且對於明年申請教育部的高教深耕計畫，絕對是超級的加分。一聽到高教深耕，教務長立即加碼說，目前正在撰寫中的高教深耕計畫，可以加進去神經科學的跨領域人才之培育目標。忽然間，系主任於此刻及時醒了，立即以捨我其誰的語氣跟著提出系上決定增設一個神經科學研究成果展示中心，以吸引高中生前來本系就讀，還當場跟院長商量起可以將這個展示中心設在什麼地點。

一開始我還算耐著性子邊聽邊想著該如何回應，但是隨著長官們發言的內容越來越偏離主題，漸漸地我也放棄了思考，想說，等全部的人都發言完畢，我再把剛剛說過的話重複一遍好了，就像郭靖那樣，只用一招『亢龍有悔』就可以了。

好不容易等到系主任跟院長終於敲定了在學院大樓一樓撥出間教室權充展示中心，會場內終於出現安靜超過五秒鐘無人發言的空檔，我看看大家的表情暫時都沒有要說話的跡象，就準備把握時機來使出那招『亢龍有悔』。結果就在說話的念頭剛生出來、第一個字都還沒有吐出口的時刻，我又看到久違了的那把刀插進我的肚子！還是一樣的真實，那把橫空冒出來的刀子壓凹了我的衣服再壓凹了我的肚子之後，繼續突穿了我的衣服再突穿了我的肚子；我仍然感覺得到刀鋒在肚子內行進，穿破了腹部層層肌肉之後再切斷腸子又再穿破背部肌肉，最後從脊背咻颯地透出體外。

巨大的疼痛感隨即瀰漫周身，痛到整個人像是忽然間碰觸了幾萬伏特的高壓電那樣地無法動彈；兩個手掌所冒出的冷汗一下子就漫濕雙手所按貼住的桌面，額頭上的汗珠也同時滴了好幾滴下來，活像是剛剛在盛暑的中午全力跑了四百公尺那般的氾濫。

我猜在場的所有人都被我突如其來的痛苦姿態嚇到了，雖然那時候的我沒辦法擺頭去看看大家的表情，但是整個會場的空氣就像僵固了那樣，沒有任何聲波行進其中，連一絲絲可能會因為身體的扭擺所造成的些微擾動都沒有。

雖然劇烈的疼痛一直持續著，但是感覺得到那些像是濃厚烏雲般的疼痛在腦袋中的分佈漸漸沒有那麼地均勻，有些烏雲稍微稀薄的腦區還可以保持一點點清醒。我費力地透過那一點點清醒的意志看著那把許久沒有看過的刀子，比之在二十八年前初見它的時候更仔細地端詳它。直覺上，這應該是同一把，也仍然是在沒有人握著的狀態下真實的插進我的肚子；應該有切斷某條大型的動脈，因為鮮紅的血水不斷地從刀肉交界的裂縫中汩汩地滲出。

這把刀看起來有點歷史了，是把長刀，形狀有點像日本的武士刀，但是刀身寬了點，因此又不太像。從刀柄、刀格到刀身，整把刀都泛著鑄鐵厚實黑亮的顏色。在刀柄上有三隻像要騰離刀格奔竄而出的黑豹浮雕，但在那三隻豹看似要躍起之際，卻又像被漂浮在刀格邊緣跑馬燈般的輪轉文字所阻擋，因此只能望著從我身上湧出的鮮血不斷地咆哮。

【惠明作禮云：「望行者為我說法。」惠能曰：「汝既為法而來，可屏息諸緣，勿生一念，吾為汝說明。」良久，惠能曰：「不思善，不思惡，正與麼時，那個是明上座本來面目？」】

我極盡可能地專注心志看著那些漂浮在刀格邊緣的文字，專注到連心臟都要停止跳動了，才意識到那些文字就是上面這段熟悉的經文。而就在那個恍然大悟的瞬間，刀子不見了，所有的場景像是倒帶般的回到我剛剛準備使出『亢龍有悔』的那個當下。

我低頭再確認了一下肚子上沒有插把刀、沒有血流、衣服上沒有被割開的跡象、桌上也沒有任何汗水漬濕的痕跡，之後，站起來，深吸了一口氣，然後緩緩的呼出，接著以盡可能平穩與清晰的語調慢慢說：

「我了解大家的期待，也完全了解這筆經費對於學校的意義與價值。正因為這個計畫忽然間被賦予了這麼多額外的意義與價值，所以它已經失去了原本發動它的那個很單純的初衷，那個只是想搞清楚一個科學問題的答案，並且拿那個搞清楚之後的答案來救人的初衷。我當初是以這樣的初衷來說服我的朋友們參與這個計畫，也是因為這個初衷讓我可以很理直氣壯、甚至是帶點天真浪漫的自信去說服大家撥出他們寶貴的時間，放下一些他們原本就做得很上手的研究項目，一起加入這個其實我也沒有多少把握能夠成功的工作。這就是所謂的『科學研究』很吸引我的地方：雖然複雜，但是很單純。

說實話，我今天實在想不通為什麼這筆龐大的經費會突然以這麼奇怪的方式降臨。我是個沒有放過洋的土博士，因此從來沒有對科研環境有過台灣以外的經驗；或許在國外有這個可能，但我實在不知道。也正因為我在台灣這個環境中薰陶的夠久，所以我很難想像會有這樣一筆龐大的經費以這種超乎我的台灣經驗的方式自動送過來。我直覺，也算是以很小人之心的認為，這件事情已經不是件單純的『科學研究』，如果我接受了，我一定無法像之前那樣地只需要抱持著理直氣壯、甚至是帶點天真浪漫的初衷去執行。所以，請大家容許我，算是很自私的，拒絕接受這筆經費。」

我應該是很瀟灑地走出會議室的門。對一個小學校的陽春教授來說，把一屋子的高階長官，其中還包括兩個政商學界三吃的院士，全都搞得瞠目結舌的晾在座位上兀自地走出來，我猜這輩子大概也就這麼僅此一次的瀟灑吧。不過事後想想，那時候應該學學警匪電影中的男主角們，在走出門沒幾步就帥氣的往後拋顆炸彈之類的進去，不回頭地聽任它炸開，好結束那一屋子內的烏煙瘴氣。

或許這樣會更瀟灑。

只不過警匪片到了這一幕通常就劇終了，而我的這一幕卻只是序曲。

第七章

「如果真幹了，就是個大事件。」

「是個大事件沒錯，就看你幹不幹。」

「為什麼找我？」

「公信力，在這類事情上的公信力。」李忠明挪了一下坐姿，稍微前傾的將右手食指按在那一大疊影本上敲了敲，眼神專注地看著我說：「在台灣，如果要談論文造假的事情，沒有人比你更有公信力了，不是嗎？」

「學長，您太抬舉我了，我在台灣的學術界根本算不上什麼咖，有什麼好公信力的。」我邊說也邊挪了一下坐姿，將身體靠回椅背，應該是潛意識裡想要稍微逃離這突如其來的進逼吧。

「我沒在開玩笑，我講真的。你自己也很清楚嘛，之前處理T大論文造假的時候，你連續在媒體上寫了七個月罵翻T大的文章，連帶的兩個國家級的高等研究院也被你打槍，從那時候到現在，學術界有誰批評過你，連T大都沒有人敢公開反駁你！為什麼？那就是你的公信力嘛，不是嗎？在圈子內，我聽到現在，說到你，沒有人不稱讚兩句的，真的，連我這個學長都覺得與有榮焉。」李忠明的食指在那疊影本上越敲越起勁地說。

「學長，那也不算是我的公信力吧！真要說起來，也是 Sci-M 這本刊物的公信力，不是我。」

「哈，『院士』算是個好頭銜，有公信力吧？即便現在你不是總編輯了，那你說，談到這類事情，是你說的人家比較信，還是那些院士說的人家比較信？」說完，李忠明很輕蔑地看著那疊影本笑了笑，右手食指在上面加重的敲了兩下，用了個好像在總結人生成敗的語氣說：「我跟你說，漢雄，當初檢察官找我的時候也很直接地說，他第一時間想找的人是你，畢竟這些資料之前你在處理那些造假論文的時候就碰過，而且在T大造假案爆發的那段期間，你也是最有公信力的人。」

李忠明抬起一直壓在那疊影本上的食指，朝著我胸口的方向指了指，接著說：「『最有公信力』這話不是我說的呦，是那位檢察官說的喔。他說啊，他本來想找你，但又怕一下子讓你覺得太突兀以至於起些不必要的戒心而壞了事，所以才要我先跟你談一談。」

「其實當初處理T大案子的時候，我手上並沒有這疊資料，也沒有完整的看過這疊資料，只有朋友給我其中幾頁影本而已。」

「哈，但所有的人都認為你有啊，兄弟。由此就可以知道你在圈子裡是多麼地赫赫有名。幹，這疊裡面的那些人，大概每天都還在提心吊膽的想說你什麼時候會把他們爆出來。」李忠明這次是一拳敲在那疊影本上，雖然不是很用力，但還是將桌面上的兩杯咖啡震出了幾滴噴濺出來。

「但我真的沒有。」

「這時候你去跟人家說你有沒有看過這疊資料，那都無關緊要了。這樣說好了，重要的不是你有沒有看過這疊資料，而是你想不想利用這疊資料。」

「五個教學醫院、醫學院的院長級人物，三個前或現任大學校長，再加上五個院士，這些人掌握了公私部門超過七成的生醫研發經費。這不是只有一個T大而已，況且，我也不是總編輯了，學長，我說真的，這已經不是我肯不肯幹的問題，而是，現在的我根本幹不了這種規模的大事件。」

說完，我不自覺地哼了聲像是在嘲笑自己的氣音，拿起桌上的紙餐巾，擦了擦剛剛濺到桌面上的幾滴咖啡。之後，順手端起我那杯，在湊近唇邊之前看到李忠明像是又要開口的樣子，只好再繼續說：「唉，學長，說真的，這類事情我現在連想都不想去想，更不要說是去碰了。真的，我還得十幾年才能退休，不瞞您說，之前搞T大那一攤，已經把我作了二十幾年的老鼠研究搞掉了，現在只能靠一些零頭經費加上自己掏腰包維持些養殖的小題目作作；這個大事件如果我真的又撩下去，那我可能連教書這個工作都保不住了。真的，之前是因為人在江湖，現在我不是總編輯，離開江湖了。」

「沒人離得開江湖，江湖會自己來找你。」李忠明也拿起桌上的咖啡小啜了一口，接著說：「其實講白了，你是怎麼樣都逃不掉這件事情了。他們幾個檢察官的想法是，這件事情有幾種處理方式，一個是讓你以證人的身份協助釐清事實。雖然這樣子看起來你只是被動的配合檢方，也可以要求檢方對你的參與保密，但這個事情一旦炸開了就會是個大事件，不管檢方再怎麼保密，總是會走漏風聲，你一定會被挖出來搬到檯面上去；更何況這是個大事件，所以政治一定會介入，怎麼保密都不可能。」

李忠明將咖啡杯放下，也換個靠在椅背的坐姿，翹起二郎腿，以洞燭先機似的智者語氣繼續說：「不管藍綠，生技產業起飛都是很重要的口號，是吧？一旦這些生醫界的重要操盤手和智囊團都爆出了這種等級的醜聞，那麼會有一長段時間，藍綠都沒有辦法再用這個口號宣傳與提領現金，這是可以預見的，是吧？所以說，不管到時候執政的人是誰，政治一定會介入這件事情。」

「就因為政治會介入，所以這是比T大那個江湖更為險惡的江湖，那我就更應該保護自己不要介入這個江湖，不是嗎？」

「幹，老弟，你第一天住台灣嗎？都五十歲的人了，你應該不會這麼天真吧！」李忠明倏忽的放下二郎腿，像是被椅背硬往前推似地一下子湊近我，那瞬間，我本能的把身體往旁邊挪移了一下，結果膝蓋稍微撞到桌腳，桌上咖啡杯內的液體又濺出了幾滴。

「如果你是這件事情最具有公信力的關鍵人物，誰會讓你閒著？而且如果你沒有主動，你的處境會變得更糟糕。」李忠明說到這裡停頓了一下，伸出手撥了撥桌上那厚厚的一疊，換成了苦口婆心式的語氣接著說：「你想想看，如果你是被動的接受檢方傳喚，檢方一定會要求你保密那些被詢問的偵查內容，所以你什麼話都不能說，也不能為自己公開辯解。好，就兩種情況嘛，一個是最後這些什麼院士、校長、院長的沒事，那在野的陣營就一定會說你被收買了、被消音了，把帳算到你頭上；那如果這些傢伙有事，那這群被法辦的院士、校長、院長就一定會猜說你是把他們推入火坑的那個關鍵證人，到時候加在你身上的帳只會更多，不會更少。」

李忠明又停頓了一下，特地睜大眼睛注視著我，像是在等待，或說是期待我回個話。我維持一樣側身斜靠的姿勢，不想，也不知道如何答腔，只好又端起咖啡喝了一口。

「當然啦，你一定會想說像這麼高度敏感的案子，又牽涉到學術界這麼專業而且封閉的圈子，檢察官未必想碰。但我跟你說，這幾個找我談的檢察官，想碰得不得了。」李忠明又露出個輕蔑的微笑，說：「上台靠運氣，難得運氣好，遇到個可以大大露臉的機會，一刀砍下去又充滿了公義的正當性，這幾個很有企圖心的檢察官不會放過這個可以大大露臉的機會，難得嘛，天上掉下來的。」

「我的問題是，能告他們什麼？」我放下咖啡杯，望向右邊的窗外，雖然外頭仍是夏季的艷陽，但沒什麼人走過的巷子，感覺上就有那麼一點點秋意的惆悵。沒想到從阿嬌的忽然出現算起到現在還不到一週的時間，我好像又回那個突然接到「死守」命令的排長那樣錯愕的生命情境，面對像是注定般的未來，茫茫然地不知所措的杵在當下；只是彼時我還有十八個年輕的士官兵弟兄拿槍伴著我，而今日又有誰會在陣地裡跟我一起接戰？

我嘆了口氣，回過頭來看著李忠明說：「學長，就之前我處理T大論文造假案的經驗，加上後來這兩年幾個單位宣稱查到的造假案，最後的結果除了一些傷不到筋骨的行政處分之外，也沒看到有誰被追究了刑事或民事的責任。眼前這本雖然看起來厚厚一疊，但說穿了，本質上就是論文造假，雖然手法更加細膩，但本質就只是造假。就學術造假這個層面來說，如果像T大那樣的造假累犯都沒有被追究什麼民刑事責任了，那這一大疊裡面的這批人現在又能夠告他們什麼？前面那些性質相同的案例都沒事了，現在的這些將來就算在輿論上再炒大一次，最後還不是就雷聲大雨點小的讓善良老百姓更加失望而已。」

我再度把眼睛望向窗外，又嘆了口氣，像是對著那個盯著海岸線不知道瞄準哪裡的排長說：「真的，學長，我說真的，即便我硬著頭皮真幹了，弄成了個大事件，但真的會有什麼長遠一點的影響嗎？我看未必，反而是，這類事情在台灣一再的發生，大眾就會越來越無感；搞不好，連想要弄成個大事件都弄不起來，頂多只是新聞報個兩三天那樣即興式的熱度而已。」

「這次不一樣，他們研究過了，如果那疊資料內的事情為真，那麼重點就不是放在造假的論文，而是有了明確的故意累犯證據，證明那些傢伙從頭到尾知情，故意拿了造假的研究成果去撈公家經費，然後繼續用造假的成果交差再去撈更多的錢。從這個破口出發，那批人至少牽涉到偽造文書、背信或詐欺這些可以提起公訴的罪；也就是說，這次跟T大的那個不一樣，法律上能夠追究的罪不是他們拿了公家的錢卻生出造假的論文，而是他們有沒有在知情的狀況下，故意拿了造假的論文去騙公家的錢。」

李忠明又伸出手撥了撥那疊影印本，然後換成中指敲了敲封面，稍微收斂剛剛略微高昂的語調，壓低了點音量繼續說：「回到剛剛講的，如果你只是被動的等待檢察官傳喚你，不管結果如何，你都會是那個最倒楣又百口莫辯的人。與其這樣，還不如你主動出擊，直接上檯面先痛痛快快的殺一場，至少，髒東西都由你公開攤到陽光下示眾，不僅能夠延續你的清名，也不怕別人栽個悶贓給你，然後檢察官就可以簡單迅速又名正言順的用公訴罪的方式處理。這不是比較好的狀況嗎？而且這幾個檢察官也說了，如果你願意擔綱上場主動攻擊，屆時會再把他們手上有的其它東西給你，而不是只有這疊影印本而已。」

「『其它東西』有哪些？」

「這很難明講啦，總之，就一些得要公權力才能拿得到的東西。」

「所以這樣說起來，我算是打手囉。」

「如果打的是不公不義，不也是好事一樁。」

「學長，說真的，我還是覺得很奇怪。照理說，您認識的那幾位檢察官如果真得如此斬釘截鐵的想要辦這個案子，實在是不需要透過我啊！學術圈內還是有其他比我更懂那些研究又富有正義感的人，雖然他們可能不願意曝光，但是當個秘密證人應該不成問題才對呀。您在學術這一行比我久，應該認識很多這類的專家才對。其實，您自己就很適合啊！」

「這就是他們希望你能夠公開出面的理由。」李忠明收起中指，抬起了食指使出點穴般的力道朝我指了指，換成在法庭上結辯的語氣說：「基本上，我們認為，即便找你當秘密證人，效果都有限。」

李忠明在換氣的瞬間警戒地朝四周望了望，再小咳了一下清清喉嚨，繼續鏗鏘有力地陳詞：「這你應該很清楚才對。論文是不是造假，得經過官方調查之後認定了才算數，不是幾個秘密證人說了就算的。但是以之前T大的例子來說，這個所謂的『官方』不管是T大或是哪個部會，如果涉案的人員層級夠高，又加上沒有外部壓力的逼迫，這些官方一定是多一事不如少一事。T大那件事不過才牽涉到兩個院士和一個校長，即便你一直追，都還是追到差點被蓋掉了；這次牽涉到的規模這麼大，可以想見不管是哪個官方一定都不會想碰；而你知道的，檢察官不可能、也沒有辦法在初始階段就插手到這類學術審查的事務裡面。所以，講白了，不管你願不願意主動登上檯面，只要這些檢察官想辦，他們一定會想辦法逼你浮出檯面去打；用學術打學術，打到至少有個官方不得不辦，這樣他們才有插手的空間。這就是江湖，你躲不掉的。」

一口氣說完，李忠明又端起咖啡，一邊喝著，一邊以期待我能夠立即答應的熱切看著我，逼得我只好低下頭看著咖啡好避去這種壓迫感十足的期待眼光；不過我還是記得緩慢而持續地點了點頭，送出一個正在思考中的禮貌性回應的肢體語言給他。

只是，我正在思考的是，「『無需任何考慮，看到會動的就開槍』，是這樣嗎？」彼時那個剛下部隊三天的菜鳥下士複誦完我的命令後，又加了四個字的簡短問句。二十五年後的我也想這樣問當年那個二十七歲的排長同樣的問句。

「老弟，不是說我把自己當局外人的挖坑給你跳，即便今天我是個不認識那些檢察官的路人甲，依這幾個檢察官目前旺盛的鬥志，他們不找我來，也會找其他人來跟你碰頭。」李忠明放下咖啡杯，眼神望向窗外，以在造勢場合面對群眾的演講結束前之豪氣的神情下了結語說：「不管怎樣，這些人的確該被拉下來，絕對不能讓他們在台灣繼續這樣地為所欲為了。」

「學長，我知道了，給我些時間想想。即便我想幹，現在不比當初，我已經不是總編輯了，沒有媒體可用，光是要怎麼把事情端上檯面就是個大問題。給我些時間想想，最慢，後天，後天我會給您一個明確的答覆。」

「好吧，你先想想。不過在媒體的部分，我有些管道，如果屆時需要的話，我可以一起想想辦法，我相信那些檢察官們也會有他們的管道可用。」

我沒再說什麼，邊起身邊對李忠明微笑地點了點頭就離開了咖啡屋。走出的步伐，不像三天前走出學校會議室那麼地瀟灑，因為五天前阿嬌跟我說的事情，算是一件一件的應驗了，而我卻一點處理的頭緒都沒有。

不過有一點倒是怎麼想都不太對勁，如果說威脅就只是來自於這幾個想出頭闖名號的檢察官，那個能動用到各類國家機器監視我以及支配大筆公家經費的造假集團，照理說應該不難「處理」這幾個檢察官的衝勁才對啊？文官體系內層層節制，隨便找個名目在體制內處理，再怎麼樣都比現在兜個大圈子地透過我止戰來得簡單有效又安全啊？

如果我想的不對勁是真的不對勁，那就表示，後續一定還有更難站穩的大浪會襲捲過來。

走了一小段路就到了巷口，站在巷口往對面看過去，那裡就是我待過十一年的T大。剛好綠燈亮了，沒有多加考慮就過了馬路，但並不是往地下停車場這個理所當然的地方走去，而是直接由側門進了T大。雖然在進門的瞬間我也對自己的腳步登愣了一下，但隨即我就明白了自己這突如其來改變路徑的用意。想想此時還真得沒有比這個更適合的選擇，也因此就邁開大步往校園裡走進去。

這是個週一的午後，太陽大的很，加上應該還是上課的時間，學校內除了一些零星的遊客和幾位學生騎著腳踏車經過之外，所呈現出的，就是一片寧靜地燦爛；那樣的光明，實在很難跟兩年前這裡所發生的巨大醜聞聯想在一起。

看到眼前已夷成土丘並圍起工地柵欄的洞洞館舊址，倒是讓我想起一個夢。夢中的我牽著一個約莫七、八歲的小女生走在學校一號館和二號館之間的路上，那時候我看到的小女生長相雖然是之前指導過的一位博士班學生的樣子，但是在夢中的當下，我卻沒有絲毫懷疑地就認為那是我的女兒。我牽著她走向椰林道，一直跟她講著話，像是在介紹沿路的景物，而夢中T大的景象和我熟悉的有很大的差距，並沒有看到農業陳列館以及哲學系的洞洞館，視野開闊的很，往馬路的方向望去也沒有看到什麼高樓建築物。走著走著，在總圖書館和文學院的方向看到有些人群聚集在那兒，像是在鼓譟些什麼，一時間我覺得自己頓時緊繃了起來似地環顧四周。忽然間看到有一批人從大門口闖了進來，我直覺的拉著小女生急急往回走，在快要被那群人發現之前趕快側身躲入路旁的杜鵑花叢。這時候回頭看看椰林道的狀況，只見到三群方陣隊形的人一直往那群鼓譟的人逼近，我感覺自己越來越緊張，最後低下頭跟小女生說話，要她先壓低身子從二號館旁邊的草坪離開。

結果話才一說完就醒了，但我一直記得夢中緊繃的感覺，也對這位本來不是很熟的學生有了很不一樣的親切感。所以後來在教她做實驗的時候，覺得自己變得特別仔細與和藹可親，好像在帶自己的女兒工作一樣。這是三年前做的夢了，現實中，這個大女孩已經博士畢業而且下個月就要出嫁了。這兩天我還在忖思著，紅包是不是要包大一點？

記憶一邊帶我回想過去，也一邊帶我自然地穿越椰林道，從鐘樓旁的小徑走到一棟十四層樓的建築，很熟悉地繞到側邊的小門，直接推了門進去，按了電梯。在電梯裡，面對壁上的鏡子仔細端詳了一下自己最近削瘦下來的臉，那些白化的短鬚看起來比例又更高了。

出了電梯，往左邊走，直接推開第二間實驗室的門走進去。跟實驗桌旁邊兩個正要把老鼠架上手術台的學生稍微點頭示意，就走到裡面那間小辦公室的門口，換上一臉笑意後敲了敲門板。

「有沒有搞錯啊，這麼人疊，拼 Nature 啊！」

「鬼咧，幫學生拼畢業。」淑娟略微抬起頭沒好氣地瞟了我一眼後吐了一句，隨即又低下去看著眼前的一大本論文，邊看又邊再問說：「你呢？跑來幹嘛？今天沒課啊？咦，我沒跟你約吧？」

「沒有，不是妳，是李忠明約我。」

「李忠明？之前選過立委當過官的那個學長？」

「嗯。」

「找你幹嘛？」

「幫他幹一票大的。」

「啊？」

「幫他幹掉幾個大老，之後他就變成老大了。接著要上看不分區立委或是什麼部長的，就容易多了。」

「他跟你講得這麼白啊？」

「沒有，我猜的。」

我走到辦公桌的另一側，拉張椅子面對著淑媚坐下，假裝看著她正在看著的那一本，實際上只是藉機仔細端詳仍低著頭修改論文的淑媚。從這樣的角度看過去的淑媚，是我很熟悉的淑媚，以前在圖書館一起唸書的時候就很習慣用這個角度看她；從這個略為俯瞰視角下透過稀疏瀏海所看到的雙眉，就展成了清晨剛甦醒的雛鳳揚翼，不豐滿，但輕盈飄逸。

只是，面容的肌膚已不復當年的凝脂光滑，眼角的魚尾紋和下眼瞼的眼袋紋變得特別清楚。都老了，跟我在電梯內的鏡子中看到了自己又更多的白鬢一樣。

「你等等，我把這段看完再跟你聊。」

「嗯，不急，沒什麼急事，只是習慣地過來看看，妳就忙，不用理我。」

淑媚沒有接著答話，只是再抬起頭對著我似笑非笑地拋瞪了一下，我識相地沒有再說話，就隨手拿起桌上一本 Nature 翻了翻；這期裡面沒什麼有趣的內容，不到十分鐘，就把期刊再擱回桌上，起身走到辦公室外的實驗桌旁看看學生做實驗。

老鼠剛被架上立體定位儀、剃完頭毛，學生剛畫下第一刀；雖然麻醉了，不過老鼠的眼睛還是睜開的看著這世界。我拿起擺在旁邊小盒子內的電極仔細地檢視了一下，做工還算可以，有照著我教的規矩來，沒有失掉我設計時的原意。

「好啦，走吧。」淑媚忽然間就出現在我身旁，雖然只是輕聲一句，還是把聚精會神看著電極的我和剛拿起骨剪的學生都嚇了一跳。我放下電極，跟學生比了個讚的手勢，轉身向淑媚點了點頭，準備跟著她離開。

「你有開車嗎？」

「有。」

「太好了，那你順便載我去中和那家特力屋買幾個收納櫃。」

「妳自己沒開車過來？」

「送修了，還沒好。」

淑娟沒有直接走出去，而是先挪步到實驗桌旁邊，跟正用著骨剪剝開老鼠頭蓋骨的學生叮嚀了幾句之後才揪著我一起出門。電梯裡，我們很自然地背對著鏡子並肩站著，拒絕看到自己的老態，假裝歲月像年輕的時候那樣無憂地閒適。出了大樓側門，才發現雖然在裡面只待了約莫半小時的時間，原先耀眼的陽光卻已經被烏雲遮去了大半，不過微透的金黃仍然有著悶熱的餘韻。

淑娟走了沒幾步，還是決定從包包中拿出一把小洋傘。撐開後，就在兩個人之間自然地隔出一道距離；也因為這道忽然出現的距離，讓兩個人又靜默地並排走了段路。直到過了鐘樓，才適應了那道忽然增加的距離所帶來的疏離感。

「離婚談得怎樣？」

「應該下週就會簽了。」

「雯雯的監護權給誰？」

「給我。不過，也十七歲了，給誰也沒什麼差別。是她自己選的，倒不是因為我，而是她想陪外婆。」

「喔，雯雯還好吧？」

「這麼多年了，她說她知道這是遲早的事情，也說支持我。」

「那就好。」

「不說這個了。李忠明今天找你幹嘛？」

「他拿了份『學術論文生產公司』的客戶明細資料給我，要我代替他上媒體爆料。」

「蛤？論文生產公司？」

「是的。Nature、Science 五百萬，Cell 四百萬，其他期刊按排名順序可議價，主題可以客製化。划算吧！」

「真的假的，這麼貴？」

「花個兩、三千萬生出幾篇高檔論文然後撈個院士校長的名器用用，應該很划算吧。而且，有多家合法登記的公司發票可以彈性配合各種名目的核銷，保證絕對符合公家審計規範。也就是說，花計畫裡面的錢就可以買到，不用掏自己的腰包。」

「真的假的？可信度高嗎？」說完，淑媚好奇地停了下來轉頭看著我，我也跟著停下來轉過頭去看著她；剛好，視線一越過淑媚，就看到那片已經夷成土丘工地的洞洞館遺址。

「應該是真的，之前我在處理T大案子的時候，就有幾個不同管道的人傳來同樣的東西，看起來是假不了。不過當時我沒辦法進一步求證，所以一直都沒有公開提起這件事。因為那些製造出來的論文弄得很細膩，連原始的數據都造得漂漂亮亮的，如果光看那些論文的內容甚或是檢查那些表面上所謂的原始資料，我都覺得很難找到漏洞說他們造假。」

淑媚又回過頭繼續往前走，但是踱著比剛剛慢些的步伐，不到幾公尺，她略微偏搖了一下頭，邊走邊問說：「那你又怎麼認定那些的確是假的？」

「直覺。當然啦，他那份客戶明細是重要的線索，裡面完整地記載了那些看起來無懈可擊的圖表與資料是用什麼手法產生的，像是用什麼細胞株的萃取物去替代本來的細胞株，或是用什麼組織檢體的切片去冒充本來該切的那些，諸如此類的。另外，裡面還有一些訂單明細、製作過程的來回討論信件，以及發票、匯款與交件的紀錄。同樣的，我也不知道那些信件、單據與紀錄的真假；不過，我大概也沒有辦法真得去求證說那些東西到底是真的還是假的就是了。」

「直覺不可靠，你不要淌這趟混水。」淑媚在下樓梯前對著我很清楚而堅定地說完這句，然後收起手中的小洋傘，放入包包，再先我一步走下地下停車場。

「我知道，李忠明只是想拿我當墊腳石。他手上一定有些更決定性的東西，但必須要有人先幫他把事情炒大，等到所有關鍵人士都被逼到檯面上而我開始師老兵疲的時候，他才會以救世主的角色出場，亮出手上的王牌，接收所有的光環。」

「真的假的，講得好像你看過他的劇本似的。」下了樓梯，淑媚停下來等我引導車子停放的方向。

「也是直覺，就我對這個人的了解。」說完，我指了指左邊。沒了小洋傘的阻隔，兩個人就變成以並肩的方式走著。

「以前他跟我住同一棟宿舍，他在樓上，我在樓下。不過因為同寢室的阿光是他的直屬學弟，所以他常到寢室找我們幾個一起去吃消夜，那時候就熟。後來我唸博士班的時候，他剛好在美國拿到博士學位回來，就在我隔壁的實驗室做博士後，就又更熟了些。所以，我知道，他會是以這個樣子來處理事情的人。」

「這麼多年過去了，會變吧？」

「很難吧，個性。他一開口就是那個調調，海派中含有酸味，沒什麼變。不過，倒不是因為他想拿我當墊腳石我才不想淌這趟混水，而是，從上次T大事件之後的整個局勢發展看起來，我在想，去捅這樣一個馬蜂窩，對這個社會究竟是好還是不好？比如說，一個有問題的校長下去了，但是換了一個有同樣問題的校長上來，結果，什麼都沒有改變，只是多了一些更擾民的紙上作業而已。」

「唉，不要酸你自己的母校。這也是沒辦法的事情啊，目前這個圈子裡的平均水準就只有這樣子而已，也不是說出來個聖人一下子就能夠提升得了的。算了，你已經盡力了就好。」

「不應該是這樣子的。其實，這陣子我一直在想，現在這種狀況反而是最糟糕的狀況。就是說，花了那麼大的勁、動員了那麼多的人力去揭發，結果大老依然是大老，假的論文依然被當作是真的繼續被引用。這樣我們之前做的那些報導啊、連署啊，不就變成了讓大家對於學術界更寒心的那根稻草了嗎！事情不應該是這樣子的啊！」

我開了副駕駛座的車門，要淑媚先坐進去，她送給我一個帶有優越感而欣然接受的微笑，很嫵媚地鑽進車內。那瞬間，像極了那天阿嬌要坐進車內的姿態。

等我也坐定了將車子發動，淑媚才開口回應說：「唉，也沒那麼嚴重啦，那些人沒那麼偉大啦，這世界上大部分的人都還是很努力的在工作啊，像我就是啊！我還是很努力的在做研究、寫計畫、寫論文，沒什麼差別。」

「是啊，像妳這麼努力的人，不應該一年只拿一百萬不到的這種小規格的計畫而已，是吧？」

「我沒那麼大野心，能做做實驗、給學生一些工讀費就好。」

「妳是與世無爭，不過其他有實力、有野心的那些也很努力的人，應該就很有差吧！這世界被壞人污走太多資源了。」

「我們都不是救世主，也都沒有能力去扮演那樣的角色，放過自己吧。」

「是啊，我的確正在想放過自己的方式。」邊說我邊放下車窗，伸出悠遊卡嗶了聲、付了費，等柵欄升起後，踩油門上坡，離開T大這個紅塵，隨即就又遁入車水馬龍的另一個紅塵。

「怎麼放？」

「休個假。把課調一調，騰個兩週淨空的時間，按照自己想像中的方式去渡個假。」

「咦，你不是剛去花蓮渡完假回來？」

「妳怎麼知道？我應該沒有在臉書聲張吧。」

「美靜昨天晚上在她的臉書貼了不少照片，砂卡礑步道的、燕子口步道的、白楊步道的，好多啊！雖然都是她獨自入鏡，但看起來不是自拍，而且那個畫面品質很專業，不像是一般手機拍的；取景風格呢，也很像你的，就是那種極度講究人物跟風景面積的比例那種，所以我猜你應該有跟著去。」

淑媚促狹地輕笑了一聲，接著說：「而且我猜，應該是只有你們兩個人一起去而已。」

「怎麼猜的？」

「以前美靜貼這些出去玩的照片，總會有幾張是跟她的姪女啊、朋友啊或是爸媽一起拍的，但這次的不一樣，都是獨照，沒有秀出有別人一起入鏡的畫面。所以我猜，應該沒有其他人同行。」

「好，柯南小姐，算妳厲害，看得出我的攝影風格。」

「是齁，所以我看每張照片中的美靜都笑得特別燦爛。」淑媚用起挖苦的語調故意高聲地說：「到時候結婚要通知我喔，不准太低調。」

「靠，妳說到哪裡去了，結婚。要結婚也是等妳離完婚之後找妳結，比較有可能，是吧？」

「三八，我在跟你說真的。」

「我也在跟妳說真的。」

我的確是說真的。哪天如果我真的跟淑媚結婚了，我自己應該會覺得很理所當然而且不會有任何突兀的感覺吧！而且我猜，淑媚大概也會這麼認為。

我們大學的時候同校不同系，不過都是生醫相關的類科，因此大一、大二的時候有幾門課是在一起上課，見面算頻繁；我們也待過同樣的社團，一起在家教社值過接電話的班，也因為這樣，我們就像同班同學似地熟了起來；期中、期末考的時候，偶爾還會一起去圖書館唸唸書。所以在認識阿嬌之前，大概在大三的時候，我曾經認真地考慮過是不是要追求她，但是在決策拍板之前，她就被一個醫學系的男生追走了；後來阿嬌出現，我開始談戀愛了，她卻剛好跟她的醫學系男朋友分手。

大學畢業後，我為了追阿嬌、她為了逃避情傷，所以兩個人都到了U大同一個研究所唸碩士班。結果碩一上剛結束，阿嬌就不告而別，而在我還處於傷心階段的時候，淑娟就又被她同實驗室的學長追走。碩士畢業後我服完兵役，重回到T大母校唸博士班，淑娟則是先留在U大實驗室當兩年助理後，又決定於同一個研究所再繼續攻讀博士學位。雖然此時我們的距離拉遠了，不過偶爾也會在一些同學們聚會的場合中一起吃個飯、看個電影之類的，彼此的生日也都會互送個小禮物。結果到了博三的時候，她居然和這個交往長達六年的學長男友分手了，當時的我因為是孤家寡人一個，所以是我跑了超多趟U大聽她訴苦、抱怨她自己坎坷的情路，陪她走過那段怨天尤人的日子。

也在那個時候，我們才都發現原來兩個人那麼談得來，互動自然到無需掩飾自己的情緒，所以我又重新考慮是不是就乾脆把她追起來算了。但結果就那麼八點檔的超唬爛地，她那個初戀的醫學系男朋友一退伍又回過頭來找她，在我決定要真正表態之前，她搶先一步來問我她該怎麼辦，要不要接受這個正在U大隔壁醫院當住院醫師的前男友的復合哀求？那時候我想想自己只是一個窮學生，實在沒什麼條件跟一個教學醫院裡面的醫生比拼，只好強顏歡笑的極力贊成。就這樣，他們又在一起了，等到淑娟一畢業，他們就結婚了。

因此我覺得淑媚後來在婚姻生活裡所受到的那些苦，好像我也應該要負點責任；某種程度，也算是我在關鍵時刻把她推入火坑的。

然後，這就是命運。我在淑媚的婚禮中發現，當時我隔壁實驗室新來的助理小姐美晴也出席了她的婚禮，原來美晴要叫淑媚表姐；也因著這層關係，我和美晴就迅速的熟稔了起來，最後論及婚嫁。而我的婚姻在正要開始前就因為美晴的出家觸了礁，而淑媚的婚姻則在婆媳問題與老公外遇的雙重夾攻下，一直於陰陰暗暗的天涯中苦撐。某種程度，我們兩個都算是在婚姻裡的天涯淪落人，因此在往後的近二十年裡，我們一直保持著密切的聯絡，兩個人的腦袋中都裝了彼此倒過來的大量垃圾，也都在彼此傾倒垃圾的過程中，獲得了一些與命運妥協或是對抗的支持力量。

不像阿嬌與美晴帶給我的那種「就是要」的熱情，淑媚擔任的，是與我在生命中相互取暖的慢火角色；相信對她而言的我，亦如是。

「你很三八耶！」

「好吧，我很三八。」

「跟你說正經的。就一個表姐的身份來講，我是很感激你對我們家美靜的照顧；但如果就『我是你的朋友』的身份來說，我覺得你對美靜實在是很殘忍。」

「哇靠，『殘忍』，有這麼嚴重喔？」

「你不要裝傻。所有人都看得出來美靜有多麼的喜歡你，所有人也都看得出來你對我們家美靜有多麼的體貼；我實在搞不懂你耶，你到底在想什麼，把我們家美靜的青春就這樣地一直耽擱在那邊，還在這邊給我裝傻！美晴出家都這麼久了，不可能還俗了；好啦，即便說她今天忽然還俗了，人生都這麼久了，你跟她是還會再有什麼可能呢？她之前自私過一次拋下了你，如果再回來，她一定不會再自私第二次又霸佔你，我相信她一定會很贊成你跟美靜兩個人在一起的。」

「妳要我怎麼說呢？好啦，說個更三八的，如果妳下週離完婚那天我請妳吃完大餐，然後我再帶妳去旅館開個房間聊個天，我相信最後我們一定會聊到床上去；但是我跟美靜出去玩的這三天，兩天住宿的晚上我都到她房間裡聊到三更半夜，結果最後我都是衣冠整齊的撐到最後回去隔壁房間睡覺，連她的床舖邊緣都沒有碰到。是啊，我知道美靜很喜歡我，我真的知道啊；美靜很漂亮、很迷人，我也是這樣認為的啊！妳說我喜不喜歡美靜，說實話，我很喜歡她啊！是啊，我為她做這麼多、付出這麼多，難道只是因為她是美晴的妹妹嗎？不是啊！我知道，大部分都是為了美靜，只是因為我喜歡美靜，這毋庸置疑，我自己也知道啊！只是，好，再說個超級三八的，妳不要生氣，就是，如果下週妳願意跟我上床的話，我在床上的表現一定不會讓妳失望；但是，如果妳要美靜今天晚上脫光了衣服站在我面前，我跟妳說，我一定沒有能力讓什麼事情發生，即便吃藥也沒有用。就是說，有時候我自己也搞不清楚，妳知道嗎，我搞不清楚美靜究竟是美晴的妹妹，還是我自己的妹妹，妳懂嗎？」

車子剛好下了中正橋，在紅燈前停下。時間也好像乍然停止，好像兩個人忽然浸入了絕對靜寂的湖水之中，連氣泡都浮不上去的那種悶沉之境。

「吼，你真的是，有夠三八誒！算了，不跟你說了。」隨著綠燈亮起，一顆氣泡倏忽的冒出湖面。

不過，接下來，她真的就不說話了，一直到我們進了大賣場的停車場。

這不是我們第一次爭辯美靜的問題，只是沒想到這次我講得這麼直白，連我自己都嚇了一跳，怎麼會拿淑媚來舉出這樣的例子呢？如果要告我性騷擾的話，光是「床上」這兩個字，那是一定可以成立的。

一個男老師在學校教書，這類跟性有關的遣詞用字是需要非常小心警戒的，我一直都很注意這一點，幾乎已經內化成自我的小警總那樣地注意，沒想到在這樣孤男寡女的狹小空間移動中，我會變得如此不受控制的放肆！是因為跟我獨處的人是淑媚嗎？雖然我跟淑媚熟到果實都要落地了，但是以前只有我跟她兩個人在密閉車廂內共處的機會多的是，每次我都是依循心中小警總的制約檢查才出口，沒有印象有哪次像今天這樣踰矩過？難道，是因為她在嚷嚷了這麼多年之後，終於下定決心付諸行動的要離婚了，致使，我，不小心顯露出內心一直存在的潛意識？

不過從她「算了，不跟你說了」開始，一直到我停好車的沿途靜默中，我不時小心地偷偷瞟視她的神情，還好看到的她雖然表情嚴肅，但並不是生氣的那種，而是像在深深思考什麼難解的課題那樣地嚴肅；就像是，我們在寫篇數據其實介於支持與不支持之間的論文，當下的表情。

第八章

「在孔恩《科學革命的結構》一書中，最重要的概念是『典範』。所謂的典範常是指某一經典的實驗或是經由此一實驗所延展出的概念及方法，它可能包涵了定律，實驗工具以及方法和解釋的邏輯。某一行的典範可以提供給這一行的科學家們必需的理論依據和實驗方法。但更重要的是，典範提供了可供研究的問題，並且暗示了解答存在的必然性，而在典範下工作的科學家們的任務就是將這些暗藏的謎底解出，以達到精鍊典範的目的。這樣的解謎工作，是常態科學的主要面貌，亦即大部分科學活動的目的並不在於創造新的東西，而只是對典範負責而已。

沒有一個典範是十全十美、無懈可擊的。因此當常態科學穩定發展一段時期之後，必然會累積一些典範無法解釋的異常現象。當這些異常現象累積至相當的程度，原有的典範已無法經由一些修改的程序而繼續維持其地位，許多新的典範便起而競爭。當新的典範脫穎而出時，就是一次科學革命的完成。新典範的建立，其重要的意義，不只是一個更廣泛有力的研究依據，更在於一個新的世界觀的形成，這就是孔恩重要的『不可共量性』的觀念。由此並可導知，科學的發展並非是一種漸進且連續的過程，而是跳躍的質變。

同樣的，我們也可以這樣想，在每個人青春中，最重要的概念是『感情』。所謂的感情常是指某一次深刻的戀愛或是經由此次戀愛所延展出來的相處及對待模式，它可能包涵了生活，工作、精神和肉體的互動等各種型態。每一種感情型態可以提供給陷在裡面的人們必需的生活支柱和工作動力。但更重要的是，感情提供了可供思考生命意義的問題，並且暗示了解答存在的必然性，而在感情下活著的人們的任務就是將這些暗藏的謎底解出，以達到精鍊感情的目的。這樣的解謎工作，是感情生活的主要面貌，亦即大部分跟感情有關的活動之目的並不在於創造新的生命意義，而只是對感情負責而已。

沒有一段感情是十全十美、無懈可擊的。因此當感情生活穩定發展一段時期之後，必然會累積一些在感情裡無法釋懷的異常現象。當這些異常現象累積至相當的程度，原有的感情已無法經由一些修改的程序而繼續維持其支配生命的地位，許多新的感情便起而競爭。當新的感情脫穎而出時，就是一次移情別戀的完成。新感情的建立，其重要的意義，不只是一個更廣泛有力的生活依據，更在於一個新的人生觀的形成，這就是感情裡重要的『不可共量性』的觀念。由此並可以導知，感情的發展並非是一種漸進而且連續的過程，而是跳躍的質變。

不過最後孔恩論證說，通過革命的新典範能保證科學的進步。但在這裡我就只能以開放的語句問說：通過革命的新感情觀能保證對生命看法的進步嗎？」

淑媚聽得一愣一愣的，瞪大了眼睛以一種不可置信的，就像是忽然聽說明天開始所有的研究計畫都無條件的照案通過那樣地不可置信的表情，看著我。跟前天晚上在花蓮港旁邊的旅館內，美靜聽到我說同樣的這個橋段當時的表情差不多；雖然只是表姐妹，表情到了某一種誇張程度的時候，神韻上還是很雷同的。

「我如果年輕個十歲，大概也會被你騙去，你喔！還好不夠帥。」怔愣了五秒鐘之後，淑媚掙著苦笑冒出了這一句。

「我沒有騙妳們。我的典範革命一直沒有成功，或許有許多新的典範起而競爭，但是沒有一個能夠脫穎而出的。不過，這跟帥不帥沒關係。」我把最後那支萬用拖把努力地塞到後座僅存的縫隙中，算是結束了今天的大採購。

原先只是說要買幾個收納櫃，結果淑媚越逛越起勁，加上有個貨運司機兼搬運工隨侍在側，所以除了預定的收納櫃之外，最後的戰利品還包括淨水器、床墊、車內吸塵器、地墊、蓮蓬頭、抱枕、曬衣架、門簾、萬用拖把，還加上一支輕巧的手持式電鑽；她說，這把可以在老鼠手術時用來鑽骨頭試試看。

兩個多小時的時間我就推著推車陪她在賣場內來回地遊走，讓她有充分的時間猶豫、決定、推翻、再猶豫、又決定的把架上的商品拿下來、放回去、再拿下來放到推車上。由於長時間我就處於這種無所事事的陪侍狀態，加上剛剛在車上說出了那樣不得體的急促發言，所以陪著她在貨架間漫遊的同時，我就主動的說起前兩天我跟美靜在花蓮聊天時的一些話題；一方面藉以反映我跟美靜之間的相處狀況，一方面也用來試探她對於我在車上的發言是否感到生氣。

「就像妳要我放下美晴，但是『放下』，在相當程度的意涵上，就像是計算神經訊號時，對於那些無法理出頭緒的數值，統一用『雜訊』來加以看待一樣。一旦決定將某項數值歸類到雜訊時，那瞬間就會湧現好像終於擺脫了什麼似地舒坦，以鬆了一口氣的方式，樂觀地看到去除雜訊之後所浮現的參數間關係。是啊，總是得丟掉一些包袱，才顯得出某些隱含的規律；只是這個純淨的規律來自於刻意地丟掉，所以在實用上，這個純淨的規律就一定會遇到格格不入的困境。所以，說放下者，即非放下。」

「美靜聽得懂嗎？你平常也是用這樣的套路跟她說話嗎？她不是做科學的，會不會聽不懂你的比喻啊？」

「美靜沒有叫我放下，所以我不用跟她說這些。」我關上車門，以一種不知道是舒坦於今天採購任務的結束，還是慶幸我不用對美靜解釋放下的意涵之輕鬆的語氣說著。

「你真的是，唉，小時候都不知道你這麼有學問，都不跟我這麼引經據典的聊，好讓我崇拜一下。」

淑媚蹙眉的笑著說。聽了，我也跟著笑了笑，確認了今天的威脅解除，說了「接下來有的是機會」就隨手幫她開了副駕駛座的車門，讓她再送給我一個帶有優越感而欣然接受的微笑鑽進車內。那瞬間，還是有著跟阿嬌一樣的優雅。

由於已經下午五點多了，想說還要幫淑媚載這批貨回到台北市的蛋黃區，幫她卸完貨搬運上去，時間超過六點半一定是跑不掉的；算起來，是不可能在七點半之前趕回東部的家吃飯了。還好昨天晚上確認過今天芸芸小妹妹會乖乖地在傍晚就回家陪小姑姑，所以我不用擔心要趕回家陪著美靜的問題。因此在發動車子之前，我先發給簡訊給美靜和芸芸，說了我今天會晚點回去，不用等我吃晚餐。

「忙嗎？」淑媚看我忽然間掏出手機按呀按的，好奇地問了一句。

「沒有，就發個簡訊給美靜，說我今天不回家吃晚飯。」按下送出鍵之後，又補了一句：「算算時間，一定來不及七點半回到家吃飯。」

「美靜每天煮嗎？」

「差不多。她就很規律的五點半下班，去超市買個菜，然後就回家煮。她手腳很快，兩個小時買菜兼煮飯就搞定。六、日偶爾會去大菜市場買些更新鮮的材料加加菜那樣。」

「好羨慕喔！我也好想跟美靜一起住！」

「房間有。四層樓，目前用了一二三層，四樓有個套房只是當客房在用，如果妳OK，我當然OK。」

才一說完就驚覺到，五天前我也跟阿嬌說了同樣的話。同一時間，也生出了一個理性上來說應該不會發生的問題：如果阿嬌和淑媚此時都接受這個提議的話，那房間要怎麼安排呢？是在頂樓加蓋個隔間自己摸摸鼻子上去住，還是乾脆再換個大一點的房子？

或是，美靜、阿嬌、淑媚三個人當中有一個搬過來主臥室跟我一起，睡？

「你應該要先問問美靜的意見吧？」淑媚的聲音讓我的心臟不由自主的怦然地加大了一下跳動的力道，像是正在偷偷摸摸做什麼見不得人的事情忽然被捉包了那樣。

「為什麼？還好吧，房子是我的。」在心臟尚未回復平穩之前，就隨口應答了一句。

「但她算是，怎麼說呢？半個女主人。」淑媚的聲音聽起來很認真，不像是在開玩笑。

「哈，好吧，就現狀來說，是這樣沒錯。不過，我想，應該還是OK吧。」不想讓這件事情再繼續認真的被討論下去，就下了個好像是結論的說法。

但是，話一說完，卻讓我驚了個更大的覺！這四句完全是五天前我跟阿嬌的對話啊！

「那這樣我們算是以什麼樣的關係住在一起呢？」一聽完，我更毛了。只得趕快發動車子，無意識地拋了句：「重要嗎？」

「重要。」淑媚更認真地說。

「不重要，如果妳真得想要過來住，那就不重要。關係，只是人詮釋出來的。」

「那你希望我們是什麼關係？」

「不然妳嫁給我好了。」車子開始滑行，我好像也開始脫離了五天前的那段對話的糾纏。

「三八。」

「好吧，我很三八。」

三八歸三八，但我感覺得出來今天我跟淑媚都有種奇特的放開，不管是言語上的或是肢體上的互動。像是剛剛在賣場內，有幾次她湊近過來要我幫她看看標籤或是摸摸質地什麼的，就很自然地以那種全然不設防的角度依靠過來，使得她胸前的雙峰無可避免地貼到了我的手臂；然而她彷彿無知覺般的，也可能是有知覺但全然不避諱的繼續貼靠著，隨著講話時胸部呼吸的起伏，讓兩個人的身軀局部而韻律的摩擦著；雖然隔著彼此的衣服，但淑媚豐韻的肉體誘惑，仍然強烈而真實。

以前不是沒有過這種不經意的碰觸過，但是都在雙方隨即生出的警覺之下，很快的就當作沒事般的技巧性彈開。而今天，不只是她，連我都失去了這種本能般的警覺，讓兩個人就這樣在零距離之下毫無防備的緊貼摩挲。會是跟淑媚即將重獲的自由有關嗎？如果是，那，這麼多年以來鎖在我們兩個人之間的，究竟是什麼樣的假裝？等等到了她家以後，或是等到下週她離婚的那一天，我會跟她像是跟阿嬌那樣地，在久別重逢了各自本來的內心之後，就自然而然地到床上擁抱敘舊？

出了停車場，又再度遁進了車水馬龍的紅塵。忽地升高的喧囂打斷了我的綺麗遐想，也讓褲襠中不自覺的膨脹反應消復，我也才意識到淑媚仍然這麼近距離的坐在我旁邊；如果剛剛的膨脹繼續下去而且被她看到的話，那尷尬就大了。但是在慶幸避免尷尬的同一時間，心底的另一個聲音也跟著跑出來有點遺憾地說：如果就讓淑媚看到我剛剛高漲的情慾，或許她也會像阿嬌那樣全然地放開接受我喔！

好像真得有那麼一點可惜！

「高虞嬌上週回來找過我。」可惜的念頭一出來，嘴巴居然就自動吐出了這句。

「什麼，高虞嬌？」

「是啊，高虞嬌。好久的名字了，是不是。結果見完面之後就接連的出現怪事，包括今天我跟李忠明的見面。這幾天的事情說來話長，其實今天我也是想找妳聊聊這些怪事，聽聽妳的意見。」說真的，我是想略過阿嬌這一段，只是沒想到一開口居然繼續加碼。

「那等等先繞去公館那邊，我們買些吃的東西回家，邊吃邊聊。我媽今天不在，沒人煮晚飯。」一下子聽的我心猿意馬起來，又是只有兩個人同處在一個屋子裡面了嗎？「雯雯今天沒有補習，我得早點帶吃的回家，所以就不請你在外面吃大餐了，今天的搬運工資就下次再結算囉。」我的心猿意馬還晃不到兩下，就被淑媚接著說完的話潑了一頭冷水地回到思無邪。

途中淑媚接到了雯雯的來電，依據小姐頒布的餐點指令，所以我們又臨時從公館將車開到捷運忠孝新生站附近買了雯雯指定款，才轉回到淑媚位於蛋黃區的家。折騰了一陣子把滿車的東西從地下停車場抬上十五樓的家裡擺好，期間為了扶住淑媚差點失手掉下來的床墊，冷不防的手肘又扎扎實實地靠貼在淑媚左邊的乳房之上；雖然我又開始心猿意馬，但淑媚仍然不以為意的當作沒事。還好雯雯回來了，一聲「舅舅」把我從下午開始就不斷失序的心神，硬是拉回到正常的現實。

淑媚是獨生女，沒有兄弟姐妹，所以她就讓雯雯叫我「舅舅」。她說，這樣我就算是她娘家的自己人，感覺起來比較親近；如果叫「叔叔」的話，就變成是從她老公那邊算起來的輩份，感覺很疏遠。本來她也在考慮是不是讓雯雯叫我「表姨丈」，不管是因為美晴或是美靜，這個稱謂都好像比較符合現實；但是她又覺得那樣的話，聽起來算是隔了一層關係的姻親，感覺上就變得只能很有禮貌的揖讓而升那樣地不自在。所以最後她還是決定要雯雯叫我「舅舅」好了。

「舅舅」跟「姊夫」都是很親近的親人稱謂，那是一家人的概念。雖然這兩個稱謂所代表的意義，把我跟淑媚與美靜之間的距離都拉到家人般的緊密圈之內；但是這兩個在事實上都只是虛擬的稱謂，某種程度也剝奪了我跟這兩位迷人的女人之間一些相處的自由。至少，讓我跟她們之間不若我跟阿嬌之間那樣地自由。

包括享用雯雯帶回來的飯後甜點，這頓飯一直吃到晚上快十點，因此回到美靜所在的那個家的時候，時間已經是晚上十一點多了。一進門，就看到美靜坐在客廳裡看著電視，仍是穿著那件平常家居的白色T恤，雙腳攏曲地縮放在沙發上成斜靠的姿態，讓略為受到擠壓的乳峰顯得比平常圓潤些，搶了我一進門的目光。不過只是停留一瞬間，旋即被她輕柔的問候聲拉向她甜美的唇弧。

「回來啦，吃過了嗎？」

「嗯，晚上在淑媚家吃過了。」

「喔，你今天是去表姐家啊？」

「順便而已。昨天晚上接到一個學長的電話邀約，所以中午去了一趟台北。因為就在T大附近，下午也就順便到淑媚的實驗室晃晃。本來只是想跟她打個招呼聊一下就好，結果被她抓公差載她去採買兼運貨，所以乾脆在她家吃個飯。多聊了一下，所以才這麼晚。」

「喔，表姐還好嗎？上次回家聽我媽說，表姐跟表姐夫好像在談離婚。」

「還好吧，還是能說能笑的。她說，就下禮拜簽字，重獲自由。」

美靜忽然站起身來走向廚房，邊走邊問說：「那雯雯呢？」

「跟淑媚。」

「那就好。」

我進了浴室上個洗手間，一出來美靜剛好也從廚房端了杯剛泡好的菊花茶走出來，在客廳桌上把茶放下，笑著對我說：「今天我同事送的，他們家自己做的，很香，你嚐嚐看。不過剛泡的，很燙，要小心喔。」

她站在那邊等著，我走過去，拿起杯子喝了一小口，配合個讚賞的微笑說：「的確，很香。」美靜微了一個略為露齒的笑，一貫輕柔地說：「那我先去睡囉，晚安！」

平常她是十一點就會就寢的人，今天晚了半小時，顯然，她在等我回來；而我，回來了。

喝完溫暖的菊花茶，隨意看了一下重播可能不下數百次的「賭神」；這是必要的，此刻我需要一些單調的背景聲響和畫面，不然就無法從風塵僕僕中抓回一個擠得出理性分析的腦袋。就這樣，洗個澡之後已經凌晨一點半了，在這個沐浴後肉體舒爽的當下，忽然有個想要上樓去躺在美靜身旁抱抱她的念頭冒出；不是因為什麼高漲的情慾，而是，我需要有個可以絕對放心、絕對單純的依靠，讓我拋掉這兩天惱人、煩人、誘人的種種，在這個當下。

我真的順著這個念頭走上了樓去，在美靜的房間門口站了一下。我知道房門沒鎖，那是我要求的，好避免在那萬分之一可能的緊急救援時刻發生阻礙。我杵在門口想著，如果此時開了門進去，躡足輕聲地走到床緣躺上去再從背後輕輕地抱住她，她會在第一時間就知道是我而靜默地接受嗎？還是，受到驚嚇地高聲尖叫，引來同住的兩個小朋友衝出來救援小姑姑？顯然後者的可能性大多了。在理性分析下，我默默的走下樓去，進了書房，開了電腦，看看已經一整天沒開的電子信箱。

最新的一封是淑媚寄來的，半夜一點發的信，寫了下週辦理協議離婚的確定日期。她還特別寫說當天就會到戶政機關辦好離婚登記，要我先找好晚餐的餐廳，信末還特別加註：純吃飯慶祝，不需要訂房間。看完，我會心地笑了，隨即簡短的回了「恭喜，並遵照辦理。」

信發出後，原本的放心又變得有些擔心，下週這頓晚餐之後，這個女人會以什麼樣的角色重新介入我的生命呢？而在賣場中那幾句跟阿嬌一模一樣的對話，到底是巧合還是寓有更不可測的深意？這樣的擔心在腦袋中還轉不到幾秒，淑媚就又回了封信過來，只寫了一個字，「乖」。一時間不曉得在這個深夜裡要以什麼樣的身份繼續跟她抬槓，以老朋友、以準追求者，或者已經是情人的姿態？想不通，索性就此打住，沒有接著再回信。

繼續看看那些未讀的信件表列，在一堆廣告垃圾郵件中有兩封比較搶眼的，一封是T院士寄來的，一封則是李忠明的。T院士的信中寫說我對於上週五會議中他所提的事情一定存在著某種誤會，他不希望因此而錯失一個為國舉才的重要契機，所以想再跟我約個時間，單獨見面好好談談。李忠明的信中則是附了一個檔案大到無法直接夾帶，需要用到雲端連結才能夠下載的文件；打開一看，就是昨天中午見面時他的手指不時敲啊敲地那疊造假客戶的明細資料，洋洋灑灑數百頁。李忠明說，先給我參考參考，希望我能儘快給他答覆，他還特別強調說，如果我這兩天能夠先耐心的看完整疊資料，應該就會有不得不幹的義憤填膺了。

我站起來，在書房內來回踱步了幾圈，一下子理不出個回信的頭緒。只好走到客廳，拿起桌上那個還有菊花茶包的杯子，到廚房去回沖了一下熱水。在菊花茶香的溫潤協助下，回到電腦前坐定，繼續凝神地思考對策。

收到這兩封信其實並不意外，內容大體上跟我晚上與淑媚在她家聊天時所猜想的沒有多大差別。我們都認為這一兩天之內一定會再收到這兩個人寄給我的見面邀約，而李忠明應該會先給我些東西來加強他找我的正當性，只是沒想到是這麼完整的一大本。

淑媚給我的建議是強力的拒絕，不管是對那一方。我何嘗不是這麼想，但是李忠明所說的那些我一定會兩面不是人的被捲入，這套說詞其實不算浮誇；會以那樣的方式逼我，說不上是什麼高深的謀略，如果我是真得想偵辦這件事情的檢方，大概也會很自然地朝這些方向思考。

而上週五那兩位院士所帶來的大陣仗與不斷加碼的金錢，讓我相信阿嬌所說的他們會給我個大學校長當當的條件，很可能在後續的見面時就會秀出來。而這些是蘿蔔，如果不成，那棍子可想而知一定會接著使出；也就是說，阿嬌所謂的「如果接下來要對付你，就不會只是意思意思的查查帳而已。」會是我接下來的困境。這部分可能會比李忠明宣稱的檢方動作來得更難招架，因為我還在台灣的學術體系裡討生活，某種程度，我算陷入了有如明朝的文人李贄那般的困境。

這是淑媚說的。

「我覺得你有點像《萬曆十五年》裡面寫的那個李贄耶。你等我一下。」說到這裡，淑媚起身跑到客廳那一牆落地書櫃中找了找，拿出那本已經有點泛黃的《萬曆十五年》翻啊翻的，然後唸出這一段：「『李贄的難言之隱在於他強烈地抨擊了這些人物以後，他還是不得不依賴這些被抨擊者的接濟生活。』很像吧，對不對？」

「照妳這麼說的話」，我暫停說話，伸出手去拿了淑媚手中的書，翻了幾頁，就翻到了我記憶中的情節，「那我是不是也得用同一招『李贄說到他所以落髮，”則因家中閒雜人等時時望我歸去，又時時不遠千里來迫我，以俗事強我，故我剃髮以示不歸。俗事亦決然不肯與理也“』，跟他一樣剃髮為僧，擺脫這些眼看甩也甩不掉的糾纏？」

「你嗎？你行嗎？」

「我」，本來想開口說些抬槓的俏皮話跟她哈拉一下，結果「我」這個字才冒出來，腦中立即就出現了「美晴」兩個字，霎時把所有語句都堵塞在大腦皮層而無法下降到嘴巴，只剩一口氣不受節制地自行迅速嘆出。

淑媚立刻察覺了我的異狀並迅即猜測到這樣異狀的來由，馬上接口說：「我是說，出家是有志於大修行者的決心，不是用來逃避挑戰的藉口。所以啊，你看起來沒有大修行者的決心，也不是個遇事就逃避責任的人，所以不會像李贄那樣的出家吧！」

我笑了笑，感謝她的體貼，隨即就振作起來。事情都過去那麼久了，實在沒有理由這麼衰弱地只是說到「出家」這個概念就控制不了情緒。但我這般沒來由的悲傷，究竟是為了失去美晴的我，還是為了那個離開了我的美晴？或者，不是為了我、也不是為了美晴，而是為了那個很抽象的：我們之間？

忽然地就聯想到，應該是一個月以前吧，在辦公室內聽一位已經畢業好幾年的學生哭得唏哩嘩啦地訴說她最近在感情和理想上抉擇的困擾。我很清楚她的問題所在，因為類似的情節，我在很久之前的年輕時才恍如昨日般的在某人身上經歷過。但是在幫她清楚解析的時候，我越說越感到懷疑，那一個在某人身上經歷過的年輕的我，叫作「我」嗎？我是不是還是昨日的那個我，或者就本質上來說，現在的我，已經不等同於昨日的那個我了？

在我送走那位已經畢業好幾年的學生之後，我想起了美晴、美靜、阿嬌、淑娟這幾個跟「我」都親近過的某人，在她們各自的心思中，那個我以為是「我」的樣子，應該就像孔恩在《科學革命的結構》一書中所說的「不可共量性」那樣的不可共量吧。

關於我，主導權皆不在我；想起來，還是詩人周夢蝶說得好：

【難就難在『我』最丟難掉
一如藕有藕絲，蓮盅盛著蓮子
更無論打在葉上，梗上
那一記愁似一記
沒來由，也沒次第的秋雨】

也許現在適合我的，不是那個出家的李贄，而是黃仁宇筆下的另外兩個明朝人物：首輔申時行或是古怪的模範官僚，海瑞。

我在書桌旁的四層櫃裡很快的就找到這本書，猶豫了一下，還是先翻開扉頁，上面有娟秀的筆跡寫著「給漢雄，虞嬌，一九九〇／〇七／〇一」。怔愣了幾秒鐘，我拿起手機，按下那個標著「虞嬌」的號碼，一如預想中的失望，傳來的，仍是深夜裡的空號播報聲。我收拾一下情緒，翻到〈首輔申時行〉那一章，其中有一段是這樣寫的：

「首輔申時行雖然提倡誠意，他對理想與事實的脱節，卻有一番深切的認識。他把人們口頭上公認的理想稱為『陽』，而把人們不能告人的私慾稱為『陰』。調和陰陽是一件複雜的工作，所以他公開表示，他所期望的不外是『不肖者猶知忌憚，而賢者有所依歸』。達到這個低標準，已經需要一番奮鬥，如果把目標定得更高，那就不是實事求是了。」

這樣地在「調和陰陽」之下辛苦的奮鬥，即便是像海瑞那樣執法不阿的剛毅文官，仍然不能免俗：「這樣看來，海瑞並不是完全不懂得陰陽之道的精微深奧。他陽求罷免，陰向管理人事的官員要挾：如果你們真的敢於罷黜我這樣一個有聲望的、以諍諫而名著天下的忠臣，你們必然不容於輿論；如果不敢罷黜我，那就請你們分派給我能夠實際負責的官職。」黃仁宇先生在談海瑞的那一章，是這樣子敘述他的。

我又再度站起身來，在書房四周到處繞啊繞的，還是無法下個比較明確的決定。時間已經是半夜兩點二十分了，儘管白天算是緊湊忙碌了一天，但是此時仍然毫無睡意。一口喝完杯中剩下的菊花茶，本來想再去加加熱開水，走到廚房忽然想到冰箱裡應該還有兩罐啤酒，便隨手拿了一罐再回到書房中。正準備開罐時又想到如果在睡前沒多久的此刻乾了這一罐，晚上的睡眠鐵定會被尿意分割成片段，就又走回廚房，將啤酒放回去，改成拿出架子上的那瓶竹葉青。

原先只是想倒個一點小酌一下，結果一失手，倒出了比原本預期中的多了快三倍。不過已經這麼深夜了，也好，喝一喝，剛好微醺助眠也不錯，就沒有將多出的酒倒回去，直接邊走邊喝的進了書房。

李贄嗎？或是申時行？還是海瑞？我再翻了翻書本，裡面還有一位孤獨的將領，戚繼光。「他從來不做不可能做到的事，但是在可能的範圍內，他已經做到至矣盡矣。」黃仁宇在書中是這麼評論他的。

再一口把剩下的酒喝完，沒幾秒，身子就開始有些飄飄然。這感覺一出來的時候，我首先想到的是應該估算一下到底血液的流速要到達什麼樣的速度，才有辦法在幾秒鐘之內將酒精送到大腦作用？但隨即又想到不能只估算血液流速，得先要算算小腸吸收的效率才對；但是在酒精到達小腸之前，胃裡面應該也會吸收一部份吧？那，這要怎麼估計呢？

一遇到這個顯然需要再去翻翻書本的生理學難題，在飄飄然之下就算了，讓它隨風遠去。腦袋隨即就不受指揮地切換到今年初的國道一號西螺休息站，一位約四十出頭的陌生男子忽然走過來問我是不是陳漢雄，在我帶著戒心簡短問了有什麼事情之後，他隨即接著說只是很感謝我為台灣學術界所做的努力。

接著畫面又跳串到上個月帶學生參加比賽時，在休息區內一位我不認識的大會裁判，忽然走過來跟我握手打招呼，他說他特地在比賽之前先過來跟我致意一下，感謝我在Sci-M月刊為台灣學術界所努力的一切。再度切換的畫面則是跳到兩週前於學校舉行的活動會場中，起初是一個我不認識的部會官員前來跟我致意，接著T大、C大、P大幾個只有點頭之交的不熟朋友，也都主動前來與我攀談致意，都是因為我在Sci-M月刊那段期間所做的事情。

距離我第一次接到人在美國的學弟寄給我有關於T大論文造假的資料，開始發表第一篇評論已經兩年多了，沒想到這麼久的時間過去了，居然還有路人甲乙丙記得我做了這件事情，倒是令我蠻驚訝的。想到這裡，飄飄然的感覺又更飄飄然了。

起身走到廚房，拿了架子上的竹葉青再倒一些，雖然全身都在飄飄然中，但是份量拿捏得還算準，倒出了預期中的一小杯。應該不會醉吧，我的竹葉青之安全攝取量應該是三百毫升，前一杯加上這一杯，也約莫才警戒值一半的飲量而已；雖然，這三百毫升的酒量實測時間，已經是二十年前的事情了。

坐回到電腦前，想著，我會是海瑞嗎？或是戚繼光？不管怎樣，應該不會是申時行，也不想成為李贄了。

又一口把酒喝完，當下就寫了封信回給李忠明，說基本上我願意協助這件事情，但細節得要後天中午在同樣的地方見面後再詳談；也回了封信給T院士，把我在上週五翻桌走人之前所說的話再寫一遍，婉拒他的邀約，也算是決絕的跟一億八千萬與一個大學校長的頭銜說掰掰。

兩封信都送出後，原本一整晚壓在心頭的那種萬曆十五年式的蒼涼蕭瑟，在飄飄然之下倏忽地就變成了慷慨激昂，頗像兩年前我公開寫這段話時候的心情：「如果十年之後我們再回過頭來看看今日的此事，我希望是我們在二〇一七年的春天，成功地為台灣學術界築起了公義之牆，保護著所有對白然好奇的雞蛋。」

慷慨激昂的心情僅僅是一下子。沒有了敲鍵盤、按滑鼠的聲音，在小鎮半夜三點零五分的深夜裡，四周靜寂到像是進入了絕對零度的狀態，所有物質內的組成粒子都停止了振動，純粹地零到連內心都完全的虛無。這是「空」的境界嗎？我閉起眼睛，想要屏除光線帶來的干擾好更深層的去感受「空」，沒想到在眼瞼之內卻浮出了一個更繽紛的五彩世界，從一開始幾乎沒有任何顏色重複的細瑣碎形，漸漸像是揭開序幕般地往視野八方的邊緣退去，現出了一座矗立在空曠荒野中的寺廟。

寺廟裡好像擠滿了人，以至於有許多人是擠在廟門口踮著腳尖極力的想往內看。顯然我距離寺廟門口還有一大段距離，而且那個叫做「我」的感覺，好像是以趴在地上的高度仰著頭往前望。其實，那個「我」是不是一個人我也不知道，或許連人都不是，「我」只是匍匐在地上的一隻狗、一隻貓，甚或是盤捲不動的一條蛇。儘管如此，「我」還是可以清楚地聽到從寺廟裡面傳來如洪鐘般響亮的聲音：

「不是風動，不是幡動，仁者心動。」

其實用「洪鐘般響亮」來形容並不是很精準，因為就物理上空氣振動的狀況來說，在頻率和強度上並不是平常印象中對「洪鐘般」那種雄厚又宏亮的音感，而是微弱到甚至是有些遙遠的隔離感。但是在聽到這句話的當下，心中所響起的如共鳴般的迴盪，卻在一次又一次的環繞周身後膨脹、越來越顯得雄厚宏亮，直至膨脹到我的軀殼無法容納之後再傳送出去；而且那個傳送出去的能量之大，無盡到像是可以布達至任何叫做世界盡頭的地方。

但是儘管趴在地上仰望的那個「我」承轉了這句話到難以想像之遠的地方，但是那個「我」並無法理解這句話的語音轉換成文字之後的意涵；倒是像個基地台似地，轉傳訊號而不解碼，只不過「我」這個基地台還有個叫做「我」的意識而已。

後來我說話了，話聲發出的同時，身邊忽然生出了一顆菩提樹；感覺不到有風，但樹葉是擺動的。我說：「我看到了，原來如此」，妳笑了笑，心中生出一朵蓮花，然後說：「你到菩提樹下等著，我的車已經到了，我得先走了，如果風回來吹得樹搖動的時候，那就是我回家的時候。」

聽完，才發現在荒野中的寺廟不見了，那句話洪鐘般的音聲也不見了，這個世界回到了進入絕對零度的靜寂，所有物質內的組成粒子都停止了振動，純粹地零到內心都完全虛無。

我睜開眼，看到牆上的時鐘，仍然是深夜的三點零五分。

第九章

可能不是時間在壁上的掛鐘內靜止，那第二眼所見到的三點零五分應該只是自以為清醒的夢境而已。

是美靜在清晨接近五點的時候過來把我搖醒的。她說她剛剛起來上廁所，從門縫底下看到外面有燈光透進來，想說是不是我睡覺前忘了關燈，於是下樓看看，就發現我趴在書桌上睡著了。

被她搖醒之後，我才算真實地回到這個世界。由於趴睡的姿勢不良，醒過來想要起身的時候才發現右手和右腳麻痛的很厲害，在踉蹌的當下，美靜毫不猶豫地伸出手從腋下環抱著扶我起身。

除了之前幾次緊急送她就醫的時候扶過或抱過她以外，這是第一次，我們兩個人在意識皆清楚的非緊急狀況下軀體如此地靠近。儘管隔著兩個人居家的單薄衣著，美靜肉體的柔彈與溫度仍然真實而強力地透送過來；特別是胸罩內的乳房在有些力道的壓貼之下所產生的既緊緻又膨軟的感覺，與她的頭髮和肌膚所揉散出來的淡香，交織成讓人無法招架的催情靈藥，不僅使得原本還有些混沌睡意的腦子幡然清醒，也充分激昂了褲襠裡的肉慾。

這些經由美靜女體所帶出來的春情活力，迅速蓋過了手腳的疼痛甚至是四肢的所有感覺，好像那只是兩對無關緊要的附肢而已，重點在不斷被灌注能量進去的海綿體。雖然我立即反射式的緊縮小腹、略為彎身的隱藏褲襠內突如其來的暴衝，不過休閒短褲的質地沒什麼有力的阻絕效果，在這麼貼身靠近而且美靜又低頭小心看著我的步伐的同時，我想，她也一定看到了我激昂的窘境。

我從她在某一個時刻緊扶著我腋下胸廓的掌心力道之細微變化，感覺得出來她在看到那團膨脹的時候之瞬間猶豫。不過那樣瞬間的猶豫比一隻貓的逃逸還快速地就被她自己克服了，甚至掌心還加點力道的抓持著我，讓我能夠往左側更傾斜一些，好拉高身體右邊離地的高度，以空出更餘裕的空間拖著不聽使喚的右腳前進。這樣的姿勢無可避免的一定會更緊密兩個人肉體之間的貼合，但顯然地美靜已經決定無視這個部分的尷尬，繼續以毫無戒心的自然，完全依從扶持我的需要緊緊地抱著我。

儘管單邊的手麻腳麻，但真的說要靠自己的力量起身，單腳跳到客廳的沙發上坐下，其實是不成問題的。不過此刻我毫無自主行動的念頭冒出，甘心於只是美靜操縱下的魁儡，任憑她的掌心決定我命運行進的方向。

「昨天夜裡喝不少酒喔？」把我撐到客廳的沙發上放下，美靜邊幫我塞好靠腰墊邊問說。

「酒味很重嗎？」我急著將身邊的抱枕也抓過來蓋住仍然腫脹的褲襠，邊隨口回問。

「沒有，一點點而已。鍵盤邊有個酒杯，那個味道比較重。」美靜假裝沒看到我急欲蓋住的那團腫脹，自如地說。

「喔，沒喝多，兩杯而已。本來想喝啤酒，抬頭看到竹葉青，就隨手拿下來喝了一些。」蓋好了，回答就比較從容些。

「沒事吧？」

「還好，麻痛有點退了。」

「我是說喝酒，有什麼煩心的事情嗎？」

「沒有，就只是剛好看到。」

「我去泡杯熱茶給你好了。」

看著走到廚房的美靜，再看看時間，心裡開始愧疚了起來。清晨五點，距離美靜平常起床的時間還有一個半小時，也就是說，我剝奪了她一個半小時的睡眠時間。

美靜拿過來一壺泡好的烏龍茶，倒了一杯放在桌上，輕聲地說：「很燙，等等再喝。」她抬起頭看看時間，又問說：「還是你要進房再睡一下？」

「不了，今天早上九點有課。」

「那，我去弄個早餐好了。你要吃蛋餅嗎？我昨天有買一包餅皮。」

「好啊！」

美靜很幸福的笑了，溫婉地燦爛，像是漸漸亮起的天光擁抱這個世界的滿足那樣地燦爛。

喝了杯熱茶，調息了一陣子，在沙發上舒服地伸展開來的手腳漸漸消退了麻痛，也恢復了該有的知覺。我起身走到廚房門口，看著美靜手腳俐落的料理著早餐，除了剛剛才起鍋的蛋餅之外，還拿了醃漬好的兩片里肌肉接著放下去煎。看到我站在門口，她微微地笑了笑，說：「已經可以走了啊！剛好，蛋餅煎好了，先拿出去吃吧，肉片還要再等等。」

我走進去，端起放在流理台上裝著蛋餅的盤子到外面餐桌上，沒有隨即坐下來吃，還是走回到廚房門口，倚在門邊看著她。美靜看到我又回來佇足在那裡，就邊鏟著肉片邊說：「蛋餅可以先吃啊。」我笑笑說「一起吃」，美靜轉過頭，給了我一個很認真的燦爛笑容，燦爛到窗外的太陽都跟著泛出金光，然後清晰明澈地說「好」。

我望著回過頭去繼續看顧肉片的美靜，在這個當下我眼前的畫面：美靜，還有美靜所在的整個廚房，集合成了一幅詮釋幸福的具體意象。感動頓時從胸口湧起，直衝到了眼眶差點滿溢成潰堤的眼淚。我往前走了兩步，距離很近地站在她的側後方。美靜知道我靠近，但並沒有轉過頭來看我，只是繼續帶著微笑翻著肉片；那肉片已經整面著上了醬燒的棕黃色澤，顯然是可以起鍋的熟度了。

「先煎兩片我們吃。芸芸跟小傑今天早上都沒課，一定都會很晚起床，晚上回來我再做給他們吃。」美靜把肉片鏟到盤子上，端出廚房時，邊走邊笑著對我說。

她一直都帶著微笑，很燦爛，我看得很幸福。

擺上桌之後，她又走進廚房拿出電鍋裡剛熱過的鮮乳，幫我倒了一杯，自己也倒了一杯再坐下來；跟平常日一樣，我們沿著餐桌直角的兩邊坐著，她習慣坐在我的右前方；因為早上只有我們兩個人同桌，又只有兩盤餐點，所以她也比平常四人同桌時多捱近我一些。我先咬了一口蛋餅，故意放慢速度細細的咀嚼，很紳士般地吞下後，立即給了美靜一句簡短有力的「好吃」；她一聽，又更燦爛地笑了，連窗外的小鳥都跟著附和地歌頌著。

我開始後悔在昨天夜裡所送出的那兩封信，那兩封信可能會剝奪掉我此刻所享有的寧靜與美好的幸福。世事紛擾，總有個脫身之道吧？現在想不出來，也許明天就可以想出來了，我昨夜怎麼會那樣魯莽地故作瀟灑的就寄出去呢？

喝酒誤事，看來，的確是！

在繼續緩慢咀嚼那片蛋餅的過程中，我想著，如果連這個教職都放棄了，我還能夠拿什麼維生？我在想，即便沒了這個工作，我的狀況應該還不至於太糟糕：沒有結婚、沒有小孩要養，家裡其他親人的工作與收入都還算不錯，也沒有任何需要我幫忙的地方；芸芸和小傑畢業後就會搬出去，而這棟房子就在學校附近，屆時把房子的隔間改一改，應該很容易把其中兩層樓租出去，這樣的話，即便找不到其他工作，靠著租金大概也還過得去。況且，我應該不是那種其它工作都找不到的人，也還沒有到達那種其它工作都做不動的年紀。

「怎麼了嗎？」美靜收起了微笑，用帶著點憂心的語氣問我。顯然，我在剛剛分神的思索間，沒有掩飾好臉部的表情，一不小心就讓嚴肅二字爬上面容。

「喔，沒有，我是在想，這個週末要不要把事情排開，再跟妳一起出去走走？上次去花蓮，這次我們就西部找個景點好了；交通上選擇比較多，往返比較輕鬆。住個一天就好，妳就不用額外請假。」

「還是我們兩個人嗎？要不要問問芸芸和小傑要不要一起去？」

「不用，跟上次一樣，就我們兩個人。」

「喔，好，那我來想一下地點。」

美靜又笑了，燦爛到早晨的陽光跟著大亮，完全不像上週出遊前夕那樣的不安與憂慮。

說完，我自己覺得有點錯愕，為什麼會突然脫口而出再一次的旅遊邀約？我確定這樣的念頭，在剛剛出口之前完全不存在於我的腦子裡面。或許只是被美靜忽然憂心忡忡地問說「怎麼了嗎」所自然導引出來的安撫作為，也可能是稍早之前被美靜的女體所喚醒的某種潛意識在作祟。但不管真實的動機為何，能夠換得美靜又綻放出燦爛的笑容，就是一件值得傾城的事情。

這個笑容我錯過很久了，今天，『對我而言整個時代像是繞了一個很大的一圈，彷彿又回到最初的那個起點上』，跟小野在《蛹之生》復刻版的序言中說的一樣。

我很慢的吃著這頓早餐，完全不像以前在五分鐘之內就解決那樣地急促。我開始後悔起之前在每一頓早餐甚至是每一頓晚餐所浪費的時光，那些在匆匆之間就吃完而浪費掉的和美靜於餐桌上共同細細品嚐人生的時光。

『慧可曰：「我心未寧，乞師與安。」
祖曰：「將心來，與汝安。」
慧可良久曰：「覓心了不可得。」
祖曰：「我與汝安心竟。」』

我們在六點半的時候結束了這頓早餐，也決定了週六的旅遊地點是鹿港。但是美靜又說也好想到日月潭走走，所以我就建議說那還是跟上週一樣，週五下午請個假，有個兩天半的假期，一天到日月潭、一天到鹿港。她笑了，像個期待好久的遠足終於成行了的小學生那樣地高興說「好」。

我們沒有討論到要訂幾個房間，我只是在離開餐桌前提到，這次要不要奢侈一點，兩晚都找個五星級飯店訂個高檔一點的房間享受一下有錢人的享受；美靜稍微停愣了一下，隨即笑著說「嗯，好像也不錯，我考慮考慮」。這個回答時的笑一樣很燦爛，不過是在甜美溫婉的語調中隱隱閃爍著幸福的那種燦爛。

開車送她去上班，回到學校之後距離上課還有半小時，開了電腦看了一下信件。李忠明跟T院士都還沒有回信，倒是淑媚又來了封信，說她下週的離婚手續應該會在上午就辦好，所以她想跟我改約成午餐，因為晚餐要跟媽媽還有女兒一起吃。信末還PS說下週重獲自由之後，她想找一天到我這邊考察一下環境，再考慮要不要搬過來。

雖然我立即回信說「1. OK；2. 歡迎。」但是，居然開始忐忑起，如果她真的要搬來住，怎麼辦？這完全沒有可能嗎，其實也未必。淑媚年輕的時候偶爾會有人來瘋的任性，說要就是要，好幾次還把場面搞得很僵。我覺得她婚後跟婆婆的關係不好，也許跟這點個性有關吧；話說，新婦初來乍到的進了婆家，初期只要犯了一兩次被視為頂撞的言行，就會像印痕一樣的被記住，那之後要翻身都很困難了。

算了，上課鐘響了，再說吧，總會有個可以讓船直的橋頭在最後蹦出來。

在十二點下課前五分鐘，因為喝酒所帶來的麻煩馬上就到了。T院士一個人站在我授課教室外的走廊，不是很顯眼的位置，但是可以讓我一眼就看到的角度。我故意延遲個五分鐘下課，T院士還是獨自一個人雙手交叉抱胸的站在那邊往我教室裡面看；目光不是對著我，而是望著學生。看起來他是獨自一個人過來的，如果是這樣，那等等在應對上可能更為棘手。

無法拖太久，學生們已經開始蠢蠢欲動不耐煩的發出各種細細碎碎的聲音；畢竟，中午吃飯的時間到了。

「陳老師，上課很精采啊，我看都沒有學生睡覺，很難得。」一放學生出門，T院士就走進教室直接堵住我。

「院士好，您怎麼過來了？」

「我看了你半夜回給我的信，有些東西我想一定得要當面跟你談談。中午有空吧？一起吃個飯，如何？」

「吃飯不好談事情，如果您不介意，我們就先談談之後再吃飯吧。」

「也好，去哪裡談？」

「我辦公室好了，比較沒有干擾。」

「可以。」

我領著T院士往系館走，途中遇到我的大學部專題生，就臨時抓公差請他到學校門口幫我買兩杯咖啡。一路上，我都略微走在前頭，兩個人並沒有交談，一直到進了我的辦公室。

「不簡單啊！一整牆都是文史方面的書籍，完全不像是一個唸生物的人會擺的東西。」

T院士駐足在其中一櫃，目光快速的整排掃過，說：「錢穆的書你看得多喔？」

「市面上買得到的都讀過了，大概四十幾本。」我也站到那一櫃書前面，看了一下我的年少：「我在大三的時候第一次讀了錢穆先生的《中國歷代政治得失》，算是這本書開啟了我對人文的興趣，所以後來就陸陸續續讀了他四十幾本著作。」

「後來我在碩士班期間讀了黃仁宇先生的《萬曆十五年》，心中所受的衝擊大概就跟初次閱讀《中國歷代政治得失》差不多，也就又蒐購起他的著作，把黃仁宇先生的東西也都讀得差不多了。」我指著旁邊另一個櫃子裡面的書說著。

那個一直在讀各種不務正業的書的年紀，已經好久了，大概從我碩士班一年級到博士班二年級吧！那四年，算是我人生閱讀的全盛時期。我想，當時的我，心情上應該有些像蘇秦，覺得可以開始去遊說諸侯了。「期年，以出揣摩，曰：『此可以說當世之君矣。』」，只是這麼多年之後，無君可說，倒是常常說到讓學生睡著。

「真是不簡單，像這本。」T院士在另一個櫃子的玻璃門上敲了敲，算是指著裡面那本《就業、利息和貨幣的一般理論》，接著說：「經濟系的學生都未必讀得下這一本。」

那是凱因斯的書，這麼多年之後，書中寫的是什麼我大概都忘了，只剩下記得書中序言裡的一段：「我們大多數人都是在舊的學院中薰陶出來的，舊學院已深入我們的心靈，所以困難不在新學院本身，而在於擺脫舊學院。」

T院士大概因為沒有聽到預期中我回應的聲音，就轉過頭來對我說：「看了你這一整牆的書，我大概了解了你為什麼會這麼做。」

我拉了椅子過來請院士坐下，剛好學生也將咖啡送進來。T院士示意我先將門關上，我照做了之後，兩個人才坐定下來。

「我就開門見山的說，等等談的不是私人要不要的問題，而是公共利益跟國家發展的問題。」

我沒有答腔，身體往座椅的左側扶手靠著，右手擱在桌上，抬起頭，用想像中應該很銳利的眼神直視著他，盡可能的穩住臉部的肌肉，不要讓面容出現什麼特別的表情。在那瞬間，我希望有模仿到《教父》第二集中，麥可在跟黑幫對手談判的神情。

T院士停了一下觀察我的反應，跟我的眼神對峙了一兩秒；在確認了我的沉默之後，他只好接著說：「看來，應該在上週我寫信給你之前，你就有聽到一些風聲吧？」

我仍然沒有答腔，只是把目光下移到桌上的咖啡杯，伸出右手掌環握著它，但沒有拿起來，只是稍微用手指撥動，讓它在原地自轉了一圈。

「我兩次親自過來，已經是很大的善意了。我不知道你之前聽到的東西究竟是什麼，但是我希望你不要先入為主的就認為，我肯這麼做是為了什麼見不得人的企圖。」T院士顯然對於我的沉默感到不耐煩，語氣顯得略為高昂而急促。

「那我也開門見山的說，中字輩以上的學校加四年期三億的計畫。」

「什麼？」

「中字輩以上的學校加四年期四億。」

「你在說什麼？」

「條件。如果您要裝傻的話也沒關係，那就再加碼了。台清交成四選一、四年期五億，兩者，缺一不可。」

「我不知道你在說什麼！」

「那就沒有談的必要了。」

T院士睜大了眼睛，不可置信的一直瞪著我，臉上原本鬆垮的皮膚因為忽然皺眉的凝聚，變成了一疊參差堆著的書。

我用眼角瞄了一下那個充滿驚懼和敵意的目光，沒有打算正面用眼神回擊，就繼續看著我的咖啡杯。過了兩秒，用右手單手打開蓋子，拿起它，喝了一口，放下，繼續靜默地看著咖啡杯。

又這樣在雙方的安靜中耗掉了十幾秒。然後，T院士也伸出手拿起他的咖啡，打開杯子上蓋的開口，沾吸了一下，但沒有放回桌上，用左手繼續拿著咖啡杯靠在胸口附近。

「好、好、好，這樣啊！」T院士恢復原本沉穩自信的聲音，回到中等速度的吐出他口中的文字，臉上露出一抹像是在嘲笑別人、同時也是在嘲笑自己的輕蔑微笑，接著說：「所以你的確知道了一些東西。但是很可惜，只知道了一半。」說完，T院士忽然又舉起咖啡，不過在送到嘴邊之前，又冒出了一句：「甚至不到一半，大概三分之一吧。」

我不置可否的緩慢點著頭，算是送出了「我聽到了」的訊息，但是仍然沒有注視著他，只是繼續用右手撥動咖啡杯，表示我沒有打算說話。

語。T院士在我沉默的時候喝了一口咖啡，直到他吞下肚以後，我仍然是沒有特別表情的不

「我猜，你聽到的，應該是規模在六千人以下的學校，是吧？」

「台清交成。」

T院士忽然大笑了起來，說：「年輕人啊，談判不是這樣子談的；一下子就把條件押到超過行情的水準，你是要談什麼？」

「那就不用談了，反正，我只是想證實而已。」我又把咖啡杯撥了一圈，面無表情的接著說：「我不年輕了，院士，我大學同學今年都當阿公了。」

T院士瞬間又變臉成嚴肅的面孔，凝重的瞪著我說：「陳教授，你可能還不知道，你舅舅跟我是高中同學。前陣子我們高中同學會的時候，他還跟我提起你。」

「我知道，那是我表舅，我母親的表弟。他跟我提過您。」

「所以你還是年輕人啊。看在我跟你舅舅的這層關係上，我還是想跟你講完今天我原本要跟你說的事情，就麻煩你有點耐心的聽完，可以嗎？」

「請講。」

「我知道你在之前幾件事情上面算是付出了不少的代價，就私人的立場來說，我算是佩服你。而你那個計畫的確寫得很好，團隊也組得很強，確實是個值得支持的計畫，如果不是之前的那些風風雨雨，計畫應該早就在執行了。所以上週五我提出的那些跟經費有關的條件，某種程度來說，我並沒有很複雜的目的，因為就科學上的理由，我真的是樂觀其成。

你要知道，當初他們並不同意給這麼多錢，是我極力要求加碼的，因為我認為那個計畫值得。」

「他們？是誰？」我好奇地抬頭問了一句。

「先不急，等等再說。我想先說的是，就衡量一個科學家的標準來看，你的確是個正直又有能力的科學家，照道理來說，應該是這個國家的重要人才，應該要賦予更多的經費和更重的責任才對，是吧，你自己應該不否認吧？」

我回到低頭看著杯子的姿勢，沒有承認也沒有否認地不答腔，也沒有任何相關的肢體動作。T院士嘆了口氣，忽然站起身來，走到旁邊他剛剛佇足的那幾個書櫃前面看了一下，拿出一本《萬曆十五年》。

「這應該是改版過的吧？跟我之前讀的版本印刷不一樣。」

「是的，之前一本借給人家之後沒還回來，所以又補了一本新的。」

「你覺得海瑞這個人如何？」

「您就明講吧，直接就說您要跟我講的事情。我不想在這裡討論歷史。」

「年輕人，有點耐心。」T院士把書塞回去櫃子裡面，回到座位，擺上一個德高望重的坐姿，接著說：「明朝的海瑞跟現在的你，或許有那麼點相似的地方。」

他停了一下，端起咖啡喝了一口，繼續說：「就忠臣的道德高度與知識份子的責任心來說，海瑞無疑是個讀書人的典範；但是就國家的整體利益與社會的進步發展而言，海瑞也無疑是塊擋在路上的大石頭。如果你細讀過這本《萬曆十五年》，應該可以同意我這樣說吧？」

我繼續看著咖啡杯，繼續用手指撥轉它，沒有任何回話的打算。

「你自己在 Sci-M 寫過一篇文章，我記得是在談神經科學作為政府公共投資的事情，舉的例子是美國在人類基因體計畫中每投入1塊錢，就為美國的經濟創造出一百四十塊錢的價值。但是你在另一篇文章又說，台灣的政府對於新藥研發的投資要更審慎評估，因為新藥研發公司能夠吸納的就業人口其實不多，政府的錢用來投資農林漁牧以及機電相關的製造業，所能夠創造的就業機會遠比新藥研發來得多，是吧？」

我略微點點頭，仍然沒說話。

「你不覺得自己在兩篇文章裡面的論點互相矛盾嗎？」

「您到底想說什麼？在這裡討論我那兩篇評論應該跟收買我無關吧？」

「不是收買。這就是我剛剛說的，你知道的甚至不到一半，大概只有三分之一的意思。」

「重金加高位，如果不叫做收買，難道要叫『禮賢下士』嗎？」

「就是禮賢下士。」

「我自己是什麼咖我自己知道，說是被嫌棄的『嫌』可能還適當些吧。」

「你說的也對，用那個『嫌』來取代原本的『賢』，就那筆重金和那個位置的用意來說，都對。」

我發出了微弱的氣音笑聲，算是有點輕蔑的挑釁意味。T院士也回敬了一個氣音笑聲，站起來，又從剛剛那個書櫃中將那本《萬曆十五年》拿出來。翻到敘述海瑞的那一章，唸了這一段：

「一五六七年年初隆慶皇帝登極，海瑞被釋出獄。對他的安排立即成了文淵閣大學士和吏部尚書的一個難題。他的聲望已為整個帝國所公認。他當然是極端的廉潔，極端的誠實，然而從另外一個角度來看，也可能就是極端的粗線條，極端的喜歡吹毛求疵。這樣的人不會相信為人處世應該有陰陽的分別，他肯定會用他自己古怪的標準要求部下和上司。對他應該怎麼分派呢？看來比較穩妥的辦法是讓他升官而不讓他負實際的責任。」

「你懂了嗎？」T院士闔上書本，放在自己的腿上，以高瞻遠矚的悠揚語氣問著。

我深吸了一口氣，盡可能不讓自己的情緒顯露出來，繼續無言地看著T院士。

「不過我和明朝那些文淵閣大學士與吏部尚書還是有點不一樣；我更積極些，我希望你能夠學著怎麼負實際的責任。」

「我知道我不是醬缸裡面的料，這點您就不用費心了。」

「知識份子如果都像你這種脾氣，那這個國家是沒有機會進步的。」T院士將書本放到桌上，回到那個翹腳坐著的睥睨姿態，繼續倚老賣老地說：「你那篇談新藥研發的就業人數是錯的。是啊，一家新藥研發公司了不起員工上百人，台中隨便一家機械工廠員工都比它多；但事情不是這麼看的，要整體看，不是看單獨一間公司而已。就像台積電，你說台積電的影響力只是它單獨一家台積電而已嗎？你要把他的上下游協力廠商，甚至是供應他們廠區裡面餐廳蔬菜水果的供應商也算進來才對，那個整體加起來才是台積電對台灣真正的影響力。」

T院士在換口氣的瞬間瞄了我一下，大概看我沒什麼特別的表情，所以換了個較為誠懇的語氣繼續說：「新藥研發從化合物合成、細胞與動物模式、毒理分析一直到臨床實驗，需要多少人才的投入啊？有化學的、生物的、獸醫的、藥理的、醫學的、統計的、法律的甚至還有保險的，這中間可以產生多少家CRO、多少家這種委託研究機構的成立啊？然後這些過程所使用的耗材、設備又需要多少廠商的供應啊？這些都是就業人口啊！你如果要算政府支持一家新藥研發公司的投資效益，要這樣算，不是只看這家公司賺不賺錢、這家公司有多少員工，而是，它能夠帶動這麼多耶！更何況，即便最後新藥研發失敗，但是過程中的這些CRO公司、這些耗材與設備的供應商還是可以因此而站起來，繼續經營，你懂吧？」

「這跟收買我有什麼關係？」

「年輕人啊，不要那麼沉不住氣好不好？」T院士拿起咖啡喝了一小口，輕咳了一聲算是清清喉嚨，繼續說：「你就耐心點，先聽我說完。我說啊，如果你同意我剛剛說的，要整體來看，好，那我問你，如果台灣只有一家新藥研發公司，或是說，雖然很多家，但是每家新藥研發公司五年之內都只有單一個新藥在發展，你說，那些CRO公司和耗材設備廠商能夠在台灣生根發展嗎？如果我們的新藥研發能量只有這麼一點本事，台灣有辦法搞出一個像半導體那樣的生技研究聚落嗎？」

「所以您的意思是說，既然新藥研發失敗了也能夠帶動台灣生技產業聚落的發展，所以公部門就可以包容造假，甚至是鼓勵造假的來製造台灣有能力創造很多發展中的新藥，是嗎？」我坐直了身子，以迎戰的姿態，正面直視著T院士說。

「不是包容，也沒有鼓勵，只是，哎，怎麼說呢？」T院士在我以正面的挺直坐姿直視著他之後，反而將椅子略微自轉個方向，變成以側面向著我，像是忽然轉過頭去對著那一整牆的書說話：「都照規矩來，政府絕對都照著規矩來。只是公部門需要很小心、很謹慎、考慮很多層面地訂定規矩、執行規矩。你之前批評T大、批評科技部、批評教育部的那些問題，不能說你錯，但是，你說的那些，不管是如何舉發、如何調查、如何懲處、如何揭露，甚至是如何撤稿，這些都是需要考慮到很多的細節，像說很多不同的法律規定不能夠互相抵觸到，還有各個單位的執行人力、物力能不能配合得上，這些都是需要周延考慮的。所以你在罵說哎呦公部門『怎麼那麼慢』、『怎麼不撤稿』，那不是公部門不做，而是公部門需要很小心、很謹慎、考慮很多層面地做，你知道嗎？」

「很小心、很謹慎、考慮很多層面地保護那些造假者嗎？您說的跟我看到的，完全不一樣啊！」我以陰陰沉沉的語調酸酸的回應說。

「所以我說你是海瑞！是啊，倫理道德是必須要遵守的圭臬、剛正執法也是官箴守則的第一條。但那個是原則、是精神、是擺在廟堂之上的信仰，不是嗎？那不是日常！日常，你懂嗎？日常是，每個人每天的生活！每天都需要生活，如果一件事情沒有辦法落實在每天的生活之中，那麼這件事情就註定沒有辦法成功。所以要變通！我不是要你在原則上變通，也不是要你在精神上、在信仰上變通，而只是要你在技術上變通，在實施、在邁向那些原則、精神還有信仰的技術上變通，你懂嗎？那是不牴觸的，跟那些原則、精神、信仰不牴觸的。」

T院士站起來，又走到那一櫃子書之前找了一下，抽出了黃仁宇先生的另外一本書，《赫遜河畔談中國歷史》，翻了翻，然後將書遞給我，指了其中一段說：「你看這裡，就這裡，你看看黃仁宇是怎麼講《周禮》的。」

「我們今日以長時間遠距離的姿態觀測，《周禮》確在很多地方表現當時行政的精髓。其實際作者是誰無關宏旨。倒是王畿千里外有九服的一種觀念，卻只用書中一兩句話，就已解釋得明白。其癥結則是中國的中央權力，在技術尚未展開之際，就先要組織千萬軍民，所以只好先造成理想的數學公式，向下籠罩著過去，很多地方依賴理解能力，不待詳細的實地經驗。」

在我看書的同時，T院士繼續慷慨激昂地說：「看到了嗎？這就是我說的，變通。你說，為什麼黃仁宇會在前一本書中說萬曆十五年是歷史上一部失敗的總記錄？那是因為萬曆皇帝、申時行、張居正、海瑞、戚繼光以及李贄所做的，都是讓理想性太高的傳統在各個層面妨礙了執行技術的進步，所以才變成說，最後都是『無分善惡，統統不能在事實上取得有意義的發展』，就是這樣。懂了嗎？海瑞。」

我把書本放下，不說話，繼續板著面孔看著他；T院士回到正面迎擊我的坐姿，堅定地說：「T大有在查、科技部有在查、教育部也有在查啊，公部門都有在動。當然很遺憾的，學術界的確有不少人偷雞摸狗、投機取巧，但是你不能說，喔，都是公部門縱容、公部門瀆職啊！公部門只是執行的慢一點、處理的小心一點，你不能因為這樣就說公部門失能啊！公部門只是嚴格的依照法律行事而已。那，你說，慢一點、小心一點，有沒有壞處？沒有啊，在我看來，都是好處，為什麼？因為那些造假的終究還是會被抓到，但是你說那些造假的東西對國家有沒有實質上的貢獻？我說，有啊，怎麼沒有！因為重點在那些CRO、那些耗材、那些設備公司，因為操兵的機會多了，那就可以形成台灣的生技聚落了啊！講白一點，真的、假的東西都需要那些CRO、那些耗材、那些設備，所以，慢一點、小心一點，既沒有縱容的問題，也提供了，練兵、成軍的機會。」

T院士稍停了下來，喘了口氣，改用比較緩慢但仍然咄咄逼人的語調說：「實質上來說，一個不造假但在研發過程中失敗的新藥，與一個造假，所以在研發過程中也失敗的新藥，兩者，對國家經濟發展的貢獻程度，一樣。」

第十章

晚上帶了一個鑲嵌藍莓的布朗尼巧克力蛋糕回家。

本來已經回到家了，在停車場停好車之後，忽然想起兩張快要到期的停車費單子未繳，於是下車之後就不進家門，而是先走到附近的超商繳費。途中經過附近的這家巧克力店，因為沒有任何預期中的採購想法，所以一開始站在門口掙扎了一下，最後還是決定進去了。

這家店的巧克力就是巧克力，看著師傅隔著幾乎不存在的玻璃牆專心地工作，基本上，就不會覺得這幾年來不斷出現的食安風暴會跟這裡有任何瓜葛；而且只會想著，那些在櫥窗內完美呈現的深棕色顆粒與厚片，應該只需要在體溫的催化之下，就能夠融入大腦中變成了傳遞愉悅的神經傳導物質。

然而吸引我進去的還是櫃檯邊帶著笑容的女孩。

當她隔著幾乎不存在的另一片玻璃牆，以這裡的巧克力真得非常好吃喔的甜美笑容望著佇足在門口的我，一時間，會讓人覺得，如果不進去店裡面更近距離的聽她比巧克力更能夠轉化成為大腦中傳遞愉悅的神經傳導物質的聲音，那麼，對於每天辛苦工作的自己，就是種傷害，而且是不可原諒的那一種。

不過我仍然記得以一種沒有情緒寫在臉上的莊重面容走進去，那是我在家裡附近活動時習慣保持的樣子。因為不知道會在什麼時候剛好遇見認識你的學生，如果此時，剛好我以極其熱情而且親切的語調與這樣比巧克力更加擄獲人心的美少女說話，那麼，明天我就很難在上課中持續嘮叨學生十分鐘；那是需要威嚴的，而威嚴的樣子是在面對美少女的時候一樣無差別才算。

所以我用上課那種會讓人打瞌睡的莊重語調問了美少女有關於展示櫃裡面的新產品，然後以幾乎不加思索的速度買了那個鑲嵌藍莓的布朗尼巧克力蛋糕。接著，我就趕快離開那個櫃檯走出店外；因為基本上，我相信自己會讓巧克力蛋糕與很溫柔看著巧克力蛋糕的女孩所組成的完美畫面，被中年老男人身上不斷散發出的汗臭味破壞了百分百完美的氣氛。

鑲嵌了藍莓的布朗尼巧克力蛋糕一拎進門，就引起美靜和芸芸的驚呼，雀躍，之後鼓掌。

「姑丈，誰生日啊？不是我啊，你和小姑姑都是三月，我哥是十二月，都不是耶？」

「一定要生日才能吃蛋糕嗎？」我把盒子掀開，又是一陣歡呼鼓掌！

「今天有什麼值得慶祝的事嗎？」美靜帶著比清晨更燦爛的笑容，差點把已經睡覺的太陽又叫起來上班。

「就慶祝買得到蛋糕，所以就買蛋糕囉。」我故作淡定的回應著，但心想這七百五十元花得真是值得，賺到了！

我去上個廁所、洗個手，出來時，芸芸已經把蛋糕分切完畢，不管滿桌還沒有開動的晚餐菜餚，就先大口的吃起了蛋糕；原本待在樓上房間內的小傑，也已經衝下來端了一片站在客廳配著電視吃。

美靜用小盤了分裝了　塊遞給我，繼續以銀河星光的燦爛絕美笑容說：「先嚐嚐飯前甜點吧！」

就這樣，完美的鑲嵌藍莓之布朗尼巧克力蛋糕揭開了完美的晚餐序曲，讓接下來的整個用餐過程充滿了高昂的歡樂氣氛。而我從中午開始被T院士搞得在未寧中走丟了的心，就在一個七百五十元的鑲嵌藍莓之布朗尼巧克力蛋糕的協助之下，重新在混亂中覓得，並將它安放在幸福之境。

幸福的晚餐一直吃到晚上八點半。回到客廳看電視的時候，才想起得要打個電話給學生交代一下我明天不會進實驗室，要他自己先試試看下午在我辦公室所討論的實驗程序是否可行。結果翻遍所有的口袋都找不到手機，才想起來應該是忘在車子上。

跑到停車場拿到手機，一看，有五通未接來電。

其中四通是沒見過的號碼，一通則是淑媚的，兩分鐘前才打來。我立即撥了回電給淑媚，淑媚說，她剛剛看了網路上的即時新聞，爆出一篇T院士的論文涉嫌造假的報導，結果裡面還寫了「據了解，檢舉人是Sci-M月刊前總編輯陳漢雄，但至截稿前尚未聯繫到陳漢雄本人。」淑媚問我到底是怎麼一回事，我說不是我，現在我也一頭霧水地搞不清楚發生了什麼事情，等等我進了家裡面開了電腦詳細看看再說。

我猜，另外那四通不認得號碼的未接來電，應該是記者打過來的查證電話吧！

一進家裡，在門口鞋子都還沒有脫下來，就又接到李忠明打來的電話，問的是同樣的事情；我回了他剛剛我跟淑媚說的一樣的內容，之後就快步地走進書房。大概是聽到了我凝重講著電話的聲音，再加上我之後行色匆匆地快步進了書房，美靜放下手邊正在清洗的鍋子碗盤，走到書房門口輕聲地問：「發生什麼事了嗎？」

「喔，還好，有個奇怪的報導，跟我之前處理的事情有關，我得確認一下。」看著美靜燦爛的笑靨忽然切換成憂心忡忡的皺眉，就覺得，自己果然是T院士口中沉不住氣的年輕人。

「那，好。喔，對了，我週五下午已經請好假了，那週五晚上的日月潭我訂了 LaLu 的湖景套房，週六的鹿港則是訂了 Union 的家居套房。照你的提議，都很高檔喔，但是都很貴耶，我想，我跟你平分費用好了。」美靜恢復了一些笑容，帶點俏皮的語氣說。

我反射式的立即回應：「不用了，我出就好。」

美靜以一個早就知道我一定會這樣回答的先知表情點點頭，「嗯」了一聲轉身離開。走不到兩步又隨即折回來進到書房裡，站在我桌子旁邊小聲地說：「因為你說啊，只有我們兩個人出去玩，所以啊，我沒有跟芸芸講，啊這幾天你自己不要說溜嘴喔！」

看著美靜有點羞赧的輕聲柔語地說著，我也跟著心花朵朵，微笑地用比她更小的音量說：「好，我知道。」

等到美靜回到廚房繼續洗碗洗鍋子的時候，我開始有點懊惱剛剛怎麼沒有一把就將美靜摟入懷中，直接在她耳邊輕聲細語地說；也才想到，雖然沒有明著問，但是在剛剛那樣的對話裡，很顯然的，美靜在兩地的飯店都只有訂了一間房間而已。

這些念頭一冒出來，我才警覺到，清晨美靜毫不猶豫地伸手從腋下環抱扶我起身的時候，那一伸手，好像也同時推倒了一堵在我們兩個人之間的高牆；儘管還有些瓦礫磚塊散佈在地上阻礙著通行，但是，至少已經不是隔絕的狀態了。

想著想著，就感覺到自己的褲襠之內開始蠢蠢欲動；深怕自己忽然按捺不了的出去抱住正在廚房忙著的美靜，只好趕快集中心志，深呼吸了一下，開了網路新聞，看看究竟發生了什麼事情。

最早的一則是在今天下午五點從一個電子媒體的即時新聞版面發出的，在三十分鐘之內，幾家主要平面媒體的電子報也都以即時新聞發出內容大同小異的報導。這些平面媒體的新聞內容都沒有註明引用來源，而且是由他們自己的記者具名上稿。因此從時間序列以及刊登內容上看起來，顯然這多家媒體都是獨立接受來自同一個來源的新聞稿。

就報導的內容看起來，這也不像是一般普通的爆料，而是非常專業的爆料；這裡所說的「專業」是指，在新聞中還秀出了那些造假內容的原始圖片，並且做了精準的註解。

當下我大概就猜到這些內容的出處了。開了昨天晚上李忠明寄給我的檔案，快速瀏覽了一下，很快地就看到跟爆料內容中的原始圖片一樣的東西；從這份檔案所揭露的東西看起來，T院士有問題的東西顯然不止這一篇，在紀錄裡面至少還有三篇。

這真的是一件非常奇怪的事情，究竟有誰會冒我之名爆料這些東西？手中有完整資料的李忠明這一方應該不可能，因為我昨天已經答應幫忙了，他們沒有任何理由需要這樣提早丟出一個冒名的東西；況且，從李忠明剛剛有點氣急敗壞的語氣聽起來，事情顯然非常出乎他們的意料之外。

會是像當初易志名那樣的窩裡反事件嗎？可能性有，但是把我拖下水的目的是什麼？難道阿嬌所說的「鬥爭如果開始，資料還是會有人硬塞給你」指的不是李忠明，而是另有其人？

我再看了那四個我沒有接到的陌生號碼，撥來的時間都集中在下午四點到四點半之間，如果這些都是記者打來採訪的，顯然這個消息大概是在下午三點到四點之間傳送給媒體的。考慮了一下，還是放棄回撥電話求證我的猜想是否正確，畢竟在想清楚應對的策略之前，先避免與媒體接觸是首要原則，免得資訊被斷章取義增添更多麻煩。

我開了電子郵件，發現我沒有回撥電話是對的。裡面有三封不同媒體記者寫來的信，發信時間同樣都集中在下午四點到四點半之間，也都是詢問今天那個爆料裡的證據是不是我提供的，而信末所附的手機號碼就是我手機裡面其中三個未接來電。

才打算先看看其他的公務信件，再回過頭來思考這件事情，示靖就那麼剛好地發了封信過來。打開一看，示靖簡單問我有什麼需要他幫忙的，然後底下附了個PTT的連結。

那則PTT的新聞討論是晚上六點出現在一個學術圈內人才會看的版，結果不到八點，底下的推噓貼文就超過八十則。依照之前T大案的經驗，這則疑似學術造假的新聞僅處於初期的發展階段，在還沒有什麼腥羶色的元素加進來的狀況下，居然會有這麼多人討論，倒是令人感到意外。不過那些貼文看起來，不像是單純鄉民們的意見抒發，而是有著蓄意操作的痕跡；其中有三個帳號顯然是帶風向的人，不斷在裡面透露像八卦又不那麼八卦的真真假假。

直覺上這是有計畫的攻擊，而目前只是第一波。看來我被迫得在今天晚上好好研究一下李忠明寄給我的那堆資料，準備好應付這個不知名的栽贓者接下來的攻擊。

本來想回封信給示靖，要他週六跑一趟我這邊好當面討論，不過立刻想到我跟美靜在週末的旅遊安排，而明後天又都塞滿了事情不方便，只得先作罷與示靖在這幾天見面的念頭。

這件事情實在來得又急又蹊蹺，還是需要有個可以討論給些意見的人。而眼下我能夠放心諮詢的智囊，除了示靖之外，也就只有淑媚了。才拿起手機要撥電話給淑媚的時候，美靜走了進來，端了一杯剛泡開的菊花茶，放在桌上說：「今天喝茶，不要喝酒了。」我說了聲謝謝，美靜回給我一個微笑，很溫暖地。

她回到客廳，坐在沙發上看電視；書房門沒關，我看得到她，她也看得到我。我怔愣了一下，目光擺回電腦螢幕上，忽然覺得那些假不假的東西好煩啊，很想立馬什麼都不管，只需要到客廳坐著，陪著美靜看看電視就好。

我拿起美靜擱在我桌上的菊花茶，喝了一口，然後站起身來，慢慢踱步到了書房門口；美靜意識到我的身影，目光從電視飄移到站在書房門口的我，很含蓄地對著我微微笑了一下；我站著喝了一口茶，對她微微點個頭，然後往回走到書桌前的椅子，坐下。

書房門口有一道無形的結界，我跨不過去。

只得拿起手機撥給淑媚，扼要地說明我對剛剛看到的那些東西的想法，也跟她說了今天中午T院士過來遊說，以及明大中午會到T大附近跟李忠明見面的事情。淑媚先是有點生氣地罵了我一頓，說我自找麻煩，怎麼會答應李忠明；她覺得，今天這個新聞事件一定跟我拒絕了T院士卻答應幫忙李忠明有關。

生氣歸生氣，她還是要我明天跟李忠明見完面之後，去她那邊一趟，當面跟她報告我與李忠明談了什麼。這通電話講得有點久，快四十分鐘，結果被訓斥了一頓又不能還嘴，實在有點鬱悶，就又拿著茶杯起身，邊走邊喝。沒想到在腦子裡還是淑媚聒聒噪噪的說教聲而無法有其他雜念的狀態下，居然就很自然地穿越了那個門口的結界，進入到有著美靜坐著的時空。

我坐到美靜旁邊，雖然隔了還可以塞下一個人的距離，但卻是在同一條沙發上，跟平常我會坐到另一張獨立的單人沙發上不同。雖然背離了平常的習慣，但是整個過程卻沒有任何動作上的遲滯，也沒有在心裡感到任何的不妥，就忽然間很自然地從一種習慣切換到另一種習慣，不需要經歷任何過渡時期的掙扎。

美靜還是習慣性的攏曲雙腳整個人窩在沙發上，身上穿的是一件很淡的粉紅到接近白色的長T恤，長到幾乎蓋住短褲的存在。看起來是新買的衣服，我以前沒見她穿過。對於我改變習慣的跟她坐在同一條沙發上，美靜沒有什麼額外的反應，只是在我坐下的瞬間轉過頭來朝我微笑了一下，就又繼續回過頭去看著電視；在她的視線轉換之間，臉上也沒有一絲絲足以察覺得出來的異狀。

我邊喝茶邊跟著她一起看電視，那是個介紹日本京都的旅遊節目，美靜看得很專注，專注到像是螢幕上的山水花影正在客廳裡流掠，而她就是那位身在其中詠嘆美景的主持人。

廣告時刻，美靜瞥了我已經空了的茶杯一眼，就起身拿起杯子幫我到廚房加個熱開水，端過來，再坐回原來的位置，以原來的姿勢。

「新買的衣服？」我拉拉自己的衣袖，示意地問她身上的長T恤。

「嗯，上週跟芸芸去逛百貨公司買的。」

「喔，難怪，沒印象看過這一件。」

「穿起來還蠻舒服的。」

「很好看。」

「真的？就家裡穿的，想說舒服就好。」

「真得很好看。」

美靜沒再答腔，只是笑得很燦爛地將對我讚美的感謝直接灌到我心裡。

「要不要去日本玩？」

「蛤？」美靜有點疑惑的看著我。

「妳排一排年休假，請個週四、週五和週一，這樣含週六日就有五天的連假，只在日本的一個城市深度旅遊應該是足夠的。」

「嗯，能這樣是不錯啦，可是……」

「妳把假排出來，我的時間好調，可以配合妳。之前我去日本都是去開會，沒什麼玩到，我也想單純出去走走。」

節目又開始了，美靜略微轉過頭去看著螢幕，但不像剛剛那樣專心，若有所思的。

「就我跟妳去，假請了隨時動身，不用考慮太多，不然東顧慮西顧慮的，拖一拖，一年就又過去了。」我也看著電視，希望是很自然地說出。

「只有我們兩個人嗎？」

「嗯。我跟妳。」

美靜沉默了七秒鐘。之後：「好，我來排排假。」下定決心地說。

「好！繼續工作。」我拿起熱熱的菊花茶走回書房繼續坐在電腦前。經過書房門口時，結界顯然消失了。

我整理了李忠明給我的那本資料的重點，先理出些量化的分析。這本資料裡面總共提到的論文數目有一百零三篇，發表年份在二〇一一至二〇一八這八年之間。主要都是生物醫學相關領域的論文，其中生物化學、細胞與分子生物學領域的研究超過九成，只有少數幾篇是跟醫學工程有關的文章，不過內容上也都是分子生物學衍生的醫材或檢測技術的應用。

就發表的刊物等級而言，接近八成是各領域排名在前百分之二十的期刊，其中不乏前百分之五的重量級期刊。而這一百零三篇分屬於十六位通訊作者，亦即，這十六個人都是累犯，像T院士領銜通訊的論文就有四篇，F院士有兩篇，而其他的十四位也都是一時俊彥，每一位我都聽過名號，有好幾位還一同開過會、見過面，甚至有兩位稱得上認識。

依照每篇的成交價格加總起來，這一百零三篇共賣得一億兩千萬，算起來平均每年有一千五百萬左右的成交業績。計價方式很多元，主要有「統包」也有「分項」，「統包」是指所有論文內所需要的各種數據圖表均由他們負責到底，文章架構基本上由出資者決定，但出資者也可以再加價委由製造商找專家代擬；「分項」則是專門針對客戶想要的單一圖表進行產製，製造商不管文章架構；這份資料內大部分都是統包，只有五篇是分項，而統包的論文所需的產製時間從委託日算起到第一版投稿出去，大約需時三個月。

時間已經是午夜十一點了，美靜早已上樓去睡覺了。她在十一點上樓之前，還體貼地過來幫我把喝完的杯子拿出去再加滿熱開水，然後端進來給我。在我抬頭跟她道謝的同時，她很認真地揚揚手中的便條紙說：「京都好了，我有把剛剛電視介紹的景點都記下來了喔。」

「好啊，就京都。看是下禮拜或下下禮拜都可以，說玩就玩。」

「要這麼趕嗎？也不知道能不能訂得到機票和旅館？」

「那就先訂訂看，訂得到就去，訂不到的話就往後延個一兩週，總會有一週訂得到。經濟艙如果訂不到，就訂商務艙，無所謂，既然要玩，就爽快些。這樣的話，機票應該就不會那麼困難才對。拖久了，就會有各種雜事又冒出來，『玩』這檔子事，還是得要毅然決然才容易成行，不然，工作永遠做不完。」

「也對。不過上週跟這週我都有請假，又要再請連假，感覺有點不好意思耶。」

「這兩週也不過各請半天假而已，還好吧！」

「我明天去辦公室再問一下同事好了，我請假的話，總要有人可以代理我才行。」

「OK，就這樣。」

美靜遲疑了一下，沒有立即往外走，所以我也沒有立即把視線移回電腦螢幕，以至於變成兩個人有些尷尬地對望了兩三秒。

「那，這個，日本的房間要怎麼訂啊？」美靜有點吞吞吐吐的，聲音越來越小到幾乎氣音地問。

「就跟這週一樣啊，訂好一點的、住舒服一點的，反正也不常出國玩，既然去玩了，就舒舒服服的住。」

「喔，不是，姊夫，我是說，那個……喔，嗯……沒事，好吧，我知道了。」

美靜帶著有些遲疑、有些羞赧、又下著決心的表情走出去；上樓的步伐也不似平日的輕快，而是邊走邊思索的那種緩緩地游移步態。我完全知道她的遲疑、羞赧與決心是為了什麼，那也是我開始要面對的自己。

再度把美靜幫我加滿的熱茶喝完，暫時放下浪漫的心思，重新檢整注意力，回到眼前這件麻煩事情。畢竟這件事情不僅是我應該要面對的社會責任，某種程度，也關係到我謀生的工作。

說到謀生的工作，就像今天下午教務長碰到我的時候，就以他那慣有的連發問句加幹的文法說：「唉，同學啊，你這樣是要讓大家都很難做人是不是？你是很瀟灑啦，我就快要被校長釘死了，是不是？幹，他就一口咬定我跟你是同學，然後要我搞定你。媽的，你要我說什麼呢？我當然不會那麼沒義氣嘛，對不對？大家兄弟一場嘛，我是不知道你跟衙門和那兩個院士在鬧什麼彆扭，幹，我也很佩服你有種，但是，學校有學校的難處嘛，是不是？你幹教授這麼久了，也幹過系主任，你也知道那筆錢對學校來說有多重要嘛，是不是？幹，啊計畫就計畫，你管他做得出來做不出來，反正，依照兄弟你的本事，生幾篇 paper 絕對不是問題，是不是？你沒錢都生得出來了，更何況有那麼多錢，幹，是不是？有paper就可以交差了嘛，是不是？大家又不是第一天出來學術界混的，是不是？就讓兄弟拜託一下嘛，勉為其難一下啦，幹，好不好？」

「幹，你就叫校長自己來跟我講就好了，怕什麼，你管他去死。媽的，你就不要幹教務長就好了啊，怕什麼？」我拍拍他的肩膀，只幹了兩聲回去。不過我有先注意一下四周，確定沒有學生在附近，幹話才出口的。

事情發展到現在，大概可以斷定阿嬌說我被監視竊聽應該是真的，但究竟是T院士這一邊或者是李忠明那一方在看著我，現階段還很難說；甚至，搞不好是另外一個第三方在監視著我。不過，先簡化一下問題：如果不考慮得那麼遠，把第三方的可能性先剔掉的話，那T院士與李忠明這兩方，哪一個比較可能是監視我的人？

從阿嬌談話的脈絡看起來，T院士這一方的可能性比較大，因為他提到了阿嬌所說的「規模在六千人以下的學校」這個條件。而李忠明那一方因為沒有監視我，所以不知道T院十今天中午來找我，因此不會以為我已經被T院士收買而提早以我之名爆料。但是T院士那一方因為在監視著我，所以知道我昨天跟李忠明碰面了，甚至他們也知道我在半夜答應了李忠明並且約他週三見面的事情，所以T院士才會急著在今天中午就到學校堵我。

如果前提是T院士這方，那到這裡都說得通。但接下來的發展是，我在中午當面拒絕了T院士的游說，結果在T院士離開我這邊的一個半小時之後，各大媒體就同時接到同樣一份詳細栽我贓的爆料。到這裡就怪了，因為T院士沒有理由自爆啊！而且，照理說，對於事涉學術專業的爆料，又是針對一個有相當名望地位的T院士的爆料，這幾個算是主流的媒體應該不會隨便就刊登才對。除非提供爆料的人對這些媒體來說是可信之人，不然不會在沒有得到我的證實之前就刊登。

還有更奇怪的，我剛剛再仔細確認了所有可用的關鍵字和即時新聞，在爆料已經出現七個小時的這段期間內，就是看不到T院士陣營有任何具體的回應。唯一的回應僅僅是T院士的秘書說，明天T院士會跟大家詳細說明；但是，到底是明天的何時要說明，則說會再通知大家。

功名利祿啊！如此多嬌嗎？

其實，看完了整份資料之後，我心中最大的疑問倒不是誰在監視我或是誰在假冒我爆料，而是，那本資料內所記載的十六個通訊作者，有大半在二〇一一年之前就已經是赫赫有名的一方之霸了，為什麼，他們還要幹這種說起來已經不只是造假的事情？是他們之前的成就也是靠這樣的伎倆闖出來的，只是成名之前比較認真，由自己動手造假，成名了以後應酬多比較忙，就交由企業化的造假者服其勞？或是他們在成名之前的確胼手胝足地打下一片真實的江山，但成名了，能力卻衰退了，只得靠買來的造假伎倆維持聲名？還是，蓄意造假的不是他們，純粹只是用人不察，受底下的人欺瞞，以至於背了個莫名的黑鍋？

同樣的疑惑在我處理T大的造假案以及Td大校長殺人吸金案的時候，就已經是我心中難解的問題了。沒想到，這一大本資料，更把我沖入完全無法理解的無明之境。我想起了彼時年輕在我心中不時會自動響起聲音的那句經文：「不思善，不思惡，正與麼時，那個是明上座本來面目？」這段經文記載的故事是，有數百個人為了奪取六祖手中五祖所傳之衣缽，所以一路追殺過來。其中曾經當過武將的惠明搶先眾人一步殺了過來，致使六祖先將衣缽留放地上，然後跳到附近的密聳草叢中躲藏。後來惠明追到了衣缽所在之處，看到了衣缽，卻是怎麼拉、怎麼拿都移動不了那置在地上的衣缽，這時惠明才了解到重點不在取得衣缽這樣的象徵型物，而是得要取得那位傳法之人的教誨才行。後來在他大喊「行者！行者！我為法來，不為衣來。」之後，六祖才現身為惠明說法。

而現在這本資料中的這些人，是不是連衣缽都不追了，直接在大街上買一套看起來像的，就回去兌換功名利祿了嗎？而坐在這邊追著這件事情的我，像什麼，像那位尚未遇到提不動的衣缽的惠明嗎？此時，誰又是我能呼喊求祂為我說法的行者？

一口氣還沒有嘆完，一大堆拿著大刀的兵丁不知道從哪裡蜂擁而來，全都向著我正望著的遠處那個盤坐在石頭上的人影衝過去。趴在地上的我雖然立即往旁邊翻滾，卻還是被陸續經過的人踢到了幾腳。我想掙扎地爬起來用跑的離開，卻發現自己既沒有手也沒有腳。在我還沒想清楚為什麼會沒有手腳的時候，一把刀就從天而降！就是那麼的剛好，一個從我身邊跑過去的人不小心掉了手上的刀，而結果就是這麼的，剛好，插到我的肚子上。

這次，連疼痛都還來不及感覺，就聽到那久違的聲音，說著：「不思善，不思惡，正與麼時，那個是明上座本來面目？」。剎時，我也不知道自己究竟是醒了還是沒醒，看起來手腳還在，肚子裡沒有插把刀，也沒有任何疼痛的感覺；電腦螢幕仍亮在我面前，只不過三隻豹凌空從十點鐘、十二點鐘、兩點鐘三個方向正低吼著朝我緩步走過來。但是我也不覺得有什麼可怕的，就正眼環顧著牠們，直到牠們走到我面前交會，然後瞬間全部消失不見。

接下來算是真正醒了，書房回復原先我熟悉的樣子，菊花茶包在空了水的杯子內，仍然散發出淡淡的清香。不過，武雄卻活生生地站在我面前。

說「活生生地站在」其實也沒那麼活生生。是有看到眼前似乎有團很特殊的形體，像是正在加熱中的水壺上方扭曲的空氣那樣，然後我在腦子裡就自然地現出我所見過的武雄的樣子，告訴自己說，喔，那團形體是武雄喔，你就把他當作是武雄就對了。但是如果認真地想一下，在理智上還是可以勉強地分辨出，啊，你腦袋中的那個武雄不是眼前這團形體映照進去的呦，他們應該是分屬於兩個不同的意象才對喔。

只不過，當時我的理智出現的時間不多，大部分都只有直覺。

「老弟啊，真是感謝啊！本來想過來跟你聊聊天，沒想到卻變成得要跟你道別了。」

「武雄老大，你要走了？」

「托你的福，終於讓我得已聽到六祖說法，點破愚迷！剛剛我終於得悟了，所以現在得立即走了，真得是要大大謝謝你啊！」

「啊，我，那，我呢？」

「你還是你啊。」

「我，那個，不是，我是想問說……」

「你問了我也不會知道。世間事啊，風動幡動。上次你不是轉播了這句經文給我嗎？」

「我，那是，我……」

「總之，老弟，謝謝啦，也不知道後會是有期還是無期；運氣好的話，我們就不用再見了。」

武雄說完就這麼瀟灑地不見了，不只那團形體不見了，連在我腦中的那個武雄的樣子也不見了。

那瞬間我開始懷疑，我到底有沒有經歷過一個叫做「醒」的過程，因為從武雄出現到離開，我對周遭的感覺完全沒有不同。那種「沒有不同」就像是：桌上那杯菊花茶原本是滿的，但是我把它喝完了以後，變成一個空杯子放在那邊，但不管是裝滿茶的杯子或者是空了的杯子，我對於杯子以外的所有傢俱擺設的感覺都一樣；即便因為杯子被拿起來喝完之後又放回去，致使杯子擺放的地方可能會有些位移，但是因為已經掌握了整個位移的過程，所以還是不會對於杯子以外的所有傢俱擺設感覺到有什麼不一樣的地方。

因為沒有經歷過一個叫做「醒」的過程，所以也就沒有一條規範出「夢」的界線，說，啊，剛剛的那些畫面從幾點幾分的哪個鏡頭以前叫做「夢」，而在那個鏡頭之後叫做「醒」。以致於我對現在坐在電腦前面的這個「我」，感到有點不知所措；不確定目前正在說著感受的這個我，是不是一個在現實中的確是醒著的我？

我終於下定決心起身站起來。

算正常，走路的時候平衡感沒什麼異狀，很清楚地知覺到腳底傳來的壓觸感；對於四周景物的感受也相當地，正常，可以清楚的知道所有東西之名稱與擺設位置。

這樣應該算醒了吧，我想。

我在客廳的沙發上坐下來，環顧了一下四周，都是再熟悉不過的景象了。沙發上還隱約留著美靜身上的香味，牆上的時間滴答滴答的聲音特別清晰，因為已經是萬籟俱寂的子夜一點鐘了。

武雄走了，他這樣算是得道了嗎？祂會先回去跟祂心愛的阿妹ㄚ道別之後再走嗎？還是，一得道就可以如此瀟灑地說走就走呢？那，美晴呢？美晴當初毅然決然的離開了我，會是像武雄那樣地從我的轉播聽到與看到六祖說法，然後像武雄那樣地「終於懂了，所以得走了」嗎？如果是，那為什麼我仍然不懂？明明我是那個聽最多、看最多次六祖說法的人啊？為什麼我還是只能坐在這邊而無法立地成佛呢？

「世間事啊，風動幡動。」

前兩週有一堂下午的課發完考卷，也檢討了學生答題的缺點，就先讓學生下課十分鐘，我也回辦公室喝個水。在爬樓梯回辦公室的途中，有位小女生追了上來，小聲的說，「老師，我能不能不上後面兩節課然後先回家？」我轉頭看了看她，只簡單的說了聲「可以」就繼續爬著樓梯，沒再多看她一眼，也沒多問什麼。小女生跟在我後面爬了幾階樓梯之後，蹬到我旁邊又問了：「老師，你怎麼都沒有問我原因？」，我覺得有點好笑，繼續走著，說：「妳是成年人了，自己可以決定自己的時間，想不想上課，妳自己決定就好。如果妳想告訴我原因，剛剛應該就會直說吧；如果妳不想告訴我，我雖然問了，也得不到真實的答案，我又何苦為難妳呢！」。我側過頭，給她一個微笑，小女生也笑笑，沒再說什麼。

現在想想，那位小女生會不會覺得老師都不想了解她啊？

想我自己年輕的時候不懂問、不會問，錯過了需要了解、了解了就可能會有不同的青春；現在應該懂得問了，卻處在問了得不到清楚答案的年紀，那種「詹尹乃釋策而謝曰」之占卜也沒有用的人生階段。

不是什麼事情都能問的清楚、說的明白吧！就算是，說清楚了，然後呢？那些直見性命的深層感覺，如果寫得出、說得來，那就不會有修行苦參的折磨了；唸唸書，大家都成佛了。

想到這邊，自己也啞然地笑了；前幾天淑媚傳了首她自己寫的詩給我，經過剛剛似醒非醒的雜想，現在，我應該懂了吧：

整天，是個完整的單位喔，整天
努力打開心扉讓那個世界變成這世界
光陰決定立地不成佛的對著年紀說再見
希望有天有人會在看不見的當下堅定地就遇上
我們之間沒有了我們之間哪個是比較孤獨的塑像
指著南方扛起窗台的顏色命令天空指北般的亮
迫使鴿子想念起沒吃完的穀粒散成西風的四季
瑣事都是羅馬般的曾經此去米蘭有東京樣的距離

沒什麼好風、花、雪、月的都是頓號地曾經
整天，是個完整的單位喔，整天

第十一章

人生常常是由很多「剛好」串成的，年紀越大越覺得如此。

中午和李忠明的午餐吃到一半的時候，剛好一位在政論節目很常出現的名嘴就坐到我們的隔壁桌，看起來李忠明跟他熟的很，他就自動坐過來跟我們同桌一起聊。當下我覺得頗為尷尬，因為在T大造假事件期間，這位名嘴主持的節目曾數度邀請我到他的節目談那件事情，但是都被我拒絕；其實我並不是特別針對他，而是當時我的原則是拒絕上所有的電視與廣播媒體，以避免任何揭弊事件都被扯入非藍即綠的政治框架中而失焦。

不過尷尬很快地就轉為不悅，因為不到十分鐘我就發覺，這不是巧遇，而是李忠明有意的安排。對於這樣一件算是機密中的事情，他毫無遮掩的在扯不到幾句之後，就主動跟那位名嘴談起如何在媒體放大這件事的作法。

正當我的不悅即將到達翻桌的臨界點時，淑娟就這麼剛好地打電話過來。她的語氣在焦急中帶有些驚慌，說她媽媽中午出門的時候，忽然在路上不知道是昏倒還是跌倒了，被路人送到醫院急診；她剛剛才接到醫院的通知，因此得馬上趕過去，所以下午就不等我了。我問了是哪家醫院，跟她說，我現在就過去，那家醫院我有熟人，如果需要協助的話比較好處理。

的確就那麼剛好，那家正是阿毓的堂哥開的醫院，而武雄的阿妹丫就在那家醫院工作。

雖然我沒有那麼慌張，但我還是把表情做足了看起來就是那麼地慌張，急急忙忙關了手機、拿起背包，連珠炮迸出焦慮的聲音說「很抱歉、很抱歉，學長、P兄，一位長輩現在人被送進了醫院急診室，我得趕過去處理，很抱歉、很抱歉。」在李忠明才張口但話還沒有吐出來之前，我已經走到櫃檯準備結帳。李忠明急忙起身跑過來攔住我說：「不用不用，這我來就好。是哪家醫院，要我幫忙喬個床位儘管講。」

「學長，謝謝、謝謝！這頓就讓您請了。那家醫院我有熟人，我自己可以處理的，沒問題。學長，謝謝、謝謝！」

「那我晚上再給你個電話，小心開車啊！」

出了餐廳，想說自己開車的話，醫院那邊可能找不到停車位反而麻煩，所以就直接在路邊招了部計程車過去。結果一進急診室，就那麼剛好地碰見武雄的阿妹丫。

「阿力哥哥，您怎麼來了？」

「啊，韻慈啊，剛好。我是來探望一位長輩的。」

原來韻慈是到急診這邊會診一位病人，她忙完後就特地過來了解一下淑媚媽媽的狀況，然後，沒多久，就把淑媚的媽媽轉到了單人病房，並立即安排了一連串進一步的檢查。折騰到傍晚五點多，才確認了老人家只是有點小中風，不過因為第一時間處理得宜，預後的狀況應該是很樂觀的。

還好，算是不幸中的大幸！淑媚的媽媽一直是她最堅實的後盾，特別是這幾年她因為婚變帶小孩搬回娘家，她跟小孩所有的日常生活幾乎都是媽媽在打點的，如果老人家真的出了大問題，我實在不知道淑媚能不能撐得住。

看著淑媚終於從極度焦慮稍微放下心來的憔悴模樣，只得先溜到病房外面撥了手機給芸芸，問她今天能不能早點回家陪小姑姑？小女生很豪氣地答應了，所以我接著就撥給美靜，簡單跟她講了淑媚母親的狀況，說我還會在醫院待一下，晚上就不回家吃飯了。算起來淑媚的媽媽是美靜的阿姨，當下，她說她得跟她媽媽講一下，然後要我晚上開車小心，不用趕。

再進到病房內，淑媚一見到我就說：「今天謝謝你了，早點回去，這邊我自己來就可以。雯雯等一下也會過來，人手夠的。」

「沒關係，我再待一下，等確定晚上看護過來了再離開。」

「快六點了，美靜等等一個人在家不好。」

「不會，芸芸會先回家，小姑姑有小朋友陪著，沒問題。」

「那就好，真的謝謝你。」

本來要出去幫淑媚買個晚餐，不過她說雯雯等等會帶過來。就這樣，我們兩個人一起坐在病床旁，看著已經入睡的老人家，一時間，也不曉得要聊什麼話題，兩個人就這樣一起沉默了快一分鐘。

「啊，對了，你中午不是跟李忠明碰面嗎？結果談得怎麼樣？」

「圈套，看起來雙方都在挖坑給我跳。」

「怎麼說？」

「昨天那個報導應該跟李忠明無關。從今天早上的PTT看起來，我有個直覺是T院士他們自己幹的，但是還猜不到他這樣弄我是想幹嘛。李忠明今天則是扯了一大堆，有檢調、有網軍，再加上一個臨時冒出來的電視名嘴，看來他就要我出面當招牌把事情搞得很大，但目的是什麼我現在也猜不準，只是覺得不光是人事鬥爭那麼簡單的政治而已，不過也絕對不會是他口中一直說的為了台灣好。」

淑媚沉吟了一下，剛要開口時，雯雯就進來了。看到她手上的餐點，淑媚才想起來忘了叫她多買一份給我。雯雯本來要再出去買，我說不用，但淑媚堅持；拗不過她，我只好說我自己到樓下便利商店買就好了。結果才開了病房的門，剛好就看到韻慈準備敲門。

「阿力哥哥，我下診了，過來看一下還有什麼需要我幫忙的？」

「李醫師，非常謝謝妳！主治醫師說狀況很好，這裡的環境也很好，真是多謝妳了，多虧妳的安排，才能這麼順利。」淑媚看到韻慈進來，連忙放下便當，起身迎過來說。

「不要這麼說，應該的。我剛剛也問過王醫師了，他說伯母的情況不錯，三天內如果沒有其他狀況的話，就可以出院了。」韻慈很親切的到床邊看了一下病人，再轉頭對淑媚說。

簡單的聊一些接下來會再做的檢查之後，韻慈就告辭離開。我送她出了門口，走不到幾步韻慈又忽然回返跟我說：「阿力哥哥，今天早上我聽志名說，他看到T院士被爆料的那個新聞，他覺得你可能拿到錯誤的資料。他說，如果有機會的話，他很想親自跟你說明一下。沒想到早上我才回他說，等我今天下班後，會請阿靖哥哥跟你聯絡，結果就這麼剛好，下午就遇到你了。」

這麼剛好啊！其實，下午我遇到韻慈的時候，就在想，會不會武雄來不及跟他的阿妹ㄚ道別，所以讓我陰錯陽差的就這麼碰巧地遇到他的阿妹ㄚ；難道，是要我跟他的阿妹ㄚ說，「啊！韻慈啊，妳哥哥在我的夢裡面忽然得道升天了，因此來不及跟妳說再見，所以要我來跟妳說一聲喔。」

雖然我覺得搞不好武雄就是這個意思，但如果我真的這樣照實說了，我猜我一定會被精神科醫師的阿妹ㄚ直接就把我送進強制病房。

「這樣子啊。易志名又搬回來跟妳一起住了嗎？」

「沒有。是他早上開車來接我跟小寶上班上學，在車上談到的。」

「那這樣看起來，志名應該沒問題了吧？」

「嗯，算恢復的很好。最近阿毓姊姊安排他到一家醫材公司上班，開始工作之後，狀況就更穩定了。現在每天早上他都會開車過來接我們，下午他也會盡量趕過去接小寶放學。」

韻慈笑得很幸福，看來當年的陰霾已經過去了。

「那就好。妳是武雄的寶，看到妳過得好，妳哥就放心了。」

差一點就脫口說出「看到妳過得好，妳哥就放心走了」還好，有及時攔截住「走」這個字。

「阿力哥哥，方便跟志名見個面嗎？」

「方便啊，我明天還會再過來看一下老人家，中午應該可以跟他見個面。不過他已經在上班了，比較不方便跑；這樣好了，妳跟我說他的公司在哪裡，我直接去找他比較方便。」

「那剛好，我明天沒有門診，中午我就陪您一起過去志名公司好了。」韻慈帶著幸福的微笑離開，看得出來，她對於重新拾獲這個目前還算是前夫的老公，很滿足；畢竟，她有希望再好好擁有一個完整的「家」了。

唉，武雄老大，我到底是該講還是不該講呢？祢能不能顯點神通跟做兄弟的提點一下？

回到病房內，淑媚一看到我，就又想起來我沒有便當的事情。我實在懶得再走出去，堅持說等等看護就來了，我想出去之後再好好吃一頓熱的，淑媚這才停止叨念的繼續吃她的便當。

我坐在角落的沙發上看著挀近病床旁邊吃飯的淑媚母女，忽然想說，如果淑媚離婚後跟我結婚，那我是不是馬上就能擁有一個完整的家，小孩不用再生，有現成的，而且已經長大了，還可以省去照顧幼兒的辛苦；如果對象是美靜，儘管她勉強還算是可以生育的年紀，但若是考慮到她的身體，我大概就不會想要有小孩了。

但是隨即又想到淑媚剛剛那個叨念的樣子，偶爾聽聽或許還能忍受，如果真的每天住一起了，恐怕我早晚會變成韻慈的精神科病人。這一點，美靜就好多了，這幾年在同一個屋簷下生活，說真的，回家變成是一件快樂又期待的事情。不過，畢竟跟現在的關係不一樣，如果美靜跟我結了婚，兩個人的身份換個關係，屆時她會不會也變成了淑媚這個樣子呢？

或許，不是美靜變不變，而是，到時候我會變成什麼樣子呢？

「想什麼？在那邊傻笑。」冷不防，淑媚回頭問了我一句。

「有嗎？我應該只是沒有板著臉而已。」

「有！在想什麼？」

「我在想，昨天晚上做夢的事。」

我簡單的把昨天晚上武雄來道別的事情說了，淑媚聽得眉頭緊鎖，雯雯則是大呼好酷喔。

「那你要跟李醫師說嗎？」

「應該要吧。只是，得找個自然而然的時機。」

「唉，如果我是李醫師，聽了不知道是該高興還是哀傷。」

「理智上來說，總是好事一樁，應該會是先為自己哀傷一下，然後替他哥哥感到高興。」

「也是。」

淑媚把吃完的便當重新用橡皮筋綁好收到塑膠袋內，忽然以玩笑的語氣說：「看起來你還真的是朽木喔！看最多、聽最多說法的人，卻還是這麼地，煩惱被人家挖坑。」說完，淑媚轉頭看著我，表情靜默成憐惜不捨的苦笑。

「是啊，我也在想，為什麼我這麼沒有慧根？」

「人家不是都說時機未到嗎？舅舅是大器晚成啊！」雯雯很認真地接著說。

「說得好，舅舅請妳吃大餐。」

一家人都笑了！

我在晚上七點半離開病房內的這個家，才想起車子還停在T大的地下停車場。多折騰了一些交通時間，回到美靜所佈置的家，已經晚上快十點了。

進了門，仍是一如往常的，美靜就一個人坐在客廳裡看著電視。她還是穿著昨天那件很淡的粉紅到接近白色的長T恤，雙腳攏曲地縮放在沙發上，短褲邊緣以降的大腿，因為這個姿勢的物理作用，在客廳光線的烘托下，顯得特別緊緻雪白。

晚上的這個時間，兩位小朋友即便在家，也都是窩在樓上各自的房間內網路吃到飽；芸芸不只一次笑她小姑姑說，電視是老人家才會看的東西，追劇要用網路才行。

我鎖好門剛轉身要脫鞋，美靜就走過來問說：「阿姨還好吧？」

「還好，三天後就可以出院了。是小中風，不過送醫處理的時間沒有延誤，應該不會有什麼嚴重的後遺症。」

「那就好，我後來沒有打電話給我媽，想說，等你回來確定狀況後再打。不然她一定會急著去找表姊問，反而添了表姐的麻煩。」

「也是，妳考慮的周到。」

折騰了一整天，就先進去沖個舒服的熱水澡，出了浴室，客廳裡有了另一種花香的味道。

「茉莉花茶，我同事家的另一種產品，喝喝看。」

我挨著美靜身旁坐下，中間不再隔著一個人寬的距離，而是，算肩併肩了。漫長的十七年，我們兩個人之間的距離終於縮短到這個程度。

「下下禮拜。因為下禮拜我同事請假沒辦法幫我代理，所以是下下禮拜。啊那個機票和飯店我都看好了，都還有空位。如果日期你可以的話，那等等我就在網路上訂。」

「好啊！就下下禮拜，等一下拿我的信用卡去訂就好，省得我還要再轉一次帳給妳，麻煩。」

「不要，我要出一半。」美靜有點撒嬌似地故意嘟起嘴說。印象中，我應該沒有見過她以這樣的表情跟我說話，一時間，我還真有點想朝那個正嘟起的嘴親下去。

「好啊，就一半。還是先用我的卡刷好了，之後妳再轉給我，那樣我就不用麻煩了。」我隨即俯身去拿那杯茉莉花茶喝了一口，避免自己真的忍不住親下去。

美靜很滿足地起身說：「那我先上樓去訂囉，免得晚點就沒有了。」

我指了指書房的方向，兩隻手的大拇指與食指互搭成個方形卡片的樣子；美靜點點頭，走進去書房從我的皮夾內拿出信用卡，然後輕盈地跑跳到樓上去。

大概可以用雀躍來形容的那樣地！

我放下手中的茉莉花茶，有點沉重的想著，我有能力一直保護著她、讓她一直這樣高興地生活嗎？武雄再怎麼用力出手，他的阿妹丫還是遇到了那樣傷澈心扉的婚變，而我，又能這樣保護著美靜多久呢？我守著她、護著她，對她到底是好還是不好呢？某種程度，我算是把美靜殘酷地圈豢在我所構築的牢籠內，阻絕了她跟別的男人進一步交往的機會。以照顧為名，行獨佔之實，這樣的我，到底是在想什麼啊？

不知不覺中，我一再把茉莉花茶拿起來喝，而且在不知不覺中喝完了；然後又不知不覺地起身，不知不覺的走到樓梯前，往樓上張望了一下，再不知不覺地走上樓。美靜房間的門是開著的，於是我又不知不覺的走進了美靜的房間。

「我訂好了！」美靜意識到我走進來，就轉過頭高興地對我說。她對於我忽然的闖入並沒有任何驚訝的表情，仍是喜孜孜的雀躍模樣。而我，倒是醒了，恢復了知覺，心中對於我這樣直接走進來美靜的房間暗暗感到不安。

「我把訂位和訂房的資料備份一下，也寄一份給你。」美靜沒有起身，回過頭去繼續看著螢幕、敲著鍵盤。我走過去，站在她旁邊一起盯著螢幕看，她秀了一下飯店房間的照片，是個看起來還算寬敞、有著兩張單人床的房間，我隨口說了「不錯啊」美靜稍微偏仰著頭對我親暱地笑了一下說：「我也覺得很棒，網路上的評語也都很好喔。」接著，她又秀了幾個景點的介紹網頁，很愉快地說著，聲音像是輕盈的蝴蝶在我身邊飛來飛去地漫舞著。

我提起原本扶在她椅背上的左手，搭上她的肩膀，拍拍她，說：「早知道出國妳會這麼開心，以前就該多帶妳出去走走。」說完，我的手掌繼續搭在她的肩上沒有移開，美靜沒有任何細微的肢體語言想擺脫我手的停佇，反而是略微往右後傾身，將頭輕輕靠在我的左上臂，用細柔到只有戀人才聽得到的聲音說：「姊夫，謝謝你。」

「姊夫」兩個字隨即轟雷般的提醒了我：我在自己家裡，這是美靜的房間，房門沒關；隔壁房間內的芸芸還沒睡覺，隨時都有可能出來上個廁所喝個水什麼的看到我們。而我目前的身份是美靜的姊夫、芸芸的大姑丈；美靜是我的小姨子、芸芸的小姑姑。雖然，這些關係不管是從法律、從事實、從理性的層面上來看都是不存在的虛擬，但那卻是維繫我目前這個「家」最基本的核心關係。在找到能夠無縫接軌的關係轉換方式之前，如果我想享受這個

「家」的感覺，就不能夠在此刻破壞掉這樣的虛擬關係。

於是我再度拍了兩下她的肩，說了「嗯，好，早點休息，我先下去了。」就縮回我的手，不敢多看她一眼的走出她的房間。

下了樓，進了書房，整個人還懸在一種類似驚魂未定但卻又不知道到底在驚什麼的狀態。忽然，手機響了，明明只是震動的低鳴聲，卻像是鞭炮在耳邊炸開那樣地把人嚇了一大跳。抓過來看了一下，是李忠明的來電，猶豫了兩三秒鐘，還是接起來。

一接通，從「漢雄啊我跟你說」到「還學術界一個乾淨的空間」整整四十分鐘，李忠明幾乎不留任何讓我插話的空間從頭講到尾，除了在第三十八分鐘忽然想起來我中午為什麼離開而意思意思地問了一下長輩的狀況之外，其餘的嘰哩呱啦，都是跟下週一開始要發動的揭弊工程有關。

李忠明說，本來他們想在明天就發動第一波攻擊，不過因為昨天突然爆出假我之名指控T院士的報導，然後今天等了一整天，T院士都沒有任何公開說明；加上媒體記者大概都去忙選舉的新聞，除了PTT上的幾個討論串有些八卦式的聲音以外，沒有見到媒體上有任何進一步的消息。因此他們才決定多等一等，看看這兩天T院士會怎麼回應昨天那個奇怪的爆料，再來安排下週一出招的方式和節奏。

在李忠明長達四十分鐘的獨秀演說中，有幾度我想硬把話插進去說「學長，我不幹了」不過最後還是沒讓這幾個字擠出口。會有「不幹了」這樣的想法，除了是因為這幾天對美靜的感覺有快到連自己都無法招架的改變之外，昨天未知人物對T院士突如其來的爆料這一招，也讓我對整件事情不敢再抱持原先單純的想法。

花了些時間再爬一下PTT最新的內容，看起來態勢越來越明顯了，裡面的討論大概可以分為三個帳號所帶的三個不同風向，帳號A是談T院士的研究團隊如何分工、如何運作；帳號B是談這篇文章所探討的課題，在這篇發表之前和之後，各有哪些文獻支持這篇文章所敘述的研究結果；帳號C則是談論在昨天的報導中所提到的造假代工公司運作的內幕。其中A和B這兩個人顯然是T院士團隊中的人，或者，至少是曾經參與過T院士團隊運作的人。

特別是B，他對於相關參考文獻的瞭解之深，甚至讓我懷疑他是不是被爆料那篇的第一作者。因為那篇文章談的是一個很專業深入的藥物作用機制，不要說一般唸生科的人，即便是個專長在生物化學的專家，能在不到一天的時間之內就閱讀消化那些艱深冷僻的關鍵論文，即便是被一把刀架在脖子上以生死相逼式的趕工，都不太可能掌握得如此精確、解說得如此到位。

這兩天在PTT主導此議題發言的A、B、C三個人，說得上是分進合擊，其共同目標則是在說明T院士的團隊陣容堅強、基本功扎實、研究分工嚴謹、論文發表層層把關，根本用不到坊間所說的那些下三濫的招數。特別是被爆上新聞的這篇，文章內所敘述的研究成果早已為其它文獻以各種不同的角度驗證過了，而且在藥物開發的實務工作上也發揮了該有的效果，因此，如果說它是假的，那就像是在說牛頓第二定律是造假的一樣可笑。

事情的確蹊蹺，完全不照常理進行。

媒體沒什麼消息，這是可以理解的。學術圈內的紛擾在台灣通常很容易被快速忽略掉，這是因為牽涉到的是高度專業的課題，而且又是小眾群體中的事務，並非一般政治、經濟等普羅大眾關心的問題。所以媒體通常沒有能力做有效的攻擊式報導、也不願意花時間作長期的報導。不滿或有能力攻擊的通常是專業人士，但如果事情涉及的人物層級很高，台灣的學術圈這麼小，隨便牽都會牽到關係，大家在發言上自然就會有顧忌。

特別正值選舉期間，這種寫起來吃力不討好的新聞更不容易上版面。

但是T院士的反應，安靜的令人驚訝！照常理說，面對這麼嚴重的具體指控，不要說像他那麼位高權重的大人物，即便是我這種在學術圈小咖到可以忽略的角色，如果嘔心瀝血的作品這樣被人家誣陷，也一定會立馬跳出來辯駁，怎麼可能超過二十四小時都如此地安靜無聲？如果PTT上的A、B、C三人真的是T院士團隊裡的人，那就更奇怪了。因為他們所寫的東西都是可以上檯面證明自己為真的有利資訊，為什麼不光明正大地為自己辯護，而要如此匿名在一個其實只有小眾才會偶爾光顧的版面？

還有，假我之名爆料的人到底是誰？照理說，一下子就藉我的名義上這麼大的新聞，顯然這不會是一個獨立的事件，某種程度，應該會有諸如像報復、勒索或是警告我之類的事情接著出現。但是到現在已經超過了二十四小時，幾個可以聯絡到我的管道，手機、電子郵件或是臉書都沒有任何相關的蛛絲馬跡出現；彷彿半夜走在無人的路上，忽然被一顆甩炮的聲音嚇到之後，四周又恢復什麼都沒有的寧靜。

從上週三阿嬌出現以來，所發生的事情的確都超乎了我的想像，詭譎的不僅是這個奇怪的學術風暴，還有，我被她撩起的，那些應該在更年期就被更掉的情慾，以及我對那些能夠燃起我情慾的女人的渴望。

阿嬌現在又是在哪裡呢？我拿出手機，找到這個曾經很熟悉的名字，按下撥號，不抱任何期待的準備接受空號的語音播報。

「喂，這麼晚了，幹嘛？」

忽然出現的聲音又像鞭炮在耳邊炸開那樣地把人嚇了一大跳；不，不只是鞭炮，而是六零迫砲。我差點從椅子上摔下來的「啊」了一聲之後，不曉得接下來要說什麼。

「怎麼了，發生什麼事了嗎？漢雄。」

「喔，沒有，沒事，只是，想說，那個，問問看，問看看妳媽媽的狀況如何？」終於聽出是淑娟的聲音，只得趕快掰個像樣的理由。

「算不錯，晚上主治醫師有特別再過來一趟，確認一切都很順利。真得是很感謝李醫師，當然啦，也要大大謝謝你。」

「應該的，自己人，不客氣。妳還在醫院嗎？」

「沒有，醫院有看護在，我跟雯雯十一點就從那邊回到家了。你還真會算時間，我剛剛洗完澡出來，電話就響了，把我嚇了一大跳，以為是醫院打來的。」

「抱歉、抱歉，我忘了時間這麼晚了，不好意思！」

「還好啦，謝謝你這麼關心，好感動喔！」

看看時間，的確是個會嚇到人的接電話時間；午夜十二點半，要是我在這個時間接到電話，第一時間也一定會嚇一大跳。

怎麼會是淑媚呢？結束通話後，我急忙確認一下剛剛到底是怎麼撥電話的。從記錄上看起來，我撥出的號碼的確是淑媚的，但是明明我在按下的瞬間，看到的就是「虞嬌」這兩個字啊！而且，在手機的通訊錄裡面，「虞嬌」和「淑媚」兩個名字相隔很遠，並不是鄰接的位置，所以也就沒有誤按到鄰近號碼的問題啊！

我再檢查了一遍兩個名字底下的手機號碼的每一個數字，的確都是跟兩個不同的名字精準對應的不同號碼，沒有任何錯置。那剛剛到底是怎麼回事呢？禁不住好奇，這次我直接按虞嬌的號碼，一個數字一個數字仔細地按。

「幹嘛？還有什麼事嗎？」

「啊，沒有，就，那個，我，那個，喔，那個明天上午我會再去醫院探望一下妳媽媽，妳幾點會在？」

「不用了啦，我媽狀況很順利，應該沒問題啦，不用特地再跑過來。一趟路那麼遠，不用啦！」

「還好啦，才一個小時的車程。我剛好也要跟韻慈談一下其它事情。」

「喔，如果是順便，那就謝謝啦！我明天早上八點就會去醫院，應該會待到晚上。」

「那，趕快睡吧，不吵妳了。」

這一嚇，還真非同小可。淑媚的手機號碼我很熟悉，那是跟美靜、芸芸、小傑的號碼一樣程度的熟悉，都是完全不假思索就能夠背出來的家人般等級。而且我確定她的號碼沒有換過，因為昨天下午我在醫院跑上跑下幫她採買住院用品時，就是用這個手機號碼聯絡的。

想到這裡，我又檢查了一下昨天下午的通話紀錄，確認了跟淑娟在醫院的通話是撥了她原本的號碼沒錯。

會是我現在又進入了像昨天那樣自以為是醒著的如夢般情境嗎？我仔細地回溯想著晚上回到家之後的所有過程，從一進門跟美靜的對話到進去洗澡，之後美靜泡了茉莉花茶給我又談到日本行的事情，接著上樓進了她房間陪她一起看電腦還拍拍她的肩，然後再走下來接到李忠明的漫長電話再爬了一堆PTT的文，最後想到了阿嬌、撥了這個電話。整個過程的細節都很清晰，沒有哪個環節像是斷鍊般的睡著而進入了夢境。

如果勉強要找個可能性的話，晚上跟著美靜上樓一直到進入她房間的那段「不知不覺」的過程，或許是個夢境的入口。但是可能性極低，因為那時候的「不知不覺」並不是完全失去自由意志的無意識之行為。這樣說好了，那比較像是在一整天都沒有時間吃東西的辛苦工作了之後下班，結果在回家的路上剛好聞到一股非常香的炸雞味道，以至於「不知不覺」的沿著又油又香的炸雞味道走到炸雞排店的櫃檯前，「不知不覺」的一口氣就買了三塊超大雞排那樣地，「不知不覺」。

整個過程，「我」，仍是「我」自己的主宰，只是有個超強的慾望迫使我壓抑其它的知覺，暫時不計後果勇往直前的追求那個慾望。

我想，至少我現在的確是醒著的沒錯。我走到客廳拿起桌上的茶杯，到廚房再加些滾燙的熱開水，聞到的茉莉茶香依舊醺馨雅郁，手掌仍然確切地感覺到透出杯體的熱燙。我回到客廳坐下，慢慢地小心啜飲著那杯熱燙的香茶，想著，如果不是夢，剛剛那兩通電話會是意味著什麼呢？我想起前天傍晚在停車場那段與淑媚的對話，完全跟阿嬌與我有過的對話一樣，這是巧合嗎？這兩個女人會對我有剛剛好一樣的心思嗎？

除卻上週那只有二十四小時的旋風式重逢之外，在我與阿嬌真正相處過的一九九〇年之記憶裡面，阿嬌與淑媚，這兩個女人在個性上的確是有些相似的地方。但或許是成長環境的不同，阿嬌算是在黨國權貴的家庭中長大的小孩，而淑媚則是成長於傳統台灣平民家庭的孩了；因此，雖然感覺上兩個人的日常表現有些先天的調性相同，但是在細節上還是有著不小的差異。

比如說，當年她們都是盡量自己在家裡煮東西吃、煮的東西也都算好吃的女孩，而且廚房也都整理得乾乾淨淨、擺設都是符合最佳操作方位的井然。但是在食材的挑選上，阿嬌就只是侷限在明亮乾淨的生鮮超市買得到的材料，而淑媚則是習慣到清晨的傳統市場採購。又像是，她們對於自己的能力都頗為自信，也都對相同的科學課題感到興趣，但是阿嬌認為出國深造甚至定居國外是理所當然的事情，而淑媚跟我一樣，自始至終都沒有出國唸書的打算，也沒有任何移民出去的念頭。

還有，她們都對我很好，當我們一起做某些事情的時候，不管是吃飯、看電影、或者是到圖書館唸書什麼的，她們都很體貼的配合著我的想法或規劃，甚至是有些遷就；但是如果我想做的跟她們自己的想法有所衝突的時候，阿嬌通常是以帶著微笑的靜默包容，淑媚則是比較容易把委屈寫在臉上。

當然，「黨國權貴」跟「傳統台灣」的用法，很容易因為大眾對於這兩個標籤的刻板印象而無法據以更細緻地反映她們兩人的差異；而且個性的養成也不全然只是家庭背景的影響，家庭以外的世界，包括生活的城市、就讀的學校也應該都會對她們的風格造成影響。不過在我跟她們有限的相處經驗中，缺乏了像我與美靜這樣長時間共同生活在同一個屋簷下的經驗，以至於，我也只能用這麼粗糙的名詞概念來輔助我的判斷。

她們兩個人應該也算認識吧，在我與淑媚都剛進U大唸碩士班的第一個學期，她們兩個人因為我的關係，一起吃過幾次飯、聊聊天什麼的；算認識，但兩個女人熟不熟，我倒是沒有跟她們其中的任何一人提問過。

我比較有印象的一次是我跟淑媚剛到U大的時候，開學的第一週，阿嬌說為了歡迎我跟淑媚來到U大就讀，也為了安慰還處於嚴重情傷期的淑媚，她邀請我們兩個人到她山上的家裡吃飯，她說，她要親自下廚做菜請我們。淑媚說都讓阿嬌忙碌招呼很不好意思，所以那天一大早她就先到傳統市場買了一些菜，說是自己也要貢獻個兩道菜才好。那天她們兩個女生就在阿嬌那個維持得乾乾淨淨，一切都擺設得井然有序的廚房裡很有默契地忙著。說她們「很有默契」是因為，那天我站在客廳那個檜木作成的書櫃旁，就是裡面擺著那本被墨汁濺到的《六祖壇經》的書櫃旁，剛好可以清楚地看到她們兩個人的動作流暢到像是桌球賽事中的雙打選手，彷彿她們已經在這個廚房裡演練很久了，終於等到今天這個可以完美搭配演出的機會。

兩個女生從廚房到餐桌上，一直都是很愉快的聊著，結果我變成了一個可有可無的配角，除了吃飯和洗碗之外，大部分的時間都是無所事事的等著在適當的時間點發出個笑聲陪襯。對我來說，這算是一個很好的開始，彼時淑媚才剛失戀，落寞的來到U大這個陌生的地方求學，我算是她在U大最熟識的朋友，因此無可避免的，我們一定會有些單獨相處的時候，例如偶爾吃個飯或者載她去買個東西什麼的。但在那個一九九〇年的新學期開始，我跟阿嬌才成為男女朋友沒多久，如果三番兩次的與一個她完全不認識的女生共乘一部機車或者同桌吃飯，我想，那一定會引起阿嬌極大的誤會。是以，如果她們兩個人互相認識了、互相確認了我與她們各自的關係，那麼以後跟淑媚的獨處，只需要報備一下就可以了。

接下來我們三個人之間的關係也的確在這樣的架構上持續著，一直到那個學期的末了，阿嬌忽然不告而別，而淑媚又展開新戀情為止。

回想起這些如煙的往事，心裡響起了Ozzy Osbourne現場演唱版中的這首《Goodbye To Romance》，重金屬音樂中難得的抒情曲。一九八八年我的大學同學借我這捲錄音帶，從此改變了我對重金屬音樂的看法。

Goodbye To Romance，往事沒有溜走，只是躲在角落裡，等待重逢的一刻。

『I said goodbye to romance
Goodbye to friends and to you
Goodbye to all the past
I guess we'll meet, we'll meet in the end』

第十二章

「所以你是說，接下來他們極有可能會以公開演示的方式，揭露整個實驗過程，來證明他們的東西是真的？」

「嗯，這是當初我們內部討論過的應變方式之一，算終極招數吧。必要時，我們也可以協助客戶進行這樣的公開演示，您知道的，有的大老其實他們的實驗室裡面根本是空的。」

「怎麼協助？」

「出人出機器，把空的實驗室裝扮成滿的、忙碌的，撐幾天，供媒體採訪。不過收費不便宜就是了，每個人、每部機器都是算小時的，不是算天、算件的。但就新聞上T院士那個團隊，我想他們是有能力自己演示，畢竟認真說起來，那些人還是一個有實力的團隊。」

「如果真是這樣，那麼他們這兩天的沉默就合理了。」

「對，如果那個報導的資料不是您提供的，那麼有極大的可能是他們自己搞上新聞的。因為這樣一來，只要他們證明自己為真，就會嚴重打擊您的公信力。即便接下來您想再去追究其它真的是造假的東西，也會失去信用與必要性了。」

「合理。真狠！」

「的確狠，但也很險，因為會把澄清的時間拉得很長，又加上是真槍實彈的做實驗，是不是百分百，也沒人敢打包票，所以那時候我們才會稱作是終極招數。」

「如果是這樣的話，我猜，他們揭露證據的時間應該會是在下週一以後，特別是週一。一方面射出第一槍之後，先讓子彈飛一陣子，看看輿論的反應；另一方面，得製造個印象，讓外界覺得他們在事情爆發之後，努力的檢查之前的實驗記錄，並且花了時間重現實驗以證明他們的清白。如果在週六、日這種新聞曝光率不高的時段做了，算是浪費宣傳效果；下週一的話，不管是提出原始資料或是公開實驗過程，都可以有整個週間的時間讓新聞發酵，會是個較合理的時間。」

「我也是這麼認為。」

「你有什麼建議？關於我要如何反制。」

「我也不知道怎樣做才好。我想，關鍵還是看您是不是真的想要揭發這整本資料內的弊案。就我接觸過的客戶來說，不是每個客戶都有能力、或是都想加做這一道保險，畢竟這比較麻煩，有時候一篇真槍實彈的論文也是可遇不可求的。因此，基本上如果是常客又是地位比較高的我們才會這樣建議。所以，那本資料裡面如果他只買了一篇兩篇三篇的人，應該都是假的，但如果有四篇以上的，就有可能摻了一篇真的在裡面。」

「所以你是說，如果，我真的要打這場仗的話，我乾脆不理T院士，直接開闢另一個戰場。」

「是的，如果您真的想開戰的話，我會這樣建議。不過，我要提醒您，提供資料給您的人，他手上有的資料未必是真的。」

「怎麼說？」

「一樣，為了保險。就像當初我能夠拿走資料，還有現在提供資料給您的人，都顯示這些業務機密有可能外洩。因此平常我們每完成一個委託，詳細資料需要同時上傳到五個不同的資料庫中彙整，每個資料庫之中都可能摻雜了好幾篇已經發表的論文，但是那幾篇根本不是委託我們完成的，而是發表的人真實的作品；公司會憑空生出那幾篇的委託記錄，裝成是我們完成的。」

「所以資料庫中的東西更加真真假假、假假真真。」

「是的，每一個資料庫的資料都是這樣，不全為真、不全為假。只有老闆本人才知道真正的內容。所以，您如果真的以我剛講的方式開戰了，是有可能會錯殺無辜的。」

「的確，不僅會錯殺無辜，第一個上陣打仗的人也會陣亡。」

雖然感覺上還沒有談多久，時間卻已經是下午快兩點了。儘管還想再問更多一些，但是為了不耽誤易志名的上班時間，還是得把話題打住了。不過談了一個多小時，基本上，這些資訊對我目前所遇到的問題來說，也算相當足夠了。

離開前，考慮了一下，還是對著他們兩個人說：「韻慈啊，這兩天妳有夢見妳哥哥嗎？」

「沒有，阿力哥哥，我哥他怎麼了嗎？」韻慈一下子整個人都繃緊了起來。

「沒事，妳哥前兩天來找我聊聊佛法，回去前，他要我有空的話就過來看看妳。他還說，看到妳最近生活重新上軌道了，他很高興，所以我才以為他這兩天有來給妳夢到。」我接著轉過頭去對著易志名說：「武雄也要我跟你說，好好做，好好重新開始，他還是把他的阿妹ㄚ和寶貝外甥讓給你，你要好好珍惜。」

「我知道，我會努力的，謝謝陳大哥。」易志名摟著眼淚已經大顆小顆的韻慈，很誠懇地說。

武雄老大，祢得道升天了，就不要怪兄弟借你的名義說個謊；兄弟我是想說，讓易志名覺得祢的阿妹ㄚ一直有祢這個靠山在冥冥中看顧著，對祢的阿妹ㄚ應該是比較有保障吧！

我過去拍拍易志名的肩膀，輕聲說了「加油」，韻慈依然淚眼婆娑的說不出話來，我也拍拍她的肩，給她一個「我了解」的微笑。

走出易志名的公司，站在門口看著路上疾駛來去的車水馬龍，一時間，還真有不知何去何從的感覺。易志名所說的應該是真的，即便這傢伙之前被我修理得很慘，我想在武雄的威靈震懾之下，他還不至於膽大到敢設局陷害我；而且，從這條線順著拉，整串肉粽就現形了：一方面可以了解那篇新聞爆料忽然出現又沉默下去的理由，一方面也可以知道為什麼李忠明急著推我上陣發聲的理由。

一台忽然放慢靠邊的計程車響了兩聲短促的喇叭聲，像是在詢問我的搭車意願。在正想得出神的狀況下，我被喇叭聲帶起了右手伸舉的反射動作，計程車迅即駛靠過來停下，我只得開了車門進去。一時間，也不知道要往哪裡去，支吾了幾秒鐘才想到說早上把車停在醫院附近的停車場，那就，到醫院附近的停車場吧。

雖然心裡所想的目的地是停車場，但我猜最後嘴巴裡說出來的應該只是醫院的名稱，因為司機還是把車開到醫院的大門口停下來。

下了車，想說，既然停在這裡，那就再上去看一下淑媚的媽媽；淑媚應該還在，早上她有說會待到傍晚，等雯雯過來看過外婆之後，再跟她一起回家。

進了病房，淑媚媽媽在睡覺，淑媚一看到我，臉上立即現出「怎麼這麼剛好」的表情；不過不是驚喜的那種，而是有點憂心的樣子。

「怎麼了？」

「等一下」說完淑媚先跟坐在病床旁邊的看護交代了幾句，然後拉著我說：「我媽在睡覺，到外面去講。」

到了外面電梯附近的家屬休息區，淑媚特地找了個邊角的位置坐下，神情很凝重地說：「早上我不是問了你高虞嬌來找你的事情嗎？」

「嗯，怎麼啦？吃醋喔？」

「吃你的頭啦，吃醋。正經點，我現在要跟你說很嚴重的事情。」淑媚沒好氣地說，語氣充滿了焦慮。

應該很嚴重沒錯，很少看到淑媚這麼焦慮的表情，我趕緊表現出非常專注看著她的樣子。

「你早上跟我說的是，虞嬌在上週三到學校找你，你們還一起吃了晚餐，她週四中午才回去，是吧？」

「是啊，有問題嗎？」

「你週一的時候在賣場跟我說高虞嬌上週回來找過你，我就覺得很奇怪。剛剛我加拿大的同學終於傳來確認的訊息，她說，高虞嬌在兩個禮拜前就在加拿大去世了。」

「什麼！」我像是瞬間被丟到一個超低溫的冷酷異境，說出這兩個字之後，不只肢體，連思考都僵直到完全無法活動絲毫。

「上週二，也就是你說高虞嬌來找你的那天的前一天，我收到我那個高中同學從加拿大寄來的郵包，裡面有一張照片和一條項鍊。我那個同學唸U大的時候是虞嬌的直屬學姊，碩士畢業後就到加拿大讀博士，然後一直留在那邊。她說，虞嬌在去世前要她把照片和項鍊交給我，說是要給我留個紀念。」淑媚的聲音有些顫抖，好像忽然進到溫差驟降二十度的冷房中，卻仍然得勉強說話那樣。

「照片和項鍊妳有帶來嗎？」我也勉強的以顫抖的聲音擠出話來。我想，我大概猜得出來會是哪張照片和哪條項鍊了；但是，這怎麼可能呢？這個沒出口的問句剎時在我的身體內部到處奔撞，幾乎要從每一塊皮膚覆蓋之處爆衝出來。

「沒有，放在家裡。今天早上出門的時候本來想要帶來，不過又想到說還沒有再確認過消息的真假，就先等等，打算收到我同學再確認過的訊息之後再找你，所以今天就放在家裡沒有帶過來。」淑媚說完，深吸了一口氣，企圖讓自己鎮定下來。

「是那張她生日的時候戴上我送的項鍊跟我們合照的那張嗎？還有，是那條項鍊吧？」我盡量壓低語調，讓自己的聲音在顫抖中還能說出清楚的句子來。

「是的。」

夢。

我從震驚的情緒開始變得茫茫然起來了。一時間，又開始懷疑起，我到底是不是在做夢。

「其實上週收到照片和項鍊的時候就想跟你說了，不過那時候我剛好在吵離婚的事情，心情很亂，所以就忘了。週一聽你提起了她，我覺得很不可思議，就再寫 E-mail 問了我同學，結果她這兩天在山裡度假沒網路，直到剛剛回到有網路的世界才看到我的信。她說，照片和項鍊是她去醫院看虞嬌的時候，虞嬌親手交給她的；她也參加了虞嬌的喪禮，所以虞嬌在兩週前去世，這是千真萬確的事情。她還說，如果我要去加拿大弔念虞嬌，她可以帶我去她的墓園。」淑媚邊說眼眶邊紅了起來，眼淚雖然沒有掉下來，但是聽得到鼻音。

「虞嬌是因病去世的嗎？」

「是因病，但我沒有問是什麼病。」

我跟淑媚說傍晚我想跟她回家看一下那條項鍊和那張照片，淑媚想了一下，說：「我現在帶你回去看好了，晚上雯雯在，不好講這件事。」說完，淑媚又拉著我回到病房，病人還在熟睡中。淑媚跟看護交代了一下事情，就又拉著我出門。是「拉著」我沒錯，我已經茫茫然的像個遊魂似地，不太能精準地將運動指令下到我的軀體。

一直到了停車場我才算是回過神來。上了車，淑媚坐在我旁邊，一路上兩個人沒有多說什麼話，只是隱隱地，我像是聞到了那天在車子內，從鄰座的阿嬌所傳來她髮叢中的馨香。

「妳頭髮洗了什麼？這麼香。」

「是喔，我上週換了個牌子試試看，早上出門前有洗個頭；昨晚太累了，懶得洗。很香嗎？」

「嗯，很香。」的確很像，淑媚剛說話的時候用手撥了撥頭髮，更擤鼻了。

「等等看完東西以後，要不要一起去廟裏拜拜？」淑媚帶著不安又哀傷的語氣問著。

「不用，如果真的是死去的阿嬌來找我，那也是為了幫我，沒什麼好害怕的。我只是，想弄清楚而已。」

「嗯，也是，我知道了。」淑媚簡短的說完，還緊抿著雙唇點了點頭，算是加強了一下自己的信心。

進了淑媚家裡，看到了照片和項鍊，沒錯，的確是。照片背面還寫著「生日快樂，漢雄」，那是我年輕時候的筆跡。我看著那條項鍊，原本還能壓抑住地不哭，只讓眼淚一滴滴的掉下來而已；忽然念頭一轉，看到心裡的她戴著這條項鍊的鮮明模樣，整個情緒一下子潰堤，再也止不住的掩面痛哭了起來。

淑媚坐過來摟抱著我，同時也跟著一起掉淚。在兩個人的軀體緊密抱住的那瞬間，我有個恍惚似真又不真實的錯覺，也或許不能說是錯覺，而是毫無懷疑的就這麼地認為，是阿嬌擁抱著我。

也就在我被摟抱的當下，有道靈光般的意象好像從我掩面下的黑暗中一閃而過，只是速度太快，以至於我的意識無法及時解讀。我一轉念想從靈光乍現的初始之處再看看它是否存在，卻見到一把銳利的長刀迎面而來，直直的從我的肚子插進來，一如以往的真實感覺，先壓凹了我的衣服再繼續壓凹了我的肚子，之後突穿了衣服再突穿了我的肚子；感覺到刀鋒在肚子內行進，穿破了腹部層層肌肉之後再切斷腸子又再穿破背部肌肉，最後終於從脊背透出體外。

我痛苦地握著留在肚子外面的刀柄，緊緊掐握著刀柄上那三隻黑豹浮雕的咽喉，極力的阻止這把仍然繼續想往前突進的長刀。這次似乎不是我個人的冥念或是錯覺，同一時間我也聽到淑媚的尖叫聲，她的兩個手掌緊緊地包覆著我的掌背，慌張失措的尖聲囈語著「怎麼會這樣、怎麼會這樣」。

也許是淑媚力量的加持，這把插在我肚子上的刀逐漸地被拔了出來，一直到刀身完全被拔出我的身體之後，它就又憑空消失了。

我耗盡力氣虛脫地癱坐在椅子上，淑媚則是驚魂未定的在我身邊顫抖地哭著。我看了一下我的肚子，如同前幾次那樣，仍然完好無缺，沒有任何受傷過的跡象；放眼客廳四周，也沒有任何刀光劍影。我深呼吸調勻了一下氣息，稍微坐正，換成我伸手摟抱身旁的淑媚，摟得很緊，在她耳邊輕聲問說：「妳也看到了？」淑媚點點頭沒說話，仍是滿臉的慌恐。

「沒事了！」我繼續摟著她，淑媚也伸出手緊摟著我。感覺得出來，她身體的顫抖有稍微平復了。

「妳看到什麼？」我還是在她耳邊輕柔地問。

「一把刀。」淑媚終於能夠正常地開口了，雖然語氣仍然有些顫抖。

我將她摟得更緊了些，偏過頭去輕吻了一下她的頭髮、她的額頭，說「沒事了」。淑媚點點頭，覆誦了一次「沒事了」。

「以前有過幾次經驗，本來我以為只是我自己忽然間像做夢般的奇怪感受而已，沒想到嚇到妳了，妳是第一個同時也看得到那把刀的人。」我盡量用比較和緩平穩的語氣在她耳邊說，「其中有些時候是被六祖說法的聲音救出來的，但這次，算是妳救了我。」我看著淑媚，微微地笑了笑；見到我的笑容，淑媚的情緒似乎更緩和了，在淚眼中也回了我一個很淺的笑。

我放開淑媚站起身來，淑媚也跟著站起來，兩個人默默的對看了幾秒鐘，像是在仔細閱讀彼此眼睛裡所透露出來的心思。我轉過頭去看著擱在桌上的照片和項鍊，正要開口但話還沒有說出口之際，淑媚就輕聲地說：「好吧，你帶走，虞嬌應該也會希望留在你身邊。」

「謝謝！」我也輕聲的說著。然後彎下腰將項鍊盒蓋上，拿起照片放入襯衫的口袋，把項鍊盒端在手上。

「妳怕嗎？現在。」

「有一些，不過不是那麼怕了。剛剛算是被嚇到，那刀插進去的樣子很可怕。」

「是啊，我也覺得很可怕，雖然已經看過好幾次了。」

「怎麼會這樣子呢？你有去……去……問過嗎？」

「問過？喔，沒有，沒有必要吧，我想。第一次經驗時，是聽到六祖說法回神的，之後我就在想，既然如此，那應該沒什麼好怕的。我就覺得即便想找人問，也不知道誰才是真正有神通本領的人，乾脆算了。」

「你怎麼那麼確定你聽到的是六祖的說法？」

「的確，以前還有些懷疑，不知道是不是。直到前兩天武雄來跟我說他聽了之後頓悟了，所以我想那應該就是了。」

「那這樣的話，我也比較不怕了。」

「倒是，妳看得到反而是比較奇怪的一件事。以前，我身旁的人不只看不到刀，甚至連我痛苦的樣子也都看不到。」

「或許美晴也看得見吧。」淑媚若有所思地說。

「或許吧！」我再深呼吸了一口氣，看著手上的項鍊盒，語氣滄桑地緩緩說：「世間事啊，風動幡動；這是武雄離開前跟我說的。」

我又載著淑媚返回醫院，途中，我問她跟虞嬌熟嗎？

「說熟也算熟，不過不是一直都很熟就是了。她是我高中同學的直屬學妹，又因為你的關係，所以當初在學校有交集到的那個學期，我們還蠻常碰到面的。之後她失蹤了好幾年，直到我同學在加拿大碰到她，才知道原來她那些年都在加拿大。不過那時候你已經跟美晴在一起了，她也結婚了，我就沒有跟你說。之後有幾次我到加拿大開研討會，我同學有帶她來跟我碰過面，聊過天。她還是很關心你的，跟我聊的大部分都是你的狀況喔。唉！最近一次，應該是兩年前吧，在渥太華碰面，那次不是開會，是我帶我媽和雯雯去玩，那次她還特別請假陪我們玩了一整天。」

「她在那邊好嗎？」

「不太清楚，她很少講她自己。只知道後來她離了婚，也沒有小孩，好像就一個人在渥太華工作、生活。」

「妳跟她聊我的時候都聊些什麼啊？」

「說你的坎坷史啊！結果她說，她以為她離開了之後，你會跟我在一起，她說，其實我們兩個看起來很配。我就跟她說，你每次都慢半拍，起步都晚人家一步，小姐我被追走了也沒辦法。然後我們兩個都笑得死去活來。」

我想像這兩個女人一起笑得死去活來的樣子，不自覺的，也跟著想像中的她們笑了兩聲。

「那我下禮拜就先登記第一號好了，這樣就不會晚一步了。」

「好吧，勉勉強強，下週離完婚第一餐就留給你。」淑媚也笑著說，很爽朗的，像是繼續在跟阿嬌哈拉那樣。

說完，剛好遇到個紅燈，車子停了下來，我們也都跟著沉默了六十秒。

「妳幫我問一下妳同學，看看虞嬌葬在哪裡，我想去加拿大看看她。」在車子繼續起動的剎那，我想起了該去看看虞嬌；雖然，此刻的她可能也坐在這個車內聽著我們說話。

「我剛剛也在想應該去一趟，等下週辦完離婚之後，我們再找個時間一起去好了。」

車子又在靜默中前進了一個路口，已經可以遠遠地看到醫院的建築了，大概再過四個紅綠燈就到了。

淑媚忽然轉頭過來看了我一下，我眼角餘光瞥到她的表情，像是要跟我說些什麼；不過等了三秒鐘，並沒有聽到預期中的聲音。

「怎麼了，要說什麼嗎？」

「有件事情算奇怪，不過你不要笑喔，也不准給我亂接話喔。」

「好，請講。」

「上週二不是接到虞嬌給我的東西嗎，就照片跟項鍊嘛。結果隔天晚上我應該是做了個夢，雖然感覺很真實，但那應該是個夢吧。就是啊，我戴著那條項鍊，在一個黑夜裡的海邊跟你一起看著海，然後你就過來抱著我，然後就……啊，就是很奇怪的夢那樣。」

「從後面抱，在一個陽台上嗎？」

「你怎麼知道？」淑媚幾乎是尖叫出來的問。

「那天我跟虞嬌吃完晚飯後，就在那個陽台上，一起看著海。」

淑媚轉頭看著右邊的窗外，沒再說話。一直到了醫院之前，我也都沉默。

淑媚在醫院門口下了車。下車前，她用左手握了握我的右手，很用力的握。我們都紅著眼眶，對著彼此笑了笑。

時間已經下午四點半了。我把車子緩緩駛離醫院門口，不斷地從後視鏡看著仍然怔怔站在那邊目送著我離開的淑媚，一直到我重新匯入繁忙的車道，不得不專心地看著前方為止。

下午四點半，應該是我要回家的時候了；我有一個家，有一個美靜幫我建立起來的家。從此刻的這裡出發，大概在傍晚六點之前就可以停好車，走進家門。我想著，一進門應該就會看到美靜正在廚房忙碌的身影；聽到開門聲，她會立即稍微探出頭來看一下是誰回家了，然後綻開笑容，很開朗甜蜜地說「回來啦」然後又回過頭去繼續忙。我會先在門口應答一聲

「嗯」，接著鎖好門、脫了鞋，走到廚房門口，再清晰地跟她說一聲「我回來了」；等美靜又轉頭過來對我甜甜一笑地說了聲「嗯」，我就會走進去書房放提袋、換衣服，再進去浴室洗個手。之後，進去廚房，對著忙碌的她兀自地說了起來，說一說我今天遇到的、在車上想到的，那些無論大小我都想要跟她分享的一整天內的種種，當然，也順便看看廚房內有沒有什麼需要我幫忙的。

通常沒什麼需要我幫忙的，就只是站在她身旁，靠得近近地，或許就拿個杯子倒杯水，然後邊喝水邊跟料理中的她，一句一句，漫無目的地聊著。

美靜給了我一個這樣的家。

如果是阿嬌，我也會有一個這樣的家嗎？

如果是淑媚，我會每天這麼地想回到家嗎？

我需要什麼樣的家呢？當初跟美晴求婚的時候，我想像中未來的家又是什麼樣子呢？

那天，其實沒什麼刻意，也沒有準備什麼玫瑰、戒指的那些大眾所認定該有的儀式物品。就在送美晴回家的路上，兩個人並肩走著，因為已經聊了一長段路的話了，所以暫時出現了一兩分鐘不知道要說什麼的沉默。在轉進巷子口之前，想說離她家門口還有兩三百公尺，覺得總不能這樣一直沈默下去，就隨口問說：「我們結婚好不好？」，「好啊！」美晴也無縫接軌的隨口就答。語氣很平常，沒什麼驚喜或訝異的成分在裡面，就像是中午問她說「等等去吃那家乾麵好不好」然後她不加思索地回答「好啊」那樣地，平常。

我跟美晴好像從來沒有認真的談過我們兩個想要的家是個什麼樣子的家，即便在答應了我的求婚之後，我們也沒有認真的討論過我們要生幾個小孩、怎麼分攤家用、什麼時候買房子、要不要跟爸媽一起住的這些，實際上一個家的成立需要考慮到、也必須要協調的事情。即便那時候年輕，但我還是知道成立一個家就需要考慮到這些問題。但是我沒有想過要跟美晴坐下來一樣一樣的討論、一樣一樣的取得兩個人的共識。我總覺得跟美晴討論這些是不必要的事情，因為她總是那麼清楚地知道我，像是我的腦袋隨時都在送出副本給她那樣地清楚；不管是可以講出來的或是不能講出來的，她好像都清楚到如同我自己清楚自己那樣地，甚至，比我還清楚我自己。

或許美晴也能夠清楚的看到那把憑空就插入我肚子裡的刀，只是她沒有像淑媚那樣的尖叫出來罷了。是啊，應該是這樣！她看得見，只是她不說。她只會在那把刀子又消失了以後，很疼惜的把我擁入懷中，讓我的臉深深地埋在她溫暖的乳房之中，輕輕地撫摸著我的頭髮，像是在哄著小孩子入睡那樣地，疼惜。

也許我還是生活在美晴不知不覺中為我所建構的家裡面。她用這個家來疼惜我，也疼惜她最鍾愛的妹妹。

我從口袋把項鍊盒拿出來放在副駕駛座的椅子上，彷彿這樣，阿嬌就坐在我旁邊，一起跟著我奔馳在回到那個美靜是女主人的家的路上。

「那這樣我們算是以什麼樣的關係住在一起呢？」

「重要嗎？」

「重要。」

「不重要，如果妳真得想要過來住，那就不重要。關係，只是人詮釋出來的。」

「那你希望我們是什麼關係？」

「重要嗎？」

「重要。」

「為什麼？」

「因為我想知道。」

「家人吧！」我跟坐在我旁邊的阿嬌這麼說。

但是，在那個美晴為我跟美靜所建構的家裡面，阿嬌也可以成為這個家的家人嗎？即便是與美晴、美靜有著旁系血緣關係的淑媚，她們是否就可以接受她成為入住這個家庭的家人呢？

家人到底是個什麼樣關係的結合？在那個實質上是我跟美靜一起生活的家，我們是因為什麼樣的力量才能夠成為家人的？

是「愛情」嗎？

如果是愛情，那麼「愛情」這個東西所內蘊的「想獨占那個人，並與那個人共渡生活」的渴望與行動，就會把即將跟著我回家的阿嬌排除在這個家之外；甚至，漸漸地，美晴也會被排除在外，慢慢地淡出這個家。

如果是愛情，那，我愛美靜嗎？我有多愛她？我又是從什麼時候開始愛著她的呢？會不會美晴在離開我之前，就已經清楚地看透這些深藏在我心裡，藏到連我自己再怎麼想也想不清楚的答案？

淑媚讓雯雯喊我「舅舅」，是不是也想藉著這樣的稱謂，把我當成是真正的家人？她這樣做是因為想彌補那些我總是晚了一步而無法與她真正萌芽的愛情嗎？而阿嬌那麼精心地在冥冥中撮合著我跟淑媚，是不是她也像美晴那麼瞭解我一樣地知道那些我自己也不清楚的內心、那些我對於淑媚的渴望其實已經超越我對於美靜的渴望？

是這樣子嗎？

阿嬌坐在我身旁，不說話，看著右邊窗外遠遠的地方，像是在眺望天空那些無邊際中的無盡藏。我聞著她頭髮飄過來的馨香，笑了笑，說了聲「歡迎光臨」，就像她第一次邀請我走進她房間的時候，促狹地笑著彎腰擺個邀請的手勢所說的。

好吧，既然都來了，總是得「歡迎光臨」試試看吧！

總得試試看，這樣在許多年之後才不會有「如果當初……」中的「……」多一些或少一些的話，「現在應該會有所不同吧」的喟嘆。

總是得試試看，即便，會在搞砸了一顆荷包蛋之後，才想著，或許蒸蛋比較清爽；也可能搞砸了蒸蛋，才想著，其實煎顆荷包蛋比較簡單。但總不能說，那就不要把蛋打下去，一直維持它在蛋殼內黏稠的密閉狀態，因為這樣的話，你可以在腦袋裡想像各式各樣的料理，包括荷包蛋、蒸蛋、炒蛋、或是混著其他原料做成的布丁及蛋糕。

不把蛋打破，雖然可以天馬行空的想像一個蛋的各種可能，但是，這樣就不會跟蛋的內在有任何交集了吧！

那，等等停好車，一進到有著美靜所在的家裡面，我該跟美靜說什麼呢？在我走進去書房放了提袋、換了衣服，再進去浴室洗了手之後，進到了廚房，面對正在忙著煮飯炒菜的美靜，我兀自說起來的那些事情，應該是什麼呢？除了說一說我今天遇到的、在車上想到的，那些無論大小我都想要跟她分享的一整天之內的種種以外，是不是也需要幫阿嬌和淑媚轉達她們的這句：「你應該要先問問美靜的意見吧？」所意涵的共居要求呢？

還是，我就站在她身旁，靠得近近地，或許拿個杯子倒杯水，然後邊喝水邊跟料理中的她，一句一句地聊著：

「美靜，這個學期結束後，我想就辭掉這個學校的教職。」

「為什麼？遇到什麼麻煩事了嗎？」

「沒什麼麻煩事，雖然煩了點，但不算麻煩。我只是在想，我們的人生。」

「我們？」

「嗯，我們，兩個，我和妳。」

——（全劇終）

——月光沒有奔馳
蹦足地
從邊緣輪廓天際
是夜
眾將官無令可聽
天馬放飲銀河
散了一地兵
城郭，以闕計數吧

說起
那仗的確放蕩了點
如果此人此地此刻
一臥進了廣寒，如果
史書此役
該是
遇不到紅顏
臨沂一瓢了退去
之，結果——

後記

我辦公室的桌上放著一本「六祖壇經」，十年有了吧。

就在二〇一七年十二月五日坐在辦公桌前，思考著要寫個什麼樣的科技部計畫好掙些錢給學生用用的時候，腦中莫名的就想起「不思善，不思惡，正與麼時，那個是明上座本來面目？」這段經文。當下就覺得好像有個什麼東西浮現出來了，雖然不知道全貌是什麼，還是抓住那個靈光乍現的時刻先記錄了一些下來。

但是這本小說寫得比前兩本都慢，除了我心中完全沒有個故事的輪廓之外，過程中也無法太用力去構思；因為一開始太用力去想了，結果心臟就脫離了節律點的控制亂跳了幾天。所以就寫寫停停想想的慢慢撐到二〇二〇年二月十七日，才完成了這本十四萬六千字的《就在那時：情，與江湖》。

至此，連同已出版的《死了一個研究生以後》、《倫・不倫，愛之外的其他》兩本小說，在兩年八個月的時間內，寫了將近五十萬字，關於學術造假案的小說三部曲算是全部完工了。

這三本小說雖然都是以學術造假為主軸，但是藉由三位主角在學術圈內身份、位階上的不同，闡述了不同層面的學術人難題。第一本是描寫年輕人在積非成是到變成習慣的大環境中，自省以及思索解脫之道的過程；第二本是描寫壯年人在積非成是到變成習慣的大環境中，很難以善惡分明的態度去面對人生的選擇；在第三部曲的這本之中，則是描寫年過半百的遲暮之人在積非成是到變成習慣的大環境中，惹也不是、不惹也不是的無處躲塵埃。

仍然跟前兩本一樣，原本感情的橋段只是為了不要讓故事太過枯燥，但是寫寫寫，還是發覺「愛情」變成了小說的重心。某種程度，這本就像是在演繹村上春樹於《遇見100%的女孩》中的悲觀：「其實說真的，實在沒有任何需要考驗的地方；因為他們是名副其實100%的情侶。而且命運的波濤是注定要捉弄有情人的。」只是，在不同命運波濤中所遇到的不同有情人，如果都在同一個時間碰上了，還會是沒有任何需要考驗的地方嗎？

會想寫小說，原本只是為了有個遁逃的空間。畢竟當年在處理台大論文案超過七個月的期間內，我的生活幾乎被造假案占滿；而在處理此案的過程中，也讓我的學術生涯受到重創，即便表面若無其事的寧靜，但暗潮裡後遺症仍然不斷。所以我得找個方式，讓自己能夠從那種悲憤的情緒中將自己釋放出來。另外，在那段期間內，我接收到許多稗官野史的爆料，這些東西或許可信，但因為缺乏斬釘截鐵的證據，沒有辦法寫成正經八百的評論，我覺得也需要有個合適的方式呈現出來。

之前接受記者採訪，問到說我在報導台大造假案的時候有沒有受到什麼外界壓力？我的回答是，如果問我說有沒有壓力？有；大不大？非常大。但是現在的施壓不是那種拿槍抵住你的頭、拿刀架在你的脖子上、派人在你門口前站崗的那種；我沒有足夠的證據就去說是誰誰誰施壓的，所以這部分沒什麼好說的，就都交給小說去說吧。

雖然在前年我從事二十多年的老鼠神經研究戛然休止，不過老天爺也給了我在甲殼類動物上的一條生路，也讓我有時間重拾在文學上的興趣，並且把它們具體化，成為了小說與詩集。某種程度，也算是「塞翁失馬」之後「焉知非福」的詮釋；是以，越來越覺得人生就是個過程而已，沒什麼里程碑。

去年在台北國際書展一場介紹自己作品的小演講中，有位年輕的朋友問了個有趣的問題：「您覺得您寫的這本書好看嗎？」

「當我以一個文學閱讀量不算少的讀者身份重讀自己的小說，我覺得：寫得真好，的確值得讀。」我算是不假思索地這樣回答。

現在，如果您問我：「那這一本呢？」

我覺得「寫得真好，的確值得讀。」我仍然會不假思索地這樣回答。

國家圖書館出版品預行編目（CIP）資料

就在那時：情，與江湖 / 蔡孟利著 . -- 初版 . -- 新北市 :
斑馬線 , 2020.06
面； 公分

ISBN 978-986-98763-8-4(平裝)

863.57 109007281

就在那時：情，與江湖

作　　者：蔡孟利
總 編 輯：施榮華
封面設計：吳箴言

發 行 人：張仰賢
社　　長：許　赫
總　　編：施榮華
出 版 者：斑馬線文庫有限公司
法律顧問：林仟雯律師

斑馬線文庫
通訊地址：235 新北市中和區景平路 101 號 2 樓
連絡電話：0922542983

製版印刷：龍虎電腦排版股份有限公司
出版日期：2020 年 6 月
ISBN：978-986-98763-8-4
定　　價：280 元